U0084025

古典詩歌研究彙刊

第十七輯

龔鵬程　主編

第 **2** 冊

先唐樂器賦研究（下）

林　恬　慧　著

國家圖書館出版品預行編目資料

先唐樂器賦研究（下）／林恬慧 著 -- 初版 -- 新北市：花木蘭
文化出版社，2015〔民 104〕
目 4+200 面；17×24 公分
（古典詩歌研究彙刊 第十七輯：第 2 冊）
ISBN 978-986-404-070-4（精裝）
1. 賦　2. 文學評論　3. 唐代
820.91　　　　　　　　　　　　　　　　103027246

ISBN-978-986-404-070-4

9 789864 040704

古典詩歌研究彙刊
第十七輯 第 二 冊　　　ISBN：978-986-404-070-4

先唐樂器賦研究（下）

作　　者　林恬慧
主　　編　龔鵬程
總 編 輯　杜潔祥
副總編輯　楊嘉樂
編　　輯　許郁翎
出　　版　花木蘭文化出版社
社　　長　高小娟
聯絡地址　235 新北市中和區中安街七二號十三樓
　　　　　電話：02-2923-1455／傳真：02-2923-1452
網　　址　http://www.huamulan.tw 信箱 hml 810518@gmail.com
印　　刷　普羅文化出版廣告事業
初　　版　2015 年 3 月
定　　價　第十七輯 14 冊（精裝）台幣 22,000 元
版權所有・請勿翻印

先唐樂器賦研究(下)

林恬慧 著

上　冊
第一章　緒　論 ……………………………………………… 1
　第一節　研究動機與目的 ………………………………… 1
　第二節　文獻與研究回顧 ………………………………… 4
　　一、文獻收錄與輯校 …………………………………… 4
　　二、研究概況 …………………………………………… 5
　第三節　研究範圍、方法與內容 ………………………… 14
　　一、研究範圍 …………………………………………… 14
　　二、研究資料與校勘 …………………………………… 14
　　三、研究方法與內容 …………………………………… 17
第二章　先唐音樂賦的形成背景與條件 ………………… 23
　第一節　先唐音樂發展概況 ……………………………… 24
　　一、宮廷音樂 …………………………………………… 24
　　二、民間音樂 …………………………………………… 27
　　三、音樂交流 …………………………………………… 30
　　四、樂器發展 …………………………………………… 33
　　五、樂律理論 …………………………………………… 36
　　六、音樂思想 …………………………………………… 37
　第二節　先唐賦體的發展與演變 ………………………… 42
　　一、「賦」字意涵與賦的起源 ………………………… 42
　　二、賦的文體特徵 ……………………………………… 47
　　三、先唐賦體發展及其特色 …………………………… 55
　第三節　音樂與賦的結合 ………………………………… 60
　　一、音樂賦的濫觴與發展 ……………………………… 60
　　二、音樂賦的書寫模式 ………………………………… 63
　第四節　文人與音樂賦 …………………………………… 65
第三章　先唐樂器賦之審美體驗 ………………………… 69
　第一節　生理與情緒感應 ………………………………… 71
　　一、情緒變化 …………………………………………… 72
　　二、行為外顯 …………………………………………… 73
　第二節　賦予性格 ………………………………………… 75

一、情緒化性格——悲音與樂音 …………………… 77

二、品德化性格——仁德與武聲 …………………… 78

三、藝術化性格——雅清與英樂 …………………… 79

第三節 聯想與想像 …………………………………… 80

一、相似聯想 ……………………………………… 81

二、時空聯想 ……………………………………… 87

三、人格化聯想 …………………………………… 89

四、審美想像 ……………………………………… 94

第四節 客觀鑑賞 ……………………………………… 95

一、音響形式特質 ………………………………… 96

二、音樂演奏流程 ………………………………… 100

三、樂理曲目知識 ………………………………… 106

四、演奏技法與肢體語言 ………………………… 119

第四章 先唐樂器賦之音樂思想 …………………… 129

第一節 音樂審美觀 …………………………………… 130

一、尙「悲」的音樂審美觀 ……………………… 130

二、尙「和」的音樂審美觀 ……………………… 139

三、尙「清」的音樂審美觀 ……………………… 148

四、尙「德」的音樂審美觀 ……………………… 153

五、尙「自然簡易」的音樂審美觀 ……………… 156

第二節 音樂功能 ……………………………………… 159

一、娛樂社交 ……………………………………… 160

二、情緒治療 ……………………………………… 165

三、進德修養 ……………………………………… 169

四、移風易俗 ……………………………………… 172

五、以音觀人 ……………………………………… 179

六、通神感物 ……………………………………… 181

七、諷諭勸諫 ……………………………………… 184

第三節 其他音樂思想 ………………………………… 187

一、感物動情 ……………………………………… 187

二、器法天地 ……………………………………… 190

下　冊

第五章　先唐樂器賦之音樂書寫 ……………………… 193
　第一節　賦鋪陳技巧及其藝術形象 ………………… 194
　　一、虛構誇飾 ……………………………………… 194
　　二、時空鋪排 ……………………………………… 208
　　三、譬喻與通感 …………………………………… 213
　　四、活用典故 ……………………………………… 220
　第二節　賦形式特點及其音樂詮釋 ………………… 234
　　一、先唐樂器賦之句式及其音樂詮釋 …………… 235
　　二、先唐樂器賦之「序」「亂」「歌」及其音
　　　　樂詮釋 ………………………………………… 244

第六章　詩與賦之音樂詮釋比較──以「琴」
　　　　為例 ………………………………………… 259
　第一節　詩賦關係及其文體審美特徵 ……………… 260
　　一、詩賦關係 ……………………………………… 260
　　二、詩賦文體審美特徵 …………………………… 261
　第二節　先唐琴詩概況 ……………………………… 264
　　一、範圍界定 ……………………………………… 264
　　二、先唐琴詩概況 ………………………………… 265
　第三節　從比較的觀點評析詩、賦的音樂詮釋
　　　　　──以「琴」為例 ………………………… 268
　　一、思想內容之比較 ……………………………… 268
　　二、謀篇結構與句式節奏之比較 ………………… 275
　　三、藝術手法與藝術風格之比較 ………………… 281

第七章　結　論 ………………………………………… 291
　第一節　研究成果 …………………………………… 291
　第二節　未來展望 …………………………………… 296

參考文獻 ………………………………………………… 299

附錄一　先唐樂器賦輯目 ……………………………… 319
附錄二　先唐樂器賦輯校 ……………………………… 325
附錄三　樂器參考圖片 ………………………………… 377

第五章　先唐樂器賦之音樂書寫

　　樂器賦是文人聆賞音樂後所寫下的文學作品，它並非音樂原貌的真實重現，事實上，客觀現象的複製原本就不是文學關注的重點，文學所呈現的是作者「心中的世界」。從另一種意義來說，樂器賦是音樂的再詮釋，作者是以有別於音樂的另一種藝術形式（文學形式）來詮釋，可說是「創造的詮釋」，它豐富並深化了音樂的內涵。前文第三章與第四章主要從接受者的角度窺探賦家音樂審美的反應與思想，本章則是從創作者的角度入手，探討賦家對於音樂詮釋的構思與表現技巧。

　　樂器賦，或者說是音樂賦，雖然已形成一種書寫模式──即先寫樂器材質產地，次寫名匠製器，再次描寫音樂表演，最後是音樂效果的渲染，但是每個作家的運用各有巧妙不同，呈現的意涵亦有差異。就文學體裁的選擇而言，作者以「賦」作為音樂詮釋的媒介，是有意識的選擇，「賦」特殊的文學技巧與形式特點被文人認為是適合記錄、表現音樂的體裁。因此，本章一方面從樂器賦的寫作技巧，即「虛構誇飾」、「時空鋪排」、「譬喻通感」、「活用典故」等四方面來一探賦家鋪陳音樂藝術形象的種種構思，另一方面從賦體中的句式變化、以及「序」、「亂」、「歌」等特殊形式，探討賦家對賦體形式運用與音樂詮釋的關係。

第一節　賦鋪陳技巧及其藝術形象

　　賦體的文學技巧，以「鋪陳」爲其特色，〔晉〕摯虞《文章流別論》云：「賦者，敷陳之稱也」、「所以假象盡辭，敷陳其志」〔註1〕，〔梁〕劉勰《文心雕龍・詮賦》云：「賦者，鋪也，鋪采摛文，體物寫志也」〔註2〕，〔清〕劉熙載《藝概・賦概》說：「賦起於情事雜沓，詩不能馭，故爲賦以鋪陳之。」〔註3〕可見「鋪陳」是賦體最重要的文體特徵，歸結眾家說法，其鋪陳手法是以一種華麗的語言，來窮盡情事之樣貌。而所謂「藝術形象」是藝術反映社會生活的特殊方式，是通過審美主體與審美客體的相互交融，並由主體創造出來的藝術成果。藝術作品的形象可以是視覺形象、聽覺形象、綜合形象或文學形象等多元呈現方式。樂器賦是賦家與器樂相互交融後所產生的藝術成果，所呈現的已非眞實音樂，而是作者透過賦體特殊的文學技巧而創造的藝術形象。

　　賦具體的「鋪陳」技巧爲何？《詩經》、《楚辭》中已有鋪陳技巧，但是賦體的鋪陳技巧已大大超越了《詩經》與《楚辭》，賦體之「鋪陳」絕對不僅是單純的「直陳其事」，否則如何處理「情事雜沓，詩不能馭」的現象？就樂器賦中的音樂書寫來看，其鋪陳部分實綜合了多樣文學技巧，主要由「虛構誇飾」、「時空鋪排」、「譬喻通感」、「活用典故」等文學技巧構成。以下分項探討賦的鋪陳技巧及其藝術形象。

一、虛構誇飾

　　所謂「虛構」，指文學作品中的人、事、時、地、物、情節等與現實不符的描述，無法驗證於歷史、生活中，乃出於創作者自覺性的一種技巧。觀中國文學發展，最早自覺地運用虛構技巧來進行文

〔註1〕　見〔唐〕歐陽詢等編：《藝文類聚》（臺北：文光出版社，1974年），卷五十六，頁1018。

〔註2〕　見〔梁〕劉勰撰、周振甫注：《文心雕龍注釋》，頁115。

〔註3〕　見《藝概》，〔清〕劉熙載撰、薛正興點校：《劉熙載文集》，卷三，頁121。

學創作，應屬漢賦。〔註 4〕一般而言，賦作的虛構的成分大致有三種；第一種是地名、人物、情節皆爲作者虛擬；第二種是人名、地名確有其實，但情節虛構；第三種是以神話傳說中的人物、地名入賦。先唐樂器賦的虛構方式，上舉三種皆有，而以後二者居多，主要表現在對於樂器產地的描述、製器的過程、樂器演奏與音樂效果等四個部分的描寫，而且往往配合「誇飾」的技巧來增加其說服力。所謂「誇飾」，就是指「以鋪張揚屬的文辭，來豁顯難傳的情狀，增強感人的力量，藉以聳動讀者的視聽」〔註 5〕技巧。劉勰《文心雕龍‧誇飾》中認爲自古以來，就存在「誇飾」的技巧，所謂「形器易寫，壯辭可得喻其眞」而「壯辭」即指誇張的言詞，可以寫出眞實形象，只要「誇而有節，飾而不巫」、「其義無害」即可。〔註 6〕先唐樂器賦中運用虛構與誇飾的目的，不在於讓讀者信以爲眞實，因爲其時間的錯置與荒謬的情節根本令人難以置信，其目的在於所營造出的特殊效果。以下就「產地環境」、「製器過程」、「音樂演奏」、「音樂效果」等四部份分析之。

〔註 4〕　《詩經》的作品以寫實爲主，幾乎不見「虛構」技巧，南方《楚辭》作品，如〈離騷〉中，作者上天下地不斷求索過程中，依稀有「虛構」的成分，眞正自覺地運用虛構手法進行文學創作的應屬漢代賦家。宋玉〈高唐賦〉、〈登徒子好色賦〉已開賦用虛構之端。至漢初賈誼〈鵬鳥賦〉與枚乘〈七發〉，也運用了假設人物與虛構情節的手法。而到了司馬相如〈子虛上林賦〉、揚雄〈逐貧賦〉，虛構的手法更加成熟。（見曹明綱著：《賦學概論》，頁 402～406。）

〔註 5〕　見黃永武著：《字句鍛鍊法》（臺北：洪範書店有限公司，2002 年），頁 108～113。書中說明，「誇飾」在形式上概略可分爲三種：一種是誇張它大；一種是極言其小；一種是以對比來襯映的。

〔註 6〕　《文心雕龍‧誇飾》曰：「夫形而上者謂之道，形而下者謂之器。神道難摹，精言不能追其極；形器易寫，壯辭可得喻其眞；才非短長，理自難易耳。故自天地以降，豫入聲貌，文辭所被，誇飾恆存。雖《詩》《書》雅言，風格訓世，事必宜廣，文亦過焉。是以言峻則嵩高極天，論狹則河不容舠，說多則子孫千億，稱少則民靡子遺，襄陵舉滔天之目，倒戈立漂杵之論，辭雖已甚，其義無害也。……孟軻所云『說《詩》者不以文害辭，不以辭害意』也。」見〔梁〕劉勰撰、周振甫注：《文心雕龍注釋》，頁 583。

（一）產地環境的虛構誇飾

　　樂器賦對於環境的描述，有的著重在高遠危苦，有的著重在吸取日月天地精華。賦中所描述的「產地」通常確有其地，但是作者是否真正親臨其現場，甚至參與採集的活動則令人懷疑，而幾乎每位樂器賦的作者都能將產地環境描述的歷歷在目，在修辭上屬於「懸想示現」〔註7〕，若究其事實則屬虛構。先看〔戰國〕宋玉〈笛賦〉：

　　　　余嘗觀於衡山之陽，見奇篠異幹，罕節簡枝之叢生也。其
　　　　處磅磄千仞，絕谿凌阜。隆崛萬丈，盤石雙起。丹水涌其
　　　　左，醴泉流其右。其陰則積雪凝霜，霧露生焉；其東則朱
　　　　天皓日，素朝明焉；其南則盛夏清微，春陽榮焉；其西則
　　　　涼風遊旋，吸逮存焉。

賦中宋玉自述曾登「衡山」見竹子所產之地，「衡山」為五嶽之「南嶽」，位於湖南省衡山縣，七十二群峰，層巒迭嶂，氣勢磅礴，有「南嶽獨秀」之稱。賦中對於環境的敘述，傍高峰臨深溪，有盤石泉水，有霜雪霧露，有皓日涼風。因是「嘗觀」姑且視為「追述示現」，不算虛構。再看枚乘〈七發〉中關於琴音的一段文字：

　　　　龍門之桐，高百尺而無枝。中鬱結之輪菌，根扶疏以分離。
　　　　上有千仞之峰，下臨百丈之谿。湍流遡波，又澹淡之。其
　　　　根半死半生。冬則烈風漂霰飛雪之所激也；夏則雷霆霹靂
　　　　之所感也。朝則鸝黃鳱鴠鳴焉；暮則羈雌迷鳥宿焉。獨鵠
　　　　晨號乎其上，鵾雞哀鳴翔乎其下。

賦中「龍門」為山名，在今山西、陝西交界處。雖有其地，作者是否多次造訪龍門山，我們不得而知，而賦中所敘述之朝暮，冬夏季節的情況彷彿作者所親見，應是懸想示現的手法，即屬虛構。

　　漢代的兩篇大賦，王褒〈洞簫賦〉與馬融〈長笛賦〉中的產地環境，前者描述「江南丘墟」之竹，後者為「終南陰崖」之竹。「江南」，即指長江以南，也就是整個長江中下游流域地區。而「終南」應指終

〔註7〕　「懸想示現」，把想像的事情說得像真在眼前一般，同時間的過去、
　　　　　未來一點兒也沒有關係。見黃慶萱著：《修辭學》，頁315。

南山，一般指秦嶺山脈中段陝西境內，西起武功縣，東到藍田縣的部分，千峰疊翠，景色幽美。賦中對於周遭環境瞭若指掌，無論是地形起伏、氣候變化、風雪山洪，甚或是當時的禽鳥走獸之出沒與鳴叫都能詳細摹寫，若非多次勘查，長期久留，難以呈現真實樣貌，但這種「間介無蹊，人跡罕到」（馬融〈長笛賦〉）的艱險之地，若非訓練有素的登山好手豈能登臨？作者真的造訪過這些地方嗎？而諸多名山之環境卻都大同小異，可見是作者所虛構出的環境，經不起實際查驗，其目的在於營造出作者所需要的氛圍。賦家想營造的是一種既高又遠，凡人難以到達之境，且經歷重重考驗的素材，才能凸顯其難得珍貴。〔漢〕馬融〈長笛賦〉為了凸顯竹子所感受到的悲苦歷練已內化為其本質，還寫到：「於是放臣逐子，棄妻離友。彭胥伯奇，哀姜孝己。攢乎下風，收精注耳。鼃歔頽息，掐膺擗摽。泣血泫流，交橫而下。通旦忘寐，不能自禦。」說明風吹竹葉，末梢隨風震盪之聲，就已經令彭咸、伍子胥、伯奇、哀姜、孝己等人嘆息搥胸，痛哭無法成眠。這當然是虛構兼誇飾的手法，這些人物同聚聽風竹聲的經歷本屬虛構，只為鋪陳出竹子製器前已具有的悲傷特質。

　　魏晉時期的樂器賦亦是如此，產地環境的描寫大多採虛構誇飾手法寫成，如：

> 唯葭蘆之為物，諒絜勁之自然。託妙體於阿澤，歷百代而不遷。（〔魏〕杜摯〈笳賦〉）

> 爾乃採桐竹，翦朱密。摘長松之流肥，咸崑崙之所出。（〔晉〕夏侯淳〈笙賦〉）

> 嶧陽之桐，殖穎巖摽。清泉潤根，女蘿被條。（〔晉〕曹毗〈箜篌賦〉）

> 爾乃陟九峻之增巖，晞承溫之朝日。剖嶧陽之孤桐，代楚宮之椅漆。（〔晉〕孫瓊〈箜篌賦〉）

杜摯〈笳賦〉說葭蘆歷經百代，屬虛構無法查證之事。夏侯淳〈笙賦〉言及的「崑崙山」，西起帕米爾高原，最高峰在於青、新交界處，一

般人不容易到達，應屬虛構。又如晉代兩篇〈箜篌賦〉皆提到「嶧陽
之桐」，「嶧」乃山名，又名鄒山，在山東省鄒縣東南。「嶧陽」指嶧
山之南，嶧陽之桐據說為製琴的上等材料，《尚書正義·禹貢》中有：
「厥貢惟土五色，羽畎夏翟，嶧陽孤桐，泗濱浮磬，淮夷蠙珠暨魚」。
偽孔注曰：「嶧山之陽特生桐，中琴瑟也。」（註8）。而孫瓊賦中所提
「椅漆」當為「椅桐梓漆」的省稱，《國風·鄘風·定之方中》中有：
「定之方中，作于楚宮；揆之以日，作于楚室；樹之榛栗，椅桐梓漆，
爰伐琴瑟。」其中楚宮的椅、桐、梓、漆等樹，古代被認為是製琴瑟
的好材料。上述兩篇箜篌賦中提到的嶧陽、楚宮都是真實的地名，但
是製作箜篌的素材未必產於其地，如此虛構的目的在於提高箜篌的價
值。

　　魏晉以後的樂器賦，開始出現一些不存在於現實之中，而是神話
傳說中的地名，如〔魏〕嵇康〈琴賦〉中寫到：

> 惟椅梧之所生兮，託峻嶽之崇岡。披重壤以誕載兮，參辰
> 極而高驤。含天地之醇和兮，吸日月之休光。鬱紛紜以獨
> 茂兮，飛英蕤於昊蒼。夕納景於虞淵兮，旦晞幹於九陽。
> 經千載以待價兮，寂神跱而永康。……若乃春蘭被其東，
> 沙棠殖其西，涓子宅其陽，玉醴涌其前。玄雲蔭其上，翔
> 鸞集其巔。清露潤其膚，惠風流其間。竦肅肅以靜謐，密
> 微微其清閑。夫所以經營其左右者，固以自然神麗，而足
> 思願愛樂矣。

「虞淵」，神話傳說中的日落之處，「九陽」，九天之崖，神話傳說中
的日出之處，很明顯，這些不屬於真實的地名。嵇康虛構桐木生長在
仙境美地，又誇飾其經過「千載」的生長而等待識貨之人，對於環境
的視覺摹寫十分詳細，彷彿是自己親臨現場，且久留現場一般，其目
的在凸顯桐木的「自然神麗」。又〔晉〕王廙〈笙賦〉中也採用神話
說的地點入賦，其賦中寫：「其制器也，則取不周之竹，曾城之匏。

〔註8〕 見《尚書正義》，阮刻《十三經注疏》本，（臺北：藝文印書館，1997
　　　　年），卷第六，頁82。

生懸崖之絕嶺，邈崛崒以崇高。」其中「不周」即不周山，古代傳說中的名山〔註9〕，而「曾城」，也是傳說中的地名，泛指仙鄉。〔註10〕運用傳說中的聖地，似乎增加樂器的傳奇性與神秘美感。

（二）製器過程的虛構

　　樂器賦中所描述的製器過程，其樂器主要是由著名的工匠與音樂家來完成。若考察其年代，這些人物並非同一時代，卻可穿越時空共存於同一時空之中，極其荒謬。但是多數樂器賦慣用這種「人物真實，時空錯置，情節虛構」的手法。早在第一篇樂器賦——〔戰國〕宋玉〈笛賦〉，已運用此虛構手法鋪陳樂器的製作，賦中寫到：

> 名高師曠，將爲〈陽春〉、〈北鄙〉、〈白雪〉之曲，假塗南
> 國至此山，望其叢生，見其異形，曰命陪乘取其雄焉。宋
> 意將送荊卿於易水之上，得其雌焉。於是乃使王爾、公輸
> 之徒，合妙意角較手，遂以爲笛。

竹材的採集由師曠與宋意來挑選。師曠爲春秋時晉國盲人樂師〔註11〕，宋意曾在荊軻刺秦前的餞行時高歌〔註12〕，兩人時代不同，但是宋玉以虛構手法安排兩個音樂家前往產地取材。真正的製作由王爾與公輸般兩位春秋時的工匠操刀，亦非宋玉的時代。又〔漢〕枚乘〈七發〉：

〔註9〕　《山海經・西山經》：「又西北三百七十里，曰不周之山。」郭璞注：
　　　　「此山形有缺不周帀處，因名云」。故此山缺壞不周。見袁珂注：《山
　　　　海經校注》，卷二，頁40。又《列子・湯問》：「其後共工氏與顓頊爭
　　　　爲帝，怒而觸不周之山，折天柱，絕地維。故天傾西北，日月星辰
　　　　就焉。地不滿東南，故百川水潦歸焉」。見嚴捷、嚴北溟注：《列子
　　　　譯注》（臺北：仰哲出版社，1987年），頁115。
〔註10〕　《後漢書》張衡〈思玄賦〉：「登閬風之曾城兮，摎不死而爲牀。」
　　　　李賢注引《淮南子》：「崑崙山有曾城九重，高萬一千里，上有不死
　　　　樹在其西。」見〔劉宋〕范曄撰、〔唐〕李賢等注：《後漢書》，卷五
　　　　十九，頁1932。
〔註11〕　師曠，字子野，春秋時晉國盲人樂師，善鼓琴鼓瑟，辨音能力甚強。
〔註12〕　燕太子丹派荊軻刺秦王，臨別餞行於易水之上，有高漸離擊筑，宋
　　　　意高歌。陶淵明〈詠荊軻〉：「飲餞易水上，四座列群英。漸離擊悲
　　　　筑，宋意唱高聲。」見逯欽立輯校：《先秦漢魏晉南北朝詩》，晉詩
　　　　卷十六，頁985。

「於是背秋涉冬，使琴摯斫斬以爲琴。」其中「琴摯」爲春秋時魯國的太師，又稱師摯，因其善鼓琴，也稱琴摯。枚乘此處使琴摯製琴，所採用的也是虛構手法。

先唐樂器賦中，製造樂器者出現最多次的爲公輸般或魯班。一般認爲魯班和公輸般是一個人，姓公輸氏，也稱公輸子，名般，約春秋末期時的人。因爲他是魯國人，所以也叫魯班或魯公輸般，《墨子・公輸》記載：「公輸般爲楚造雲梯之械成，將以攻宋。」〔註 13〕古時「般」、「班」通用，後人尊其爲木工之祖師。亦有認爲魯班、公輸班是兩個人的說法，如〔晉〕葛洪《抱朴子・辨問篇》說：「班（魯班）、輸（公輸般）、倕（黃帝時巧人）、狄（墨翟）機械之聖也。」〔註 14〕葛洪把這四個人稱作機械製造的聖人，也就是把魯班、公輸般視爲兩人。無論是否爲同一人，精通機械製作爲其共同點，也因此成爲賦家心中最佳樂器製作的人選。從戰國宋玉〈笛賦〉，至漢代的傅毅〈琴賦〉、王褒〈洞簫賦〉、馬融〈長笛賦〉等賦，以及魏晉時的嵇康〈琴賦〉、孫該〈琵琶賦〉、成公綏〈琵琶賦〉，曹毗〈箜篌賦〉、孫瓊〈箜篌賦〉、蕭綱〈箏賦〉等賦，無論是跨越幾個時代，無論是製作何種樂器，賦家都能虛構地邀請公輸般（或魯班）參與製作。

樂器賦中和公輸般一同製作樂器者，常見的有離婁、后夔、倕、子野、伶倫等人，試看以下描寫樂器製作過程的引文：

> 命離婁使布繩，施公輸之剞劂。遂彫琢而成器，揆神農之初制。（〔漢〕傅毅〈琴賦〉）
>
> 於是般匠施巧，夔妃准法。（〔漢〕王褒〈洞簫賦〉）
>
> 后夔創製，子野考成。（〔晉〕陳窈〈箏賦〉）
>
> 乃託巧班倕，妙意橫施，因形造美。（〔晉〕成公綏〈琵琶賦〉）
>
> 微班輸之造器，命伶倫而調律。……后夔正樂，唱引參列。

〔註13〕見墨翟撰、〔清〕孫詒讓著：《墨子閒詁》（臺北：臺灣商務印書館，1983 年），卷十三，頁 303。

〔註14〕見王明著：《抱朴子內篇校釋》（北京：中華書局，1996 年，《新編諸子集成》），卷十二，頁 225。

　　　（〔晉〕孫瓊〈箜篌賦〉）

　　乃命夔班翦而成器，隆殺得宜，修短合思，矩制端平，雕
　　鏤綺媚。（〔梁〕蕭綱〈箏賦〉）

上述引文中，「離婁」，古代傳說中黃帝時人，能視於百步之外，見秋
毫之末〔註15〕；「夔」，堯舜時的樂官，因是樂官之長，又稱「后夔」
〔註16〕；「倕」，又寫作「垂」，舜時任共工〔註17〕；「伶倫」，相傳為
黃帝時代的樂官，是發明律呂據以制樂的始祖。〔註18〕除了子野（師
曠）之外，其餘皆為遠古不可考的人物，其虛構的成分是顯而易見的。
神話傳說的人物雖為虛構，卻活在人們心中，並佔有其神聖的地位，
因此賦家請傳說人物來施展神力，加深讀者對樂器及其音樂的完美品
質的肯定。

　　基於名家與神人的加持作用，有的樂器賦不管其虛構荒謬，將眾
多名家與傳說人物齊聚一堂，共同製作樂器，更賦予樂器完美而神聖
的地位。如〔漢〕馬融〈長笛賦〉：

　　於是乃使魯般、宋翟，構雲梯，抗浮柱。蹉纖根，跋巑纍。
　　膚陗阤，腹隉阻。逮乎其上，匍匐伐取。挑截本末，規摹
　　䂓矩。夔襄比律，子樊協呂。十二畢具，黃鍾為主。搯採

〔註15〕《孟子正義‧離婁上》：「孟子曰：『離婁之明，公輸子之巧，不以規
　　　　距，不能成方員』」見〔清〕焦循正義：《孟子正義》（北京：中華書
　　　　局，1988 年，《新編諸子集成》），頁 475。焦循正義：「離婁，古之
　　　　明目者，黃帝時人也。黃帝亡其玄珠，使離朱索之。離朱，即離婁
　　　　也，能視於百步之外，見秋毫之末。」見〔清〕焦循正義：《孟子正
　　　　義》，卷十四，頁 473。
〔註16〕《尚書正義‧舜典》中有舜帝命令夔典樂（主持樂政）時的一短話：
　　　　「夔，命汝典樂，教冑子。」見《尚書正義》，阮刻《十三經注疏》
　　　　本，卷第三，頁 46。
〔註17〕《史記‧五帝本紀》：「（舜）於是以垂為共工……垂主工師，百工致
　　　　功。」見〔漢〕司馬遷撰、楊家駱主編：《新校本史記三家注并附編
　　　　二種》，卷五，頁 39。
〔註18〕《呂氏春秋‧古樂》：「昔黃帝令伶倫作為律」見〔戰國〕呂不韋等
　　　　撰、陳奇猷校釋：《呂氏春秋新校釋》，卷第五，頁 288。說伶倫模仿
　　　　自然界的鳳凰鳴聲，選擇內腔和腔壁生長勻稱的竹管，製作了十二
　　　　律，暗示著「雄鳴為六」，是六個陽律；「雌鳴亦六」是六個陰呂。

斤械，剞棪度擬。鎪硐隤〔註19〕墜，程表朱裹。定名曰笛。

上述製器過程，有魯班、宋翟構雲梯來採集竹子，由后夔、師襄、子野等人校定律呂，製作樂器。文中「宋翟」，墨子，即墨翟；「襄」，師襄，春秋時魯國樂官，善彈琴擊磬，孔子曾向他學習彈琴。製笛有陣容龐大的名匠、音樂家通力合作，所作出的樂器豈能不完美？再看嵇康〈琴賦〉：

> 乃使離子督墨，匠石奮斤，夔襄薦法，般倕騁神。鎪會裹廁，朗密調均，華繪彫琢，布藻垂文，錯以犀象，籍以翠綠，絃以園客之絲，徽以鍾山之玉。爰有龍鳳之象，古人之形。伯牙揮手，鍾期聽聲，華容灼爚，發采揚明，何其麗也；伶倫比律，田連操張，進御君子，新聲慘〔註20〕亮，何其偉也。

賦中的「匠石」，匠人名石，《莊子》中記載此人能以斧頭砍去鼻尖上薄如蠅翼的石灰而無傷其鼻。〔註21〕「田連」，一作成連，春秋時代善彈琴者。傳說伯牙曾學琴於成連先生。嵇康〈琴賦〉中請明察秋毫的離婁打正墨線，請運斤成風的匠石揮舞斧頭，以確保其工藝前置作業的精準無誤；請堯舜的樂師夔和教孔子彈琴的師襄提供法式，以確保樂器的規格形制的精確；請能工巧匠魯班和工倕施展絕技，以確保樂器成品完美無瑕；請琴藝高超的伯牙試彈，知音的鍾子期聽音辨聲，進行樂器音準音質的測試；最後請發明律呂的伶倫校定音律，伯牙的老師田連親手彈奏，以作最後實際操作檢測。儘管虛構荒謬有如神話，但是在如此壯觀的製作團隊，層層把關之下，所製的樂器能在讀者的心中建立起神聖的地位。

　　樂器賦中參與製作過程的人物，亦有不是工匠或音樂家者，所

〔註19〕 「隤」，六臣本作「穨」。

〔註20〕 「慘」，《類聚》作「嘹」，《初學記》作「寥」。

〔註21〕 《莊子・徐无鬼》：「郢人堊慢其鼻端若蠅翼，使匠石斲之。匠石運斤成風，聽而斲之，盡堊而鼻不傷，郢人立不失容。」見〔戰國〕莊周撰、〔清〕王先謙撰、劉武撰：《莊子集解・莊子集解內篇補正》，卷六，頁215。

呈現出的意義也不相同。如〔晉〕孫該〈琵琶賦〉:「然後託乎公班,
妙意橫施。四分六合,廣袤應規。迴風臨樂,刻飾流離。弦則岱谷
㹇絲,筐貢天府。伯奇執軛,杞妻抽緒。」文中提到公輸般製琴之
外,尚有伯奇拿著整絲的工具,杞妻抽出絲頭。「伯奇」,相傳為周
王室重臣尹吉甫長子,善操琴,在被其父放逐時作〈履霜操〉琴曲
以述懷。而「杞妻」,杞梁之妻,孟姜女,善哭。伯奇與杞妻並非工
匠或音樂家,作家以虛構的方式安排兩人參與製作樂器,是為增添
悲傷的氣氛。又如〔魏〕嵇康〈琴賦〉:

> 於是遯世之士,榮期綺季之疇,乃相與登飛梁,越幽壑,
> 援瓊枝,陟峻崿,以遊乎其下。周旋永望,邈若凌飛,邪
> 睨崑崙,俯闞海湄,指蒼梧之迢遞,臨迴江之威夷,悟時
> 俗之多累,仰箕山之餘輝,羨斯嶽之弘敞,心慷慨以忘歸。
> 情舒放而遠覽,接軒轅之遺音,慕老童於騩隅,欽泰容之
> 高吟,顧茲梧而興慮,思假物以託心。乃斲孫枝,准量所
> 任,至人攄思,制為雅琴。

嵇康描述,有避士隱居的人,一起登飛樑、越深谷、攀枝條、登山崖,
休憩於梧桐樹下。盤桓流連之時有凌空飄然之感,遠望指點遙遠的蒼
梧,領悟世俗的牽累,仰慕許由高士、騩山老童,以及軒轅黃帝時代
的遺音,於是興起作琴的念頭,要藉以寄託心願,於是砍伐梧桐側生
的枝條,度量好尺寸,得道的「至人」抒發智慧,製作雅琴。上述所
謂「遯世之士」以及這些鉅細靡遺的描述,應是作者所虛構,是為了
營造超脫世俗的氛圍。又如〔梁〕蕭綱〈箏賦〉:

> <u>乃命夔、班翦而成器</u>,隆殺得宜,修短合思,矩制端平,
> 雕鏤綺媚。既而春桑已舒,暄風晻曖。丹荑成葉,翠陰如
> 黛。<u>佳人採掇,動容生態。值使君而有辭,逢秋胡而不對</u>。
> 里閭既返,伏食鬖飢。五色之繆雖亂,八熟之緒方治。異
> 東垂之野繭,非山經之漚絲。於是制絃擬月,設柱方時。

除了命夔、公輸般裁翦而成樂器,為虛構手法之外,較特別的是,採
絲之人強調為美人,運用兩個採桑遭戲的典故中的人物。一位美人在

春暖之時，採桑正逢「使君」，有「使君自有婦，羅敷自有夫」之對答；另一位遇到「秋胡」則不應，歸乃知爲其夫，憤而投河。作者蕭綱擅長宮體，多寫美人情態，此處使君與秋胡的出現，只是虛構地用典，目的在營造美人採桑的視覺美感，此爲個人風格的展現。

（三）樂器演奏的虛構

先唐樂器賦中所描述的演奏情境，尤其對音樂聲情、演奏技法的描述，可推知賦家多有眞實的音樂聆賞體驗，較少運用虛構誇飾的手法。但是部分樂器賦虛構地請古樂師現身彈奏，即使時空錯置，卻增加讀者的想像美感。

樂器賦中所邀請的古樂師，次數最爲頻繁的是伯牙與鍾子期的組合。伯牙是春秋戰國時期楚人，爲著名琴師，因與鍾子期的知音故事而聞名於世。〔漢〕枚乘〈七發〉中有：「使師堂操〈暢〉，伯子牙爲之歌。」即請師堂〔註22〕與伯牙演奏歌唱。有趣的是，除了〈七發〉之外，伯牙與鍾子期似乎不再出現於漢賦中演奏，反倒是魏晉時期的樂器賦，頻頻出現兩人合作的身影。如：

> 伯牙揮手，鍾期聽聲，華容灼爚，發采揚明，何其麗也；
> 伶倫比律，田連操張，進御君子，新聲慘亮，何其偉也。
> （〔魏〕嵇康〈琴賦〉）
>
> 鍾子授箏，伯牙同節。（〔晉〕賈彬〈箏賦〉）
>
> 牙氏攘袂而奮手，鍾期傾耳以靜聽。（〔晉〕陳窈〈箏賦〉）
>
> 遂創新聲，改舊用。君山獻曲，伯牙奏弄。（〔晉〕成公綏〈琴賦〉）

前三例都提到伯牙與鍾子期，一人彈奏，一人或傾聽或打拍子，最後一例多了東漢善鼓琴的君山〔註23〕。魏晉人特別鍾情於此二人，除了

〔註22〕一稱師襄，字子京，古之樂師。
〔註23〕君山，東漢人桓譚，字君山。《後漢書・桓譚傳》：「父成帝時爲太樂令。譚以父任爲郎，因好音律，善鼓琴。」見〔劉宋〕范曄撰、〔唐〕李賢等注：《後漢書》，卷二十八，頁955。

伯牙的琴藝之外，應與「知音」的嚮往有關。漢代賦作對象多爲帝王，樂器賦虛構伯牙出場，乃因其高超的琴藝，魏晉的賦作對象多爲文人同好，身處亂世的文人尋求知音的心情也間接由賦中虛擬演奏的過程中表露出來。

　　除了請古代著名樂師蒞臨現場，賦家亦喜愛請古代的美人彈奏，亦是虛構手法。如〔晉〕孫瓊〈箜篌賦〉：「后夔正樂，唱引參列。宋女揮絲，秦娥撫節。」其中「宋女」，宋國的女子，應是美女的代稱，而「秦娥」指古代秦國的女子弄玉，善吹簫。〔註24〕又如〔晉〕成公綏〈琵琶賦〉中：「彈琵琶於私宴，授西施與毛嬙。」西施與毛嬙，皆爲古代著名的美女。〔註25〕此兩篇皆爲晉代作品，這或許與魏晉人重視美感有關，這種美感包含人物或器物的外貌之美，由魏晉樂器賦對樂器外形的細緻描寫可窺一二，而樂器賦虛構地請古代美人演奏，更是視覺與聽覺的饗宴。

（四）音樂效果的虛構誇飾

　　先唐樂器賦中對於音樂效果的描寫，通常是虛構與誇飾兩種手法並存，其表現方式爲：一是以映襯的方式來誇飾，著名音樂家聆聽音樂之後自慚形穢；二是誇大音樂感人之效，音樂讓神人、天地、蟲魚鳥獸等爲之動容；三是誇大音樂功用，音樂能扭轉歷史人物的本性與行爲。

　　第一種方式是著名音樂家聆聽之後自慚形穢。樂器賦中爲凸顯

〔註24〕傳說她是秦穆公嬴任好的女兒，愛吹簫，嫁給仙人蕭史。漢劉向《列仙傳・蕭史》中說：「蕭史者，秦穆公時人也，善吹簫，能致孔雀白鶴於庭。穆公有女字弄玉好之，公遂以女妻焉。日教弄玉作鳳鳴，居數年，吹似鳳聲，鳳凰來止其屋。公爲作鳳臺，夫婦止其上，不下數年。一日，皆偕隨鳳凰飛去，故秦人爲作鳳女祠於雍宮中，時有簫聲而已。」見王叔岷撰：《列仙傳校箋》（北京：中華書局，2007年），卷上，頁80。

〔註25〕西施，春秋時越國人，著名的美女。毛嬙，古代美女。《莊子・齊物論》：「毛嬙、麗姬，人之所美也。」見〔戰國〕莊周撰、〔清〕王先謙撰、劉武撰：《莊子集解・莊子集解內篇補正》，卷一，頁23。

音樂之美，會虛構古代音樂家蒞臨，並誇大其反應，以映襯出音樂之美超越音樂大師的演奏，如：

> 鍾期、牙、曠悵然而愕兮，杞梁之妻不能爲其氣。師襄、嚴春不敢竄其巧兮，浸淫叔子遠其類。（〔漢〕王褒〈洞簫賦〉）
>
> 于時也，縣駒吞聲，伯牙毀絃。瓠巴聑柱，磬襄弛懸。留眑曠眙，累稱屢贊。失容墜席，搏拊雷抃。僬眇睢維，涕洟流漫。（〔漢〕馬融〈長笛賦〉）

王褒描述鍾子期、伯牙、師曠聽到這簫聲感到悵然而驚訝，連善於鼓琴的師襄和嚴春都不敢施展琴藝，樂師叔子也漸漸被簫聲吸引，於是放下樂器不再彈奏。馬融描述，善歌的縣駒、善彈琴的伯牙、善彈瑟的瓠巴以及善擊磬的師襄都放棄自己音樂才藝，對於笛聲激動鼓掌，頻頻掉淚。多位古人同場聆聽已屬虛構，而諸位音樂家對於音樂佩服得不敢再展現才藝，唯恐自不量力，更是誇飾的技巧。其他如〔晉〕潘岳〈笙賦〉中「晉野悚而投琴，況齊瑟與秦箏。」說子野（師曠字，晉人，故曰晉野）聽笙樂而棄琴不彈，同樣屬於以映襯方式來誇飾其音樂之美。

　　第二種方式誇大音樂感人之效，樂器賦爲了強調音樂的感人之深，往往以虛構兼誇飾的手法來誇大音樂之效，形容音樂讓神人、天地、蟲魚鳥獸等爲之動容。賦體本身有滿足人心好奇的需求，形容音樂打動人心已不足爲奇，若能打動天地鬼神，甚至是使無靈性的蟲魚鳥獸感動，才是好音樂。〔漢〕王褒〈洞簫賦〉即寫到：「是以蟋蟀蚸蠖，蚑行喘息。螻蟻螻蜓，蠅蠅翊翊。遷延徙迤，魚瞰雞睨。垂喙蜿轉，瞪瞢忘食。況感陰陽之龢，而化風俗之倫哉！」說這些蟲類都昂著頭、張著嘴、瞪大眼睛，圍著音樂轉而忘了飲食，應屬誇大其效。又〔漢〕馬融〈長笛賦〉：「魚鼈禽獸，聞之者莫不張耳鹿駭，熊經鳥申，鴟眎狼顧，拊譟踴躍。」描述魚鼈禽獸聽到笛音都豎起耳朵，伸長脖子，隨之起舞。雖說音樂對於動物的影響，曾被證實是有其可能，但反應隱微，不至於此，而這類描述在樂器賦中出現頻繁，應屬賦家

習慣的誇大手法。其他類似的例子如：

走獸率舞，飛鳥下翔。感激弦歌，一低一昂。（〔漢〕蔡邕〈琴賦〉）

鱏魚喁於水裔，仰駟馬而舞玄鶴。（〔漢〕馬融〈長笛賦〉）

獸連軒而率舞，鳳踉蹌而集庭。（〔晉〕陳窈〈箏賦〉）

雲禽爲之婉翼，泉鱏爲之躍鱗。（〔晉〕伏滔〈長笛賦〉）

足使長廊之瓦虛墜，梁上之塵染衣。鱏魚遊而不沒，白鶴至而忘歸。（〔梁〕蕭綱〈箏賦〉）

無論是天上的鳥，地上的獸，或是水裏的魚，都能被音樂所感，何況是「萬物之靈」的人呢？其中「鳳」是傳說中的鳥類，不存在於現實，又說音樂使廊上瓦墜落，梁上塵掉落，皆爲虛構誇飾。除此之外，樂器賦將周遭環境的變化歸因於音樂的感人，則明顯屬於虛構誇大的技巧，如：

〈清角〉發而陽氣亢，〈白雪〉奏而風雨零。（〔晉〕成公綏〈琴賦〉）

樂操則寒條反榮，哀曼則晨葦朝減。（〔晉〕孫瓊〈箜篌賦〉）

奏激昂之曲使陽氣高亢，奏悲傷之曲則風雨飄零，就現實來說毫無科學根據，成公綏以虛構之法強調音樂感天動地。孫瓊爲了強調樂曲的快樂或悲傷，虛構地寫樂曲對花草的影響，可使其欣榮，使其早凋。另外，樂器賦有以神話傳說人物入賦的虛構方式，如〔魏〕嵇康〈琴賦〉：

于時也，金石寢聲，匏竹屏氣，王豹輟謳，狄牙喪味。天吳踊躍於重淵，王喬披雲而下墜。舞鸑鷟於庭階，游女飄焉而來萃。

除了名歌手王豹停止歌唱，名廚狄牙喪失味覺的誇大反應，賦中還描述水神天吳在深淵裏踴躍；仙人王子喬披著彩雲降臨；神鳥鸑鷟在庭階下起舞；漢水女神飄飄然前來聚會。將傳說中的神人、仙人、神鳥現身現場，充滿仙境的氛圍，使音樂感人之效充滿神聖神秘的色彩。

第三種是誇大音樂功用。音樂能「移風易俗」，是樂器賦中普遍認定的音樂功能，其實音樂對於人的影響，大多是情感的方面，而樂器賦往往描述音樂能扭轉歷史人物的本性與行爲，虛構又誇大。如〔漢〕王褒〈洞簫賦〉:「嚚、頑、朱、均惕復惠兮，桀、蹠、鬻、博儡以頓悴。」愚頑兇殘的朱丹、商均、夏桀、盜跖、夏育、申博聽了之後都受到震驚而醒悟過來，改變自己的惡性而陷入自我反省之中。又如〔漢〕馬融〈長笛賦〉:「屈平適樂國，介推還受祿。澹臺載尸歸，皐魚節其哭。長萬輟逆謀，渠彌不復惡。蒯聵能退敵，不佔成節鄂。」說屈原、介之推、澹台滅明、皋魚、南宮長萬、高渠、蒯潰、陳不占等人聽了音樂，都會改變自我的過度的負面行爲。若深究其事實，所舉之古人言行的背後成因，很難歸因於音樂的效果。事實上，歷史不能重演，這些都屬假設性的結果，自然是虛構誇大的文學技巧。

總結來說，產地環境的虛構，目的在於營造高遠、奇險、危苦、自然等氣氛；著名產地的虛構，爲樂器的優良品質奠定基礎；工匠、樂師等人物的錯置與情節的虛構，目的在確定樂器精工與演奏水準；神話傳說人物與鳥獸的出現，是爲增添了樂器與或樂音的神聖性與神秘性，並強調音樂感人的效果。附帶一提，鄭明璋《漢賦文化學》中分析此虛構手法的心理層面，認爲賦家故意打亂時間的順序性的創作手法，是一種自覺的技巧，他說:「爲了超越時間的無限和生命的有限之間的矛盾所帶來的苦惱，也爲了表達自己特定的對哲學或人生問題的思考，我國古代的哲人們有時會故意打亂或否定時間的先後順序並將它作爲一種創作手法運用到自己的作品中」〔註26〕，透由打亂時序的虛構方式，文人可以自由地處理時間關係而不受時間邏輯限制，這種時間的自由組合與跳躍，凸顯賦家的情感需求與自由意念。

二、時空鋪排

劉勰《文心雕龍．詮賦》中提到賦「極聲貌以窮文」、「品物畢

〔註26〕見鄭明璋著：《漢賦文化學》（濟南：齊魯書社，2009年），頁140。

圖」、「寫物圖貌，蔚似雕畫」，點出賦具有描繪的特點。〔註 27〕司馬相如曾談到賦的創作經驗：「合綦組以成文，列錦繡而爲質。一經一緯，一宮一商，此賦之跡也。賦家之心，包括宇宙，總覽人物，斯乃得之於內，不可得而傳。」〔註 28〕說明了賦是一種以經緯來組織華美文字，以宮商來組合音律的文學藝術。萬光治將賦這種「列錦繡」的藝術特徵，稱爲「圖案化」的傾向，認爲圖案與漢賦的藝術特徵有相似之處，他說：「即以圖案論，它追求的空間完整，便是盡力在平面上展開對象的各個方面，從而得到一種靜態的美；它追求的時間完整，便是讓對象展開的各個面連續地在若干個空間出現，從而得到一種動態的美。」〔註 29〕而賦亦有追求「全」的特徵，因此在時空兩方面的盡力鋪陳，往往突破時空的限制，將不可能同時存在的事物組合在一起，填塞有如圖案，爲的是求其完整詳盡。

　　至於時空鋪陳的方式，以「鋪陳有序」爲賦的一大特點，〔清〕劉熙載《藝概・賦概》曾總結歷代賦的創作經驗：「賦兼敘列二法：列者，一左一右，橫義也；敘者，一先一後，豎義也。」〔註 30〕其中「左右」之列者，指向四方空間拓展，「先後」之敘者，指時間先後的開展，此爲賦體鋪陳情節事物的模式。賦重視聯繫多種事物、網羅各類素材，最初在賦中僅表現爲多種名物的堆砌羅列，後發展爲空間方面東、西、南、北的四方鋪述，以及上、中、下的層層描寫。賦的鋪陳有序也表現於時間順序的描寫，一日之中則依朝、暮、夜的順序，一年則按春、夏、秋、冬的季節遞嬗變化，此技巧增加了作品反映客觀事物的能力。就樂器賦而言，時空的鋪排

〔註 27〕見〔梁〕劉勰撰、周振甫注：《文心雕龍注釋》，頁 115～117。

〔註 28〕見〔晉〕葛洪撰：《西京雜記》，卷二，頁 73。

〔註 29〕見萬光治撰：《漢賦通論：增訂本》（北京：中國社會科學出版社，2005 年），頁 341。書中認爲漢賦的鋪排方式與漢代繪畫特徵，實有相似之處，此爲時代的審美特點。

〔註 30〕見《藝概》，〔清〕劉熙載撰、薛正興點校：《劉熙載文集》，卷三，頁 131。

有序主要運用於賦文一開始描寫產地環境的部分，少部分表現在音樂與演奏場景的描述中。

早在〔戰國〕宋玉〈笛賦〉中，已表現出空間的鋪陳有序，賦中有：

> 丹水涌其左，醴泉流其右。其陰則積雪凝霜，霧露生焉；
> 其東則朱天皓日，素朝明焉；其南則盛夏清微，春陽榮焉；
> 其西則涼風遊旋，吸逮存焉。

賦中描寫竹子產地環境，湧泉流水以左、右方式敘述，周遭環境則依照北（山之北為陰）、東、南、西順時針方位來敘述，表現出鋪陳有序的特色。而上述引文依四面方位順序描寫環境的同時，已約略結合了春、夏、秋、冬不同季節氣候的特徵。至〔漢〕枚乘〈七發〉寫龍門一地方的桐木，對生長環境的敘述已注意到時間、空間的鋪寫有序：

> 龍門之桐，高百尺而無枝。中鬱結之輪菌，根扶疏以分離。
> 上有千仞之峰，下臨百丈之谿。湍流遡波，又澹淡之。其
> 根半死半生。冬則烈風漂霰飛雪之所激也；夏則雷霆霹靂
> 之所感也。朝則鸝黃鳱鴠鳴焉；暮則羈雌迷鳥宿焉。獨鵠
> 晨號乎其上，鵾雞哀鳴翔乎其下。

若就地勢鋪寫，上是千仞山峰，下是百丈深澗；就聲響鋪寫，樹上有天鵝的呼叫，樹下有鵾雞的哀鳴。至於樹幹中段則是積聚曲折的紋理，其敘述方式自有其上、中、下的空間層次。時間的敘述方式亦有可觀，桐木受氣候變化的洗禮，有冬的風雪與夏的雷霆；桐木一日的變化，有清晨的禽鳥鳴叫，有傍晚的失偶迷路之鳥的棲息，已可見出鋪寫方式是依照四季遞嬗與朝暮變化。

樂器賦這種時空鋪陳的技巧，除了可擴大寫作內容的容量，尚有表現出文字的排偶之美。賦家鋪陳事物時，依上下左右四方或朝暮四季之序，恰可形成兩兩駢偶的對句。也因此，有時候賦家只取四季中的兩季，或四方中的兩方，以達駢儷之句。依時間順序鋪寫的例子有：

> 春禽群嬉，翱翔乎其顛。秋蜩不食，抱樸而長吟兮。（〔漢〕

王褒〈洞簫賦〉

秋潦漱其下趾兮，冬雪揣封乎其枝。……獲蜼晝吟，鼯鼠
夜叫。（〔漢〕馬融〈長笛賦〉）

夕納景於虞淵兮，旦晞幹於九陽。（〔魏〕嵇康〈琴賦〉）

吟高松兮落春葉，斷輕絲兮改夏絃。（〔陳〕陸瑜〈琴賦〉）

前三例皆是環寫樂器素材所產之地，王褒〈洞簫賦〉取春秋兩季的春
禽、秋蟬，表現蟲鳥縈繞的天然之景；馬融〈長笛賦〉取秋冬兩季節
的秋潦、冬雪以及走獸晝夜鳴叫，表現危殆艱險的環境；嵇康〈琴賦〉
寫日出、傍晚兩時段之景表現神話傳說的仙境。而陸瑜〈琴賦〉則以
春、夏兩季表現彈奏樂曲時的聲情變化。依空間方位鋪寫的例子很
多，有的只取部分方位來鋪寫，以下是運用方位順序的模式描寫音樂
的進行，如：

吹東角，動南徵，清羽發，濁商起。（〔魏〕杜摯〈笳賦〉）

南閣兮抍掌，北閤兮鳴笳。鳴笳兮協節，分唱兮相和。相
和兮哀諧，慘激暢兮清哀。（〔晉〕夏侯湛〈夜聽笳賦〉）

故左崎嶬，右硱磳，樹巖崿，水泓澄。……故西骨秦氣，悲
憾如慼；北質燕聲，酸極無已。（〔梁〕江淹〈橫吹賦〉）

杜摯所寫的四句，角、徵、羽、商泛指所吹笳聲旋律，而藉東與南方
位表現笳聲飄揚四處，非指實際方位。夏侯湛寫南門的人拍掌，北門
的人吹笳，南、北亦非實指，藉兩個方位來表達週遭，並以駢偶的句
式表現。江淹則以左右來寫周遭地形險峻，而「西骨」四句是為襯托
橫吹曲之雄壯，即使是取西秦、北燕兩地悲壯的音樂與之相較，也顯
得憾慼、心酸，這亦是取兩個方位的事物來鋪寫。

　　空間的鋪寫較多的是上、中、下的層層鋪寫，除枚乘〈七發〉
之外，〔漢〕蔡邕〈琴賦〉：「甘露潤其末，涼風扇其枝。鸞鳳翔其
顛，玄鶴巢其岐。」由「末」、「枝」、「顛」三個位置來表現桐木所
感受的天然，而王褒〈洞簫賦〉：「孤雌寡鶴，娛優乎其下兮。春禽
群嬉，翱翔乎其顛。秋蜩不食，抱樸而長吟兮。玄猿悲嘯，搜索乎

其間。」此段寫竹子產地充滿鳥獸蟲鳴的聲響，以凸顯環境的清靜
自然，造就竹子天性的自然，其敘述模式，先「下」次「顛」最後
「其間」。〔魏〕嵇康〈琴賦〉並序：

> 若乃春蘭被其東，沙棠殖其西，涓子宅其陽，玉醴涌其前。
> 玄雲蔭其上，翔鸞集其巔。清露潤其膚，惠風流其間。竦
> 肅肅以靜謐，密微微其清閒。夫所以經營其左右者，固以
> 自然神麗，而足思願愛樂矣。

春蘭覆蓋在它的東邊，沙棠繁殖在它的西邊，仙人涓子居住在它的南
邊（山之南曰陽），清泉湧出在它的前面，此處以平面四方展現。黑
雲蔭蔽在它的上空，飛翔的鳳凰棲息在它的枝頭，清露滋潤著它的皮
膚，和順的風兒吹過它的空隙間，又開展出上、中、下的立體層次。
其他較爲簡短的描述，如：

> 惟嘉桐之奇生，于丹澤之北垠。下俯條而迥迥，上紅紛而
> 干雲。（〔晉〕孫該〈琵琶賦〉）

> 上森蕭以崇立，下婆娑而四張。（〔吳〕閔鴻〈琴賦〉）

> 龍門奇樹，上籠雲霧。根帶千仞之溪，葉泫三危之露。忽
> 紛糅而交下，終摧殘而莫顧。（〔陳〕陸瑜〈琴賦〉）

上述三例皆從上、下的視野展現桐木的姿態，向上看通常是高聳入
雲，望下看通常是根部的迂迴錯節或是臨千仞溪澗。鄭明璋於《漢賦
文化學》中分析這種「三維」的立方體空間結構展示，乃源於古人的
空間無限性概念，進而影響漢賦的敘事結構。〔註31〕

先唐樂器賦按照時間空間鋪寫的方式，網羅靜態空間與動態時
間交錯之下的所有事物，表現出作者搜羅事物鉅細靡遺的學養，此
即「賦兼才學」的特點。在文學美感上，所呈現的是兩兩駢偶之美

〔註31〕鄭明璋認爲：「古人的這種空間無限性觀念和心理空間圖式強烈地影
響了漢賦的結構生成。古人闊大恢弘的空間意識直接影響了漢
賦……在漢賦的結構中，最常見的是對三維空間結構形式的展示，
並從此形成了漢賦的敘事結構方式，空間的無限性和包容性也啓發
了漢賦的鋪采摛文的藝術手法。」見鄭明璋著：《漢賦文化學》，頁
158。

感。表現於精神上的則是與宇宙天地萬物互通共存的緊密關係。樂器賦中，陳述音樂功能時，總是上感天地下動鬼神；寫樂器形制時，總是上應天數下應地理，同樣是按上下空間鋪寫來展現音樂與天地之間的關係。

三、譬喻與通感

「譬喻」是一種「借彼喻此」的修辭法，其理論架構，是建立在心理學「類化作用」的基礎上──利用舊經驗引起新經驗，通常是以易知說明難知；以具體說明抽象。〔註32〕樂器賦對於「音樂主體」的書寫，最常使用的即是「譬喻」的技巧，因為音樂屬於一種時間藝術，相較於其他如舞蹈、繪畫、建築等藝術來的抽象，文人以文字來記錄、詮釋音樂，因為文字富有意義與聯想，可以經營比喻與意象，給讀者自由解讀的空間，同時更深化其藝術價值。譬喻的「類化作用」還須建立在「通感」與聯想的基礎上。所謂「通感」指的是「感覺經驗之間的相互溝通和轉化」〔註33〕。「通感」對於文藝創作與欣賞都具有重要意義，就創作素材來說，客觀事物是豐富複雜的，其作用於文學藝術家的感官也是多種多樣的，要在紛雜的感覺訊息中發現創作素材，並將其冶煉成具有特定感覺形式和藝術方式的藝術形象，顯然離不開通感的作用。

先唐樂器賦中，對於音樂主體的詮釋，往往透過各種感官的通感作用來譬況音樂，除了尋找感覺相似的聽覺意象來「以聲喻聲」之外，也運用其他不同感覺來譬況，如視覺意象來「以形喻聲」、「以色喻聲」，如以觸覺意象來「以膚觸喻聲」，有時巧妙的譬喻兼具視覺、聽覺、觸覺等多重感受，有時傳神的譬喻透過多種事物的有機組合，全憑作者巧思。最為特別的是，作者將自己內心直觀的感受與體悟作為譬喻，來「以心喻聲」、「以人喻聲」，往往更能凸顯音

〔註32〕見黃慶萱著：《修辭學》，頁321。
〔註33〕見金開誠著：《文藝心理學術語詳解辭典》，頁68。

樂的內涵與意境。描寫抽象的音樂形象已不簡單，但要描寫音樂的內涵義理，更屬不易。先唐賦家創作時，已能自覺地區分兩者的不同，馬融〈長笛賦〉中歸納出兩大類型：「聽聲類形」與「論記其義，協比其象」。前者著重描寫音樂形象，後者著重寫個人的內心體悟與直觀感受，此二類亦可概括先唐樂器賦的譬喻內容。

（一）聽聲類形

雖說音樂是抽象藝術，但是其旋律、節奏、音色等音響特質卻是具體可感的。馬融所謂「聽聲類形」，其「形」指音樂形象，就音樂書寫來說，意指聆聽音樂之後，以相似的事物加以類比其音樂形象，也就是以譬喻手法書寫音樂。賦家聆賞音樂時，引發眾多紛雜的感官感受，沉澱冶鍊之後，尋找相似的意象將當時豐富感受轉化為文字，用以詮釋音樂的意象。

「聽聲類形」的譬喻手法在先唐樂器賦中十分常見，若配合通感的作用，依所用來比喻之事物的感官類別來區分，可分為聽覺意象方面的「以聲喻聲」，視覺意象方面的「以形喻聲」、「以色喻聲」，以及觸覺意象方面的「以膚觸喻聲」。

〔漢〕王褒〈洞簫賦〉的寫作模式，被奉為樂器賦的典範，其對音樂形象的譬喻，也很豐富，如賦中有「或渾沌而潺湲兮，獵若枚折。」將簫聲比喻為潺潺的流水，又像樹枝折斷一樣清脆，即屬於「以聲喻聲」。又賦中：「故其武聲，則若雷霆輘輷，佚豫以沸㥜；其仁聲，則若颽風紛披，容與而施惠。」簫聲中的「武聲」如打雷，聲疾而喧騰，這是聽覺的「以聲喻聲」；其「仁聲」如和緩的南風，緩緩吹拂大地使其生長，是觸覺「以膚觸喻聲」以及視覺的「以形喻聲」。賦的結尾「亂曰」寫到：

> 狀若捷武，超騰踰曳，迅漂巧兮。又似流波，泡溲汎㵼，趨巇道兮。哮呷呟喚，躋躓連絕，㴖殄沌兮。攪搜澤捎，逍遙踴躍，若壞頹兮。

連用四個譬喻，第一個「捷武」之人的譬喻，以敏捷孔武之人騰飛空

中的動作，來比喻音符的迅速變化與音高的突然拉高，這是「以形喻聲」的譬喻手法。後面三個譬喻如以「流波」逐漸消失於險灘，寫聲音由大至小，時而混雜難分；如以「攪搜澤捎」風振竹木聲，寫聲音細碎，傳遞又高又遠；如以「壞頹」，即物體崩壞倒塌來寫音符繁多，聲調猛烈，此皆屬於「以聲喻聲」的譬喻方式。其中「壞頹」之譬，實含有視覺與聽覺的雙重意象。

　　〔漢〕馬融〈長笛賦〉中有段文字極盡全力來鋪陳音樂形象，運用了各種感官通感的譬喻技巧來「聽聲類形」，十分精采，賦中寫到：

> 啾咋嘈啐，似華羽兮。絞灼激以轉切。震鬱怫以憑怒兮。
> 玆碭駭以奮肆，氣噴勃以布覆兮。乍時蹶以狼戾，䳠叩鍛
> 之䒑峇兮。正瀏溧以風冽，薄湊會而凌節兮。馳趣期而赴
> 躓。爾乃聽聲類形，狀似流水，又像飛鴻。氾濫溥漠，浩
> 浩洋洋。長矕遠引，旋復迴皇。……微風纖妙，若存若
> 亡。……或乃植持縱緤，怡儇寬容。……曲終闋盡，餘弦
> 更興。繁手累發，密櫛疊重。蹢趹攢仄，蜂聚蟻同。眾音
> 猥積，以送厥終。

「華羽」是以視覺的華麗來「以色喻聲」，譬喻音樂眾音熱烈纏繞。「鬱怫以憑怒」是以生氣大發雷霆的聲響來「以聲喻聲」，譬喻音調高昂奔放。「時蹶以狼戾」是以停步滯足，行為乖背來「以形喻聲」，譬喻旋律停滯不前，聲情詭異。而「䒑峇」是直接以打鐵聲來狀聲。接下來，「流水」與「飛鴻」的譬喻結合錯綜句法成為有機的組合，流水「氾濫」屬聽覺通感，「浩浩洋洋」又屬視覺通感，而飛鴻「溥漠」以翮撫水，交雜拍翅聲與水聲，飛鴻又遠引迴旋，形容音樂去往不定，高下不常，此綜合性的譬喻在聽覺「以聲喻聲」之外兼具視覺的「以形喻聲」。而後以「微風」飄拂而纖細微弱，來譬喻若有似無的聲音，屬於觸覺的「以膚觸喻聲」。而笛音久留空中，以「縱緤」作譬喻，如結繩一樣不散，屬視覺的「以形喻聲」。當笛曲進入結尾，音符繁多而頻率加快，以「蜂聚蟻同」來作視覺的「以形喻

聲」。

　　由上述例子發現，有些譬喻是綜合性的，非單一意象而是多意象的有機組合，也因此有多重感官的通感聯覺。這樣的譬喻方式需要多一點經營與構思，為譬喻的佳作，如下兩個例子：

> 或乘險投會，邀隙趨危。譬若離鵾鳴清池，翼若游鴻翔曾崖。紛文斐尾，慊縿離纚。……疾而不速，留而不滯。翩緜飄邈，微音迅逝。遠而聽之，若鸞鳳和鳴戲雲中；迫而察之，若眾葩敷榮曜春風。既豐贍以多姿，又善始而令終。
> （〔魏〕嵇康〈琴賦〉）

> 夫其悽戾辛酸，嚶嚶關關，若離鴻之鳴子也；含嘲嗶諧，雍雍喈喈，若群雛之從母也。（〔晉〕潘岳〈笙賦〉）

嵇康〈琴賦〉的例子中，「離鵾」、「游鴻」的比喻屬「以聲喻聲」，其「離」與「游」字使人有哀悽之感，同時存在著「以心喻聲」。而「紛文斐尾，慊縿離纚」明顯是「以色喻聲」，以鳥羽的清柔華美譬喻音樂的文采繁盛。引文最後的兩個譬喻是綜合性的通感譬喻，十分高明，「鸞鳳和鳴戲雲中」的譬喻，鸞與鳳都是傳說中吉祥的神鳥，「鸞鳳和鳴」是一雄一雌的夫妻組合，再配合雲中嬉戲的視覺畫面，從而組合出聽覺意象上傳達的鳴聲和諧，以及視覺意象上傳達出遊戲般調皮的，若隱若現的愉悅情調，是兼具以聲、形、心三種感官聯覺的譬喻技巧。而「眾葩敷榮曜春風」的譬喻，百花盛開的視覺意象，加上春風和暖的觸覺意象，又有隨風搖曳招展的視覺意象，從而組合出音樂音符繁盛而溫和，生機蓬勃的音樂情調。而潘岳〈笙賦〉例子是先寫其聲情，之後狀聲，再作譬喻。這些鳥聲意象的譬喻不單純是「以聲喻聲」，還有「以心喻聲」。呼喚找尋離子的心情是焦急、心酸的，用以譬喻音樂聲情的悽慘；幼鳥跟隨母親的心情是依賴、放心的，用以譬喻音樂聲情舒緩和諧。其中「群雛之從母」有母鳥帶領一群小鳥的綜合畫面，透過眾鳥意象的有機會組合，才能表現出這種一種溫馨而放鬆的聲情。

樂器賦中上有許多精采的譬喻，如嵇康即為描繪音樂的箇中好手，其〈琴賦〉中有：

> 粲奕奕而高逝，馳岌岌以相屬。……狀若崇山，又象流波。浩兮湯湯，鬱兮莪莪。怫憬煩寃，紆餘婆娑。陵縱播逸，霍濩紛葩。

一開始是以「流星」、「山勢」的視覺感官來「以形喻聲」，前者譬喻音樂圓滑快速，後者譬喻旋律的高低起伏。「崇山」與「流波」的譬喻亦著重視覺感受，以其浩大與高聳譬喻音樂意境的寬博與巍峨。最後的水流瀉下，繁花盛開的譬喻，呈現視覺與聽覺上音符紛呈，傾瀉而出的壯美。又如〔晉〕孫該〈琵琶賦〉：「每至曲終歌闋，亂以眾契。上下奔騖，鹿奮猛厲。波騰雨注，飄飛電逝」就音樂書寫而言，無論是走獸的狂奔，波濤雨水的灌注，或是飆風閃電，都兼具視覺與聽覺的感官效果，用以譬喻音樂結束時的音符繁密、節奏快速且氣勢雄壯。又如〔梁〕蕭綱〈箏賦〉：「如浮波之遠驚，若麗樹之爭榮。譬雲龍之無蒂，如笙鳳之有情。學離鷗之弄響，擬翔鴛之妙聲。」前三個譬喻屬「以形喻聲」，以浮波喻旋律起伏，以麗樹喻音符繁盛，以雲龍喻樂音飄移難以捉摸；後三者則屬「以聲喻聲」，以笙鳳喻音樂的和諧，以離鷗喻聲情哀傷，以翔鴛喻音樂巧妙。

（二）論記其義，協比其象

馬融所謂「論記其義，協比其象」，其「義」指音樂蘊含的義理，就音樂書寫來說，意指聆聽音樂而領悟其中哲理意涵，進而尋找相似的意象來比附它。〔漢〕王褒〈洞簫賦〉早有提到類似的創作方式，「科條譬類，誠應義理」拿這些不同的樂曲和其他事物相比擬，確實能在義理方面找到相感應之處。能從音樂中領悟其意涵，屬於深層的鑑賞，這種體驗與感受往往只能意會而難以言傳，因此要找到適當的譬喻並不容易。

中國的詩學批評的形式中，有所謂「印象式批評」，品評者由自己瞬間感受和直觀印象出發，對詩作內省式的理解。葉嘉瑩先生認

為：「中國文學批評的特色乃是印象的而不是思辨的，是直覺的而不是理論的，是詩歌的而不是散文的，是重點式的而不是整體式的。」〔註34〕先唐樂器賦的創作者，結合審美、鑑賞、創作於一身，其中文字既屬於文學創作，也屬於一種藝術批評，可以說是一種「創造性的批評」。而樂器賦中詮釋音樂的文字，有的部分直接表述評論者內心感知和價值思維，即具有「印象式批評」的特色。

先看〔漢〕王褒〈洞簫賦〉，賦中以譬喻的方式表現所領悟的音樂義理，如下：

> 要復遮其蹊徑兮，與謳謠乎相蘇。故聽其巨音，則周流氾濫，并包吐含，若慈父之畜子也；其妙聲，則清靜厭㢞，順敘卑迖，若孝子之事父也。科條譬類，誠應義理。澎濞慷慨，一何壯士。優柔溫潤，又似君子。故其武聲，則若雷霆鞈輷，佚豫以沸㥜；其仁聲，則若飄風紛披，容與而施惠。

《文心雕龍・比興》：「王褒〈洞簫〉云，『優柔溫潤，如慈父之畜子也』，此以聲比心者也。」〔註35〕王褒把音樂作用於人內心的微妙感受通過形象化的比喻表現出來。

這一段寫簫聲與歌聲相和十分和諧，「慈父之畜子」與「孝子之事父」之喻，重點不在如何撫育或如何奉養的行為動作，而是一種「心態」，所以劉勰說「以聲比心」。音樂巨大聲響不以氣勢取勝，而是遼闊而溫和，因此給人慈愛而包容的感受；微妙聲響，恬靜深遠而流暢，因此給人順從無違的感受。這樣的譬喻使人感覺到節奏的和緩。接下來則採「以人喻聲」的譬喻手法，由波濤沖擊形容樂曲的急速、高昂，體會出毅勇壯烈的情感，因而以「壯士」的意象來譬喻；由樂曲中悠揚婉轉的旋律，體會出溫潤又彬彬有禮的氣質，因而以「君子」的意象來譬喻，也因此「武聲」與「仁聲」之稱。附帶一提，王世貞《藝苑卮言》中批評：「子淵〈洞簫〉、季長

〔註34〕見葉嘉瑩著：《王國維及其文學批評》（臺北：桂冠圖書公司，1992年），頁146。
〔註35〕見〔梁〕劉勰撰、周振甫注：《文心雕龍注釋》，頁570。

〈長笛〉，才不勝學，善鋪敘而少發揮。〈洞簫〉孝子慈母之喻，不若安仁之切而雅也。」〔註36〕其實王褒與潘岳（其〈笙賦〉中「離鴻鳴子」、「群鶵從母」之喻）所側重的各有不同，王褒傳達的是從音樂中所領悟倫理內涵，潘岳則專注於音樂聲情的精確詮釋，兩人各有特色。但就所選用的譬喻意象是否「切而雅」，則潘岳的禽鳥「尋子」或「從母」的譬喻，畫面的確生動可愛，兼具各種感官聯覺。

　　再看〔漢〕馬融〈長笛賦〉中所詮釋的音樂內涵：

　　　　故論記其義，協比其象。徬徨縱肆，曠漢敝罔老莊之槩也；溫直擾毅，孔孟之方也；激朗清屬，隨光之介也；牢剌拂戾，諸、賁之氣也；節解句斷，管商之制也；條決繽紛，申韓之察也；繁縟駱驛，范蔡之說也；劈礫鈲㦓皙龍之惠也。

馬融在尋找可以比附音樂義理的「象」，所尋之「象」多為人物，《文心雕龍・比興》：「馬融〈長笛〉云：『繁縟絡繹，范蔡之說也』，此以響比辯者也」〔註37〕除了辯者，尚有思想家、勇士，且著重於各種人物的言行、思想等正向的特質，用以傳達內心所感悟到豐富哲理。另外，〔魏〕阮瑀〈箏賦〉也有「以人喻聲」的描述：「平調足均，不疾不徐，遲速合度，君子之行也；慷慨磊落，卓礫盤紆，壯士之節也。」以君子中庸合宜的行為，以及壯士的坦蕩氣節，來譬喻音樂，這種人格特質是作者內心的領悟，也是受到王褒〈洞簫賦〉中「壯士」、「君子」等譬喻的影響。

　　透由譬喻與通感，賦家極力表現音樂的種種形象，無論是摹其形象，或捕捉神韻，抑或是傳達作者所體會的音樂意蘊與義理，皆是創造性的詮釋，豐富了音樂的內涵。音樂不僅是對客觀世界的模仿，更是文人內省修養的活動，音樂「義理」的譬喻，是創作，是鑑賞，也是批評，凸顯出中國人特殊的審美型態，一種直觀感悟的，深層內省的藝術詮釋。

〔註36〕見〔明〕王世貞撰：《藝苑巵言》（濟南：齊魯書社，1992年），卷二，頁96。
〔註37〕見〔梁〕劉勰撰、周振甫注：《文心雕龍注釋》，頁570。

四、活用典故

　　所謂「用典」，亦稱「用事」，凡詩文中引用過去之有關人、地、事、物之史實，或語言文字，在詩文中引起讀者的聯想與意會，進而藉古言今，曲盡本意，即稱「用典」。劉勰《文心雕龍・事類》：「事類者，蓋文章之外，據事以類義，援古以證今者也。」〔註38〕至於「用典」的功用與好處，黃永武《字句鍛鍊法》談到：「凡綜採經史舊籍中的前言往行，都叫做『用典』。凡據事類義，來增加風趣的氣氛；或援古證今，來影射難言之事；或摭拾鴻采，來造成文章典雅的風格、華美的字面，都是『用典』的好處。」〔註39〕歸納而言，用典的功用，主要可使立論有根據，即劉勰所謂「援古證今」，亦可方便於比況和寄意，即劉勰所謂「據事以類義」，並可減少語辭之繁累，使文辭典雅，內涵豐富。對閱讀感受而言，典故初看言簡意賅，再看意在言外，回味無窮。

　　賦體文學原本是重視文學形式美感的體裁，文人往往藉賦體展現其才學，因此用典的情況非常頻繁。先唐樂器賦中在音樂書寫時頻繁使用典故，運用手法各有不同，有的承襲前人俗套，有的能故中求新。可惜先唐樂器賦多為殘篇，若以保存完整的賦作來看，如宋玉〈笛賦〉、馬融〈長笛賦〉、嵇康〈琴賦〉、潘岳〈笙賦〉、蕭綱〈箏賦〉等作品，幾乎通篇各段都有典故的運用。若就所用的典故類型而言，以音樂人物與工匠人物的典故居多，亦有語詞的典故，以及樂曲故事之典故。若就典故安排的位置而言，一般樂器賦中描寫樂器產地與製作、音樂的形象、音樂的感人與教化等各部份皆可見典故的運用。典故的運用在修辭學上或稱為「引用」，事實上，典故功能不只「引用」，典故在文句中可被調整設計而與其他如譬喻、映襯等修辭法結合，進而產生不同的效果。以下依典故安排的位置分別探討賦家用典及其音樂書寫。

〔註38〕見〔梁〕劉勰撰、周振甫注：《文心雕龍注釋》，頁 593。
〔註39〕見黃永武著：《字句鍛鍊法》，頁 100～106。

（一）以典故強調樂器品質與環境氛圍

　　先唐樂器賦的首段（少部分有序的賦作除外）大多描寫樂器製作的過程，往往提到諸多音樂人物與工匠人物的典故，取意其高超的專業技藝，其目的不外乎借助其權威性來肯定樂器的完美。常見的音樂人物典故如后夔正樂、伶倫調律、伯牙鼓琴之類，工匠人物則如公輸般的技藝、離婁的眼力之類。而述典的方式，如〔漢〕傅毅〈琴賦〉：「命離婁使布繩，施公輸之剞劂。」或如〔晉〕孫瓊〈箜篌賦〉：「徵班輸之造器，命伶倫而調律」，皆以虛構方式使用典實。賦中所邀請的音樂人物或傳說人物，皆為眾所周知的專業人，這樣的用典方式幾乎成為俗套。有的則是上推遠古人物創造樂器的神話傳說，來增加樂器的古老與價值，如〔漢〕馬融〈長笛賦〉：「昔庖羲作琴，神農造瑟，女媧制簧，暴辛為塤。倕之和鐘，叔之離磬。」又〔晉〕傅玄〈琴賦〉並序：「神農氏造琴，所以協和天下人性，為至和之主。」都是直接運用音樂神話傳說的典故，其時代久遠難以考證，用意在於塑造歷史悠久的印象，提高樂器的地位。

　　有些樂器賦談樂器的製作，不取古人穿梭時空的虛構方式，而是引用文獻典故，證明其來有自。蔡邕製琴製笛的典故，即被引用於樂器賦作中，如〔晉〕伏滔〈長笛賦〉之序：「余同僚桓子野，有故長笛傳之。耆老云：蔡邕之所製也。初邕避難江南，宿於柯亭之館，以竹為椽，邕仰而眄之曰：良竹也。取之以為笛，奇聲獨絕，歷代傳之，以至於今。」又如〔陳〕陸瑜〈琴賦〉：「逢蔡子之見矜，識奇響於餘煙。」兩者皆提到蔡邕的故事，典出《後漢書・蔡邕傳》注引張騭《文士傳》：「邕告吳人曰：『吾昔嘗經會稽高遷亭，見屋椽竹東閒第十六可以為笛。』取用，果有異聲。」〔註40〕又干寶《搜神記》卷十三：

　　漢靈帝時，陳留蔡邕……。至吳，吳人有燒桐以爨者，邕聞火烈聲，曰：「此良材也。」因請之，削以為琴，果有美音。而其尾焦，因名「焦尾琴。」蔡邕嘗至柯亭，以竹為

〔註40〕見〔劉宋〕范曄撰、〔唐〕李賢等注：《後漢書》，卷六十，頁2006。

椽，邕仰眄之，曰：「良竹也。」取以爲笛，發聲遼亮。一
云：邕告吳人曰：「吾昔嘗經會稽高遷亭，見屋東間第十六
竹椽，可爲笛。取用，果有異聲。」〔註41〕

伏滔〈長笛賦〉於序中直接引蔡邕之事，讓聽者期待「奇聲獨絕」，
陸瑜〈琴賦〉藉蔡邕「焦尾琴」的典故，肯定琴音是經過專家鑑定。
較之神話傳說人物的製器，此類文獻的徵引，使樂器品質踏實可信。
至於〔梁〕蕭綱〈金錞賦〉並序，亦是直接徵引文獻之文字：

舍弟西中郎致金錞一枚，《周禮》云：「鼓人掌六鼓四金，
以節聲樂，以和軍旅，以金錞和鼓，金鐲節鼓。」注曰：「錞，
錞于也。圓如椎頭，大上小下，樂作鳴之，與鼓相和。」《淮
南》云：「兩軍相當，鼓錞相望。」若古之禮器，餙軍和樂
者矣。

蕭綱直接引用《周禮注疏‧地官》〔註42〕的文獻於賦序中，用以說明
樂器的形制與功用，可知金錞屬於節奏樂器，運用於軍旅中與鼓相
和。序中亦引用《淮南子‧兵略訓》〔註43〕中的文字，說明金錞用於
兩軍相望而未戰之時，亦是與鼓配合。蕭綱引用文獻的目的在於使樂
器徵而有信。

　　另一用典方式，非引用文獻文字，但是目的也是用來說明樂器
由來。例如關於「箜篌」的介紹，〔晉〕楊方〈箜篌賦〉提到：「箜
篌祖琴」，又孫瓊〈箜篌賦〉提到：「考茲器之所起，實侯氏之所營」，

〔註41〕見〔晉〕干寶撰：《搜神記》（臺北：里仁書局，1980 年），卷十三，
　　　　頁 167。
〔註42〕《周禮注疏‧地官》：「鼓人：掌教六鼓、四金之音聲，以節聲樂，
　　　　以和軍旅，以正田役。教爲鼓而辨其聲用：以雷鼓鼓神祀，以靈鼓
　　　　鼓社祭，以路鼓鼓鬼享，以鼖鼓鼓軍事，以鼛鼓鼓役事，以晉鼓鼓
　　　　金奏，以金錞和鼓，以金鐲節鼓，以金鐃止鼓，以金鐸通鼓。」鄭
　　　　氏注云：「錞，錞于也，圓如碓頭，大上小下，樂作鳴之，與鼓相和。」
　　　　見《周禮注疏》，阮刻《十三經注疏》本，卷十二，頁 189～190。
〔註43〕《淮南子‧兵略訓》：「地廣民眾，主賢將忠，國富兵強，約束信，
　　　　號令明，兩軍相當，鼓錞相望，未至兵交接刃而敵人奔亡，此用兵
　　　　之次也。」見〔漢〕劉安撰、張雙棣校釋：《淮南子校釋》：卷第十
　　　　五，頁 1560。

又〔宋〕劉義慶〈箜篌賦〉亦有：「侯牽化而始造」，三篇賦中所引之事典出自《風俗通義・聲音》：「空侯，又坎侯。謹按漢書孝武帝賽南越，禱祠太乙后土，始用樂人侯調依琴作坎坎之樂，言其坎坎應節奏也。」〔註44〕三篇樂器賦是直接取意侯調依琴造箜篌的典故。又如〔漢〕蔡邕〈琴賦〉：「考之詩人，琴瑟是宜。」根據詩人所言，是製作琴瑟的好材料。所謂「詩人」，指《毛詩正義》〈鄘風・定之方中〉：「定之方中，作于楚宮。揆之以日，作于楚室。樹之榛栗，椅桐梓漆，爰伐琴瑟。」〔註45〕詩中提到榛樹和栗樹，以及椅、桐、梓、漆等樹，都是製作琴瑟的好材料，蔡邕引詩之典故來證明製琴的良材。漢馬融〈長笛賦〉於末段寫到羌笛的由來，並說：「易京君明識音律，故本四孔加以一。君明所加孔後出，是謂商聲五音畢」解釋其形制的演變。再看〔晉〕傅玄的〈琴賦〉、〈箏賦〉、〈琵琶賦〉等序，其〈琴賦〉並序提到「號鍾」、「繞樑」、「綠綺」、「焦尾」等名琴典故；〈箏賦〉並序對蒙恬造秦箏的說法提出質疑；〈琵琶賦〉並序則對琵琶由來的兩種說法作出判斷。這樣的方式，除了展現才學，亦有助於讀者對樂器的理解。

　　另外，樂器賦描寫環境時所用的人物典故，並非全是音樂家或工匠，所用典故是爲了營造出作者心中的所預設的氛圍。如馬融〈長笛賦〉：

> 於是放臣逐子，棄妻離友。彭胥伯奇，哀姜孝己。攢乎下風，收精注耳。靁歎頷息，捣膺擗摽。泣血泫流，交橫而下。通旦忘寐，不能自禦。

賦中提到「彭胥伯奇，哀姜孝己」，運用了彭咸、伍子胥、伯奇、哀姜、孝己等四個人的典故。〔註46〕其中有賢臣忠諫不被採納者，有

〔註44〕見〔漢〕應劭撰：《風俗通義》，頁5。

〔註45〕見《毛詩正義》，阮刻《十三經注疏》本，卷第三，頁115。意思是：定星出現在十一月的夜空，衛文公在楚丘興建宗廟，用日影測好方向，他開始建築房子。在周圍種了榛樹和栗樹，又種了楸、桐、梓和漆，供應木材作琴瑟。

〔註46〕彭咸：傳說爲殷賢臣，諫紂，紂不納而出奔。伍子胥：春秋時吳賢

孝子被後母誤解陷害者，亦有長妃哀傷其子死者。這些典故取意其
人物的悲慘遭遇，有如此遭遇之人，更能由風吹竹的聲音中體會竹
子所經歷的種種艱困，進而營造悲傷的氛圍。讀者對人物典故必須
有所理解，方能解讀作者的用心。又如嵇康〈琴賦〉中所描述的桐
木產地，運用多則隱者與遠古音樂傳說典故，如下：

> 於是遁世之士，榮期綺季之疇，乃相與登飛梁，越幽壑，
> 援瓊枝，陟峻崿，以遊乎其下。……悟時俗之多累，仰箕
> 山之餘輝，羨斯嶽之弘敞，心慷慨以忘歸。情舒放而遠覽，
> 接軒轅之遺音，慕老童於騩隅，欽泰容之高吟，顧茲梧而
> 興慮，思假物以託心。乃斲孫枝，准量所任，至人攄思，
> 制爲雅琴。乃使離子督墨，匠石奮斤，夔襄薦法，般倕騁
> 神。

登此山之人並不是一般俗人，而是「榮期綺季之疇」，這是運用了榮
啓期與綺里季兩位隱者的典故。〔註47〕登山之人仰望「箕山」之餘暉，
乃運用隱士許由的典故〔註48〕，又〈琴賦〉此段引文之前，尚有「涓
子宅其陽」之句，其中「涓子」亦是隱者〔註49〕。嵇康此處運用隱者
的典故，想傳達的是，此山非凡俗之人所能至，只能是擁有隱者超脫
心境之人方能體會，而所挑選的製器素材，亦是符合脫俗的人的審美
情趣了。賦中又提到隱者登覽時心情舒放而遠望，神接「軒轅」（黃
帝之號）時代的律呂遺音，仰慕那音如鐘磬的「老童」所居住的騩山，

臣，諫吳王，不從而被賜劍自殺。伯奇：尹吉甫之子，吉甫聽後妻
之言，疑其孝子伯奇，遂放逐之，伯奇自傷無罪，投河而死。
〔註47〕榮期：榮啓期，春秋時期的隱士，傳說曾行之於野，鼓琴而歌。綺
季：綺里季，漢代的隱士，「商山四皓」之一。
〔註48〕箕山：上古堯時隱士許由隱居的河南省登封縣東南的箕山，此喻隱
士許由。
〔註49〕涓子，人名。《文選》嵇康〈琴賦〉，李善注引《列仙傳》：「涓子者，
齊人也，好餌朮，著《天人經》三十八篇。釣於澤得符鯉魚中，隱
於宕山，能致風雨。造伯陽《九仙法》。淮南王少得其文，不能解其
音旨也。其《琴心》三篇，有條理焉。」見〔梁〕蕭統編、〔唐〕李
善注：《文選》，卷十八，頁261。

更欽佩黃帝的樂師「泰容」的高亢吟唱。〔註50〕這部分運用三則遠古時代的傳說典故，目的營造一種邈無人跡，淳樸自然，有如上古仙境般的環境。再看〔梁〕蕭綱〈箏賦〉：

> 既而春桑已舒，暄風晻曖。丹荑成葉，翠陰如黛。佳人採掇，動容生態。值使君而有辭，逢秋胡而不對。

蕭綱描繪樂器製作的過程，特別描述所用之絲絃，由美人採桑寫起，形容其容貌與姿態，並運用了「羅敷與使君」與「秋胡戲妻」的典故。前者典出《樂府詩集・陌上桑》，詩中寫採桑美女羅敷，遇使君言語調戲，機智的應對。〔註51〕後者典出劉向《列女傳》，敘述秋胡娶妻五日即出外，任官五年後歸鄉，中途言語調戲採桑婦人，回家才知採桑婦為自己妻子。〔註52〕一般人運用此二典故，多取意採桑女的機智或貞潔，以及使君與秋胡的無恥，而蕭綱運用典故，非取其本意，只取其美人採桑之意，因為兩典故中的採桑婦皆為絕世美人，蕭綱所著

〔註50〕軒轅：黃帝之號，相傳黃帝使伶倫始創樂律。老童：又稱耆童，古代神話中的神名。《山海經・西山經》：「（騩山）神耆童居之，其音常如鍾磬。」郭璞注：「耆童，老童，顓頊之子」。（見袁珂注：《山海經校注》，卷二，頁55。）泰容：相傳為黃帝的樂師。

〔註51〕《樂府詩集・陌上桑》中有「日出東南隅，照我秦氏樓。秦氏有好女，自名為羅敷。羅敷憙蠶桑，採桑城南隅。青絲為籠係，桂枝為籠鉤。頭上倭墮髻，耳中明月珠。緗綺為下裙，紫綺為上襦。……使君從南來，五馬立踟躕。使君遣吏往，問是誰家姝。秦氏有好女，自名為羅敷。羅敷年幾何？二十尚未足，十五頗有餘。使君謝羅敷：『寧可共載不？』羅敷前置辭：『使君一何愚！使君自有婦，羅敷自有夫。』……」見〔宋〕郭茂倩編：《樂府詩集》，卷第二十八卷，頁410～411。

〔註52〕劉向《列女傳・節義傳》「魯秋潔婦」：「潔婦者，魯秋胡子妻也。既納之五日，去而宦於陳，五年乃歸。見路旁婦人採桑，秋胡子悅之，……婦人採桑不輟，秋胡子謂曰：『力田不如逢豐年，力桑不如見國卿。吾有金，願以與夫人。』婦人曰：『嘻！夫採桑力作，紡績織紝，以供衣食，奉二親，養夫子。吾不願金，所願卿無有外意，妾亦無淫泆之志，收子之齎與笥金。』秋胡子遂去。至家，奉金遺母，使人喚婦至，乃嚮採桑者也，秋胡子慚。」見〔漢〕劉向撰、張敬註譯：《列女傳今註今譯》（臺北：臺灣商務印書館，1994年），卷五，頁190～191。

重在賦作所呈現的美麗視覺畫面。

（二）以典故表現音樂形象與意境

樂器賦的中段通常表現音樂形象與意境，大多運用相似的事物作譬喻來引發聯想，也有不少賦家在此部分運用典故，且此部分的典故運用較爲靈活，不似第一、三類典故的取意與敘述方式已形成俗套。如〔戰國〕宋玉〈笛賦〉中運用了許多典故（第三章第三節有相關論述），如賦中「歌壯士之必往，悲猛勇乎飄疾」即以荆軻刺秦王之前，易水送行之歌的故事來表現音樂之悲壯；如賦中「麥秀漸漸兮鳥聲革翼」即以箕子過殷墟而作之歌的故事傳達音樂的感傷；如賦中「招伯奇於源陰，追申子于晉域」即以伯奇、申子被陷害而自殺的故事傳達音樂的哀思。宋玉所舉典故背後都是一段哀傷的故事，藉由故事情境的聯想來表現笛音的各種聲情。又如〔漢〕馬融〈長笛賦〉中運用人物的典故來書寫音樂：

> 故論記其義，協比其象。徬徨縱肆，曠漢敞罔老莊之躈也；溫直擾毅，孔孟之方也；激朗清屬，隨光之介也；牢剌拂戾，諸、賁之氣也；節解句斷，管商之制也；條決繽紛，申韓之察也；繁縟駱驛，范蔡之說也；劈礫銚懂，晳龍之惠也。

馬融運用道家老莊、儒家孔孟、卞隨、務光、專諸、孟賁、管仲、商鞅、申不害、韓非、范雎、蔡澤、鄧晳、公孫龍子等人的典故，包含思想家、勇士、辯士等不同特質。典故結合譬喻的修辭展現，以不同人物的特質對應音樂的不同風格與意涵，馬融努力展現音樂的不同樣貌，並將音樂提高至思想的層次。又如嵇康〈琴賦〉：「狀若崇山，又象流波。浩兮湯湯，鬱兮峩峩」，乍看之下，彷彿作者自己的話語，不覺得有典故，其實是化用伯牙與鍾子期的典故。典故出自《呂氏春秋》卷十四〈孝行‧本味〉：

> 伯牙鼓琴，鍾子期聽之。方鼓琴而志在太山，鍾子期曰：「善哉乎鼓琴，巍巍乎若太山。」少選之間，而志在流水，

　　鍾子期又曰：「善哉乎鼓琴，湯湯乎若流水。」鍾子期死，
　　伯牙破琴絕絃，終身不復鼓琴，以爲世無足復爲鼓琴者。
　　〔註53〕

伯牙與鍾子期的典故極爲通俗，屢爲文士所樂用，幾成俗套。先唐樂
器賦中所採用此典故多取意其伯牙的琴藝或兩人的知音關係，嵇康能
化用此典故於無形，取意其樂曲所呈現的高山與流水的意境，以寫眼
前琴聲之美，用典又不爲典所拘。

　　引用前人語詞入詩文，亦屬用典的一種，即所謂「語典」。先唐
樂器賦除了運用人物典故表現音樂意境之外，有時賦家對於前人的音
樂評論，直接引用其語詞，以表達自己對音樂的審美觀感。此類前人
評論之引用，大多表達平和的音樂風格，前文第四章〈先唐樂器賦之
音樂美學〉中「尚和的音樂審美觀」有相關引述，以下簡略敘述。例
如〔漢〕王褒〈洞簫賦〉中：「賴蒙聖化，從容中道，樂不淫兮。條
暢洞達，中節操兮」又如後〔漢〕侯瑾〈箏賦〉：「若乃察其風采，練
其聲音。美〈武〉、〈蕩〉乎，樂而不淫。雖懷思而不怨，似〈豳風〉
之遺音。」皆提到「樂而不淫」，典故出自孔子對《詩經‧周南‧關
雎》的評價，《論語‧八佾》子曰：「〈關雎〉，樂而不淫，哀而不傷。」
〔註54〕讚美〈關雎〉能眞實而適切的表露情感，歡樂而不過於流蕩，
哀思而不會造成損傷。王褒與侯瑾直接引用其語詞，來詮釋所聆聽的
音樂，表示對所聆聽之音樂的認同，認爲符合了這種平和有節制的音
樂風格。

　　同樣地，〔魏〕嵇康〈琴賦〉：「或曲而不屈，或直而不倨」，與
〔晉〕王廙〈笙賦〉：「直而不倨，曲而不俳」，引用前人對音樂的
評論。《左傳》襄公二十九年記載季札觀周樂，季札聽完〈頌〉讚
美說：「至矣哉！直而不倨，曲而不屈」〔註55〕，用人的性格描述

〔註53〕見〔戰國〕呂不韋等撰、陳奇猷校釋：《呂氏春秋新校釋》，卷十四，
　　　　頁744～745。
〔註54〕見〔宋〕朱熹撰：《四書章句集注》，卷二，頁66。
〔註55〕《春秋左傳注疏》襄公二十九年記載季札觀周樂，爲之歌〈頌〉曰：

音樂，認為〈頌〉正直而不傲慢，委婉而不卑下，嵇康與王廙稍加變動文字，置入賦文中。又如〔晉〕王廙〈笙賦〉：「金清而玉振」，典出《孟子・萬章下》：「集大成也者，金聲而玉振之也。金聲也者，始條理也；玉振之也者，終條理也。」〔註56〕孟子稱讚孔子才德兼備，學識淵博，正如奏樂，以鐘發聲，以磬收樂，集眾音之大成。後人用來比喻音韻響亮、和諧，或是比喻人的知識淵博。王廙略更動一字，改「聲」為「清」，用以表達笙樂的響亮和諧。

　　〔晉〕潘岳〈笙賦〉中也運用了許多語典，如：「大不踰宮，細不過羽」，典出《國語・周語下》記載伶州鳩勸諫周景公鑄鍾之事，伶州鳩說：「臣聞之，琴瑟尚宮，鍾尚羽，石尚角，匏竹利制，大不踰宮，細不過羽。」〔註57〕認為音樂要在人耳的聽覺感知度作為音樂和諧的檢驗標準。潘岳直接引用其語詞，所傳達的是笙樂的平和。又〔晉〕潘岳〈笙賦〉有：「邇不逼而遠無攜，聲成文而節有敘。」李善注：「《左氏傳》昭公二十九年，吳公子札來聘，魯人為奏四代樂為之歌頌。季札歎曰：『至矣哉！邇而不偪，遠而不攜，節有度，守有敘。凡人邇近者，好在逼迫，此樂中乃有不逼之聲；凡人相遠者，好在攜離，此頌中乃有遠不攜離之音。』」、《毛詩・序》曰：「聲成文謂之音。」〔註58〕潘岳運用《左傳》的典故，將其語詞簡化為二句但是保有其意涵，讚美笙樂的有條理有節度，無壓迫無疏離的舒適審美感受。

　　有時所引用的詞語典故，非關音樂，而是表達一種聆聽時的情境或心情，如〔晉〕夏侯湛〈夜聽笳賦〉：「越鳥戀乎南枝，胡馬懷

「至矣哉！直而不倨，曲而不屈；邇而不偪，遠而不攜；遷而不淫，復而不厭；哀而不愁，樂而不荒；用而不匱，廣而不宣；施而不費，取而不貪；處而不低，行而不流。五聲和，八風平，節有度，守有序。盛德之所同也。」見《春秋左傳注疏》，阮刻《十三經注疏》本，卷第三十九，頁671。

〔註56〕見〔宋〕朱熹撰：《四書章句集注》，卷十，頁315。
〔註57〕見〔周〕左丘明撰、〔三國吳〕韋昭註：《國語》，卷三，頁126～127。
〔註58〕見〔梁〕蕭統編、〔唐〕李善注：《文選》，卷十八，頁267。

夫朔風。惟人情之有思，乃否滯而發中。」前兩句典出《古詩十九首》中的〈行行重行行〉：「胡馬依北風，越鳥巢南枝」〔註59〕，一般動物，都會依戀故土，何況是作為萬物之靈的人類？夏侯湛直接引用詩句，人的思鄉之情不言而喻，思鄉之人更容易被音樂觸動或是藉音樂而抒發。又如〔梁〕蕭綱〈箏賦〉：「若夫楚王怡蕩，楊生娛志。小國寡民，督郵無事。」其中「小國寡民」典故出自《老子》：

> 小國寡民，使有什伯之器而不用，使民重死而不遠徙，雖有舟輿，無所乘之；雖有甲兵，無所陳之。使人復結繩而用之，甘其食，美其服，安其居，樂其俗。鄰國相望，雞犬之聲相聞，民至老死不相往來。〔註60〕

這裡描繪了老子心目中理想的社會景象，國土小，人民少，人民過著淳樸的生活而無紛爭，而君主可無為而治。蕭綱身為帝王，能「無為而治」應是其理想，賦中直引「小國寡民」的詞語，並非取意老子的政治理想，而是一種悠閒無事的狀態，恰好適合以音樂來娛志。又如潘岳〈笙賦〉：「於是乃有始泰終約，前榮後悴。激憤於今賤，永懷乎故貴。滿堂而飲酒，獨向隅以掩淚。」其「始泰終約」是指主人公的經歷是先奢侈榮華，後儉約憔悴，因而激憤立志。看似無典故，實有所本，桓譚《新論・琴道篇》曰：

> 雍門周（戰國時期國的琴家）以琴見孟嘗君曰：「先生鼓琴，亦能令文悲乎？」對曰：「臣之所能令悲者，先貴而後賤，昔富而今貧。」〔註61〕

於是雍門揮琴，而孟嘗君流涕。此故事又見《說苑・善說篇》。〔註62〕

〔註59〕見〔梁〕蕭統編、〔唐〕李善注：《文選》，卷二十九，頁417。

〔註60〕見〔晉〕王弼撰：《老子注》，頁235～236。

〔註61〕見〔漢〕桓譚撰：《新論》，頁1。

〔註62〕《說苑・善說篇》：「雍門子周，以琴見乎孟嘗君。孟嘗君曰：『先生鼓琴，亦能令文悲乎？』雍門子周曰：『臣何獨能令足下悲哉。臣之所能令悲者：有先貴而後賤，先富而後貧者也……』孟嘗君曰：『否！否！文固以為不然。』雍門子周曰：『然臣之所為足下悲者一事也。夫聲敵帝而困秦者，君也；連五國之約而南面伐楚者，又君也。天下未嘗無事，不從則橫。從成則楚王，橫成則秦帝。楚王秦帝，必

潘岳取雍門周琴諫孟嘗君的典故，孟嘗君與〈笙賦〉的吹奏者，一爲
聽者一爲演奏者，身分雖不同，但是表達同樣的意涵，即聆賞音樂當
時的處境對音樂審美有重大的影響。

　　樂器賦描寫音樂之時，往往列舉樂曲名稱，而中國樂曲多屬標
題音樂，樂曲創作的背後有其本事。賦家紀錄所聆聽的樂曲時，將
所了解的樂曲本事技巧地融入文字中，間接表現樂曲的內涵，亦是
一種典故運用的方式。如〔漢〕蔡邕〈琴賦〉：

> 仲尼〈思歸〉，〈鹿鳴〉三章。〈梁甫〉悲吟，周公〈越裳〉。
> 〈青雀〉西飛，〈別鶴〉東翔。〈飲馬長城〉，楚曲〈明光〉。
> 〈樊姬〉遺歎，〈雞鳴〉高桑，走獸率舞，飛鳥下翔。感激
> 弦歌，一低一昂。

連續十句，敘述了十個琴曲以及十個古琴故事，其中「仲尼思歸」指
〈陬操〉，而「樊姬遺歎，雞鳴高桑」應指〈楚妃嘆〉、〈雞鳴〉二曲，
其相關琴曲故事已於第三章第四節中「樂理曲目知識」中敘述。蔡邕
列舉琴曲時，同時提及本事，使讀者聯想到樂曲的創作意涵，如「仲
尼思歸」即指孔子不被衛國重用，又聽聞兩位賢人過世，返鄉作〈陬
操〉琴曲來悼念。蔡邕此處用典可使人明白彈奏〈陬操〉之曲，又可
使人聯想樂曲本事所描述的不幸遭遇。再看〔晉〕潘岳〈笙賦〉中提
到多首樂曲，有的僅列曲名，有的則運用樂曲典故，如賦中云：「詠
〈園桃〉之夭夭，歌〈棗下〉之纂纂。」前句所言指魏文帝〈園桃行〉
曰：「夭夭園桃，無子空長。虛美難假，偏輪不行。」後句指古〈咄
喑歌〉曰：「棗下何攢攢，榮華各有時。棗欲初赤時，人從四邊來。

報仇于薛矣！夫以秦楚之強而報仇於弱薛，譬之猶摩蕭斧而伐朝菌
也，必不留行矣。天下有識之士，無不爲足下寒心酸鼻者，千秋萬
歲之後，廟堂必不血食矣！高臺既以壞，曲池既以漸，墳墓既以平
而青廷矣。嬰兒豎子樵采薪莞者，躑躅其足而歌其上。眾人見之，
無不愀焉爲足下悲之，曰：「夫以孟嘗君尊貴，乃可使若此乎？」』
於是孟嘗君泫然，泣涕承睫而未殞。雍門子周引琴而鼓之，徐動宮
徵，微揮羽角，切終而成曲。孟嘗君涕浪汗增歎，下而就之曰：『先
生之鼓琴，令文立若破國亡邑之人也』。」見〔漢〕劉向撰、向宗魯
校證：《說苑校證》，卷第十一，頁281。

棗適今日賜，誰當仰視之。」（纂與攢古字通）潘岳紀錄樂曲時，巧妙地將歌詞融入文字中。又如其〈笙賦〉中所列〈王昭君〉、〈楚妃嘆〉、〈楚王吟〉、〈王子喬〉爲吟嘆四曲，其敘述方式爲「子喬輕舉，明君懷歸。荊王喟其長吟，楚妃歎而增悲。」若不明白樂曲典故者，僅能將此四句理解爲音樂感人的效果，解讀爲笙樂使子喬升天，明君想歸鄉，荊王感嘆而長吟，楚妃感嘆而增悲。其實潘岳運用樂曲主角故事入賦，使人聯想王子喬、王昭君等人的遭遇，豐富了樂曲的意涵。另外，〈笙賦〉中：「〈秋風〉詠於燕路，〈天光〉重乎〈朝日〉。」前句所指是魏文帝〈燕歌行〉：「秋風蕭瑟天氣涼。」將歌詞與曲名融爲一體。

（三）以典故襯托音樂的感人與教化

先唐音樂賦爲表現音樂感人之深刻，常以禽鳥走獸的非常態反應來凸顯音樂的感人，此處所用的典故大多限於固定幾個典故，幾乎成爲俗套。先看下列文句：

> 昔師曠三奏，而神物下降，玄鶴二八，軒舞於庭，何琴德之深哉！（〔漢〕馬融〈琴賦〉）

> 鱏魚喁於水裔，仰駟馬而舞玄鶴。（〔漢〕馬融〈長笛賦〉）

> 伯牙彈而駟馬仰秣，子野揮而玄鶴翔鳴。（〔晉〕成公綏〈琴賦〉）

> 雲禽爲之婉翼，泉鱏爲之躍鱗。（〔晉〕伏滔〈長笛賦〉）

> 鱏魚遊而不沒，白鶴至而忘歸。（〔梁〕蕭綱〈箏賦〉）

上述的文句中，往往提到馬仰秣、玄鶴舞、鱏魚躍等類似的反應，乃出自下列典故，一是荀子〈勸學〉：「昔者瓠巴鼓瑟，而流魚出聽；伯牙鼓琴，而六馬仰秣。」〔註63〕又《淮南子‧說山訓》：「百牙鼓琴，而駟馬仰秣。」〔註64〕另一典故是《韓非子‧十過》：「（師曠爲晉平公奏清徵之音）一奏之，有玄鶴二八，道南方來，集於郎門之垝。再奏之而列。三奏之，延頸而鳴，舒翼而舞。」〔註65〕上述典故皆誇張

〔註63〕見〔戰國〕荀子撰、王先謙集解：《荀子集解》（臺北：藝文印書館，1912 年），卷第一，頁 117。

〔註64〕見〔漢〕劉安撰、張雙棣校釋：《淮南子校釋》，卷第十六，頁 1630。

〔註65〕見〔戰國〕韓非撰、陳奇猷集釋：《韓非子集釋》（臺北：漢京文化

地表現音樂之感人。就述典的方式而言，馬融〈琴賦〉採簡述的方式，其〈長笛賦〉與成公綏〈琴賦〉則略爲更動典故文字，伏滔〈長笛賦〉與蕭綱〈箏賦〉則是將典故的意涵融爲自己的方式展現，都是取意其音樂感人之深，連鳥獸蟲魚皆爲所動。

　　爲了表現音樂的美妙與動人，樂器賦的作者引用古代音樂家的典故，但不以虛構的方式出現，而是結合映襯修辭，以襯托的方式，層層烘托，使音樂主角遠遠超越著名音樂家。試看下列文句：

> 鍾期、牙、曠悵然而愕兮，杞梁之妻不能爲其氣。師襄、嚴春不敢竄其巧兮，浸淫叔子遠其類。（〔漢〕王襃〈洞簫賦〉）
>
> 于時也，緜駒吞聲，伯牙毀絃。瓠巴聑柱，磬襄弛懸。（〔漢〕馬融〈長笛賦〉）
>
> 晉野悚而投琴，況齊瑟與秦箏。（〔魏〕潘岳〈笙賦〉）
>
> 伯牙能琴，於茲爲朦。……延年新聲，豈此能同。（〔魏〕阮瑀〈箏賦〉）
>
> 邈漸離之〈清角〉，超子野之〈白雪〉。（〔晉〕孫瓊〈箜篌賦〉）

前三例中，緜駒善於歌唱，瓠巴善鼓瑟，伯牙、晉野（即子野）、杞梁妻與嚴春皆善彈琴，磬襄（即師襄）則善彈琴鼓瑟，叔子爲樂師，每個音樂家聽到笛聲都自慚形穢，閉口毀弦，放下瑟，撤去磬架。後二例，則是直接以伯牙、李延年難以相比，或者是樂音超越高漸離、子野所彈奏的樂曲，映襯出演奏者琴藝的傑出或音樂之美。嵇康〈琴賦〉也運用許多音樂家、神人典故來凸顯音樂之美：

> 于時也，金石寢聲，匏竹屏氣，王豹輟謳，狄牙喪味。天吳踊躍於重淵，王喬披雲而下墜。舞鷿鷉於庭階，游女飄焉而來萃。感天地以致和，況蚑行之眾類。

其中王豹，春秋時魏國的名歌手，而狄牙，春秋時以擅長烹調聞名。嵇康以映襯方式，說琴音之美讓歌手自嘆不如而輟歌，而名廚也因此喪失靈敏的味覺，如同孔子所謂「三月不知肉味」〔註66〕的意涵。

　　事業公司，1983年），卷第三，頁171。

〔註66〕《論語集注・述而》：「子在齊聞《韶》，三月不知肉味，曰：『不圖

而賦中天吳與游女皆爲傳說水神，王子喬爲傳說仙人，連仙人皆因音樂感人而下凡，可見音樂的美妙奇特。此說法與前文音樂感動禽鳥走獸的方式類似，但是擴大音樂感人的範圍至仙界。

　　至於音樂的教化功能，先唐音樂賦運用典故的方式已形成模式，彼此不同之處僅在所運用的人物典故，前文第四章第二節探討音樂功能中的「移風易俗」單元有相關論述。其用典方式並非簡述其人物故事，而是假設人物會改變自我惡性，如〔漢〕王褒〈洞簫賦〉中運用了丹朱、商均、夏桀、盜跖、夏育、申博等人的典故，認爲即使是歷史上最兇殘頑愚之人都能深自反省，凸顯音樂感化人的力量。又如〔漢〕馬融〈長笛賦〉舉屈平、介推、澹臺、皋魚等四人，其行爲上的不合人情，假借他們因笛聲而符合中庸。而長萬與渠彌有弒君的惡行，蒯聵與不佔性格上有缺失，皆能受音樂感化而停止惡行或彌補缺失。再如〔魏〕嵇康〈琴賦〉中的伯夷、顏回、比干、尾生、惠施、萬石等人，也因爲音樂的感人而成就自我的品德。賦家運用眾多人物典故，網羅各種性格人物，以擴大音樂教化的可能性。

　　總結以上所述，賦藉由鋪陳手法來「體物」，其鋪陳技巧已超越原初的「直陳其事」，進而發展成爲自己的文體特色。就先唐樂器賦而看，實際的「鋪陳」是透過虛構誇飾、時空鋪排、譬喻通感、活用典故等技巧達成音樂形象的書寫。「虛構誇飾」的技巧主要營造產地環境的氛圍、樂器製作精工、音樂效果的誇大；「譬喻通感」的技巧譬況音樂聲情與義理的體悟。前者屬側面書寫，爲烘托音樂之美，造成讀者的預期心理；後者屬正面書寫，窮盡音樂聲貌，使讀者彷彿身歷其境。至於「時空鋪排」多用於周遭環境的鋪寫，表現一種有秩序的、鉅細靡遺的美感。「活用典故」的賦中俯拾皆是，呈現博學典雅的美感。

爲樂之至于斯也。』」見〔宋〕朱熹撰：《四書章句集注》，卷四，頁96。

第二節　賦形式特點及其音樂詮釋

　　每一種選擇都有其意義，文人選擇以「賦體」作為詮釋音樂的體裁，其原因除了賦體所擅長的虛構、誇飾、譬喻、用典、鋪排等文學技巧，賦體本身的形式特點也應是文人所考慮的選項之一。這些形式特點諸如：較長的篇幅、靈活的句式、押韻換韻的自由，以及結合「序」、「亂」、「歌」等特殊形式，都是文人得以充分詮釋音樂的文體特徵。

　　賦體文學在發展的過程中與其他文類如：《詩經》、《楚辭》、駢文、律詩等交互影響下，其多元的風格也展現在的句式的多樣化，進而產生如：詩體賦、騷體賦、俳賦、律賦等風格不同的賦作類型。若就先唐賦體文學數量最多的散體賦與騷體賦而言，一般散體賦多詠物記事，騷體賦多抒情，其內容、風格的不同亦與所運用的句式有關。而關於賦的形式結構，第二章第二節「先唐賦體的發展與演變」已有相關論述，大致而言，依內容可分開頭、正文、結尾三部分，部分的賦作在開頭之前有「序」，正文中夾有「歌」，結尾處有「亂」，而「序」、「亂」、「歌」的存在並非必然，然而，每個形式結構在內容的安排中各有功能。賦的用韻方面，文體賦一般以「散－韻－散」作為基本結構，用韻較為隨意，而騷體賦則是棄散用整，通篇用韻，表現為兩句一韻的規律。

　　若分析句式節奏與閱讀時的感受，不同句式所表現的情感與風格是有所差異的。賦以四言六言為主，雜以三言、五言、七言皆有，尚有騷體「兮」字句。就節奏而言，四言句有如音樂的四分之四拍子：強－弱－強－弱，三言句或六言句有如音樂的四分之三拍子：強－弱－弱。前者四平八穩，規矩莊重，後者輕快活潑，流暢圓滑。粗略而言，四言句可敘述理性，三言六言則適合敘述情感豐富之事，而「兮」字句則情感成分更為濃厚。

　　本節以前文第二章第二節中所概述賦體文學的結構安排與基本句式為基礎，就樂器賦中各體裁的句式變化、用韻規律以及序、歌、

亂等形式特點，探討其與音樂詮釋的關係。

一、先唐樂器賦之句式及其音樂詮釋

　　文學的形式，除了是一種眾人漸積而成的習慣，也是文人有意識的選擇，先唐樂器賦的句式有其共性，作品之間亦有些微的差異。一般來說，賦體的特殊形式，如「序」多用無韻的散句，「亂」與「歌」多用騷體句。除此之外，先唐樂器賦中其他如環境描寫、樂器製作、音樂主體、感人之效與功用等部份的描寫多用韻句，依寫作內容的不同，慣用的句式也略有差異。而不同時代不同作者，文人所運用的句式各有所偏好，而不同的句式在閱讀時也能產生不一樣的感受。句式的使用中，四言句與六言句是其中最為常見的句式，並與其他如三言、五言、七言、「兮」字句等句式作有機組合，其中雜以「爾乃」、「若乃」、「於是」等語詞作為內容的切割與韻腳的轉換，依個人的喜好與風格呈現不同的音樂詮釋。

　　由於目前所見之先唐樂器賦多殘篇斷句，欲觀察全篇句式變化不易，因此以下的歸納分析以保存完整的賦作為主，如漢代王褒〈洞簫賦〉與馬融〈長笛賦〉，魏代嵇康〈琴賦〉，晉代潘岳〈笙賦〉，與梁蕭綱〈箏賦〉等賦，嘗試區分彼此在句式使用習慣的不同，以及時代遞嬗下句式使用習慣的改變。

（一）產地環境描寫與句式使用

　　先唐樂器賦描寫產地環境時，賦家運用各種句型來表達不同內容。以漢代而言，王褒〈洞簫賦〉以「六－兮－六」句式作前後加長的變化，馬融〈長笛賦〉以四言短句為主。魏晉之後，一般以四字句、六字句為主再加以變化，嵇康〈琴賦〉雜以騷體句，蕭綱〈箏賦〉則多對偶句。

　　〔漢〕王褒〈洞簫賦〉為騷體賦，產地描寫的部份多為「○○○○○○兮，○○○○○○」的「六－兮－六」句型，如：「吸至精之滋熙兮，稟蒼色之潤堅」之句，用來作一開始環境概述以及歸納竹子的整

體素質。而「兮」字前後字數有時加長為「八－兮－八」句型，如：「翔風蕭蕭而迊其末兮，迴江流川而漑其山」之長句有兩組句，用來寫山風川流朝露的洗禮。緊接著，更有變化加長為「四－五－兮－四－五」句型，如：「孤雌寡鶴，娛優乎其下兮。春禽群嬉，翱翔乎其顛」之長句亦有兩組，用以寫禽鳥走獸之悲鳴。其中，騷體句中又雜以非「兮」字句的「四－四－八」句式兩組，如：「嶇嶔𡾋崎，倚巇迤嶊，誠可悲乎其不安也」等兩組長句，用來寫近區地形崎嶇與遠望地勢平坦的不同感受。王褒善用變化「兮」字句型來表達不同的內容，透由句式的不同，誦讀時音節與節奏頓挫亦不相同，讀者可意識到作者所傳達事物的不斷變化。

〔漢〕馬融〈長笛賦〉則多短句來描寫產地環境的部份，除了開始時的四組「兮」字長句，其餘皆為四字句。先以「六－兮－六」句型寫竹子所處之地的大致狀況，如：「託九成之孤岑兮，臨萬仞之石磎」、「秋潦漱其下趾兮，冬雪揣封乎其枝」等句。而後，對於地形的崎嶇起伏，山洪的沖擊撼動，鳥獸悲鳴等的詳細鋪寫，幾乎皆為四字句，如：「嶻嶭澇峗，岪窻巖覆。運裛窏浼，岡連嶺屬」、「波瀾鱗淪，窊隆詭戾。漡瀑噴沫，犇遯碭突」之類的句子。前面的「兮」字長句有搖曳之美，且可容納多個意象，作者用以概述高危之境，有崇高神秘的美感。後面四字句能容納意象較少，但音節沉穩，連續誦讀給人緊湊迫切之感，聽來彷彿賦中所舉的危險景象一一呈現，進逼而來。

〔魏〕嵇康〈琴賦〉描寫產地環境運用了騷體句與四言、六言句。一開始運用「六－兮－六」騷體句寫梧桐處於高聳可參星辰之地，吸收天地日月精華，如：「惟椅梧之所生兮，託峻嶽之崇岡」的長句共六組。接著寫地勢崎嶇陡峭時，採用的是四言句如：「盤紆隱深，磪嵬岑崟」；形容地形崇高秀麗之時，又改採六言句如：「蒸靈液以播雲，據神淵而吐溜」；寫水勢的湍急澎湃時，用的是四言句如：「（爾乃）顛波奔突，狂赴爭流」；寫四周所產皆珍寶時，又插入兩

句六言句如：「（詳觀其）區土之所產毓，奧宇之所寶殖」。最後依四方上下的方位寫梧桐周遭之物，則改以五言句表現，如：「（若乃）春蘭被其東，沙棠殖其西」等句。嵇康此賦喜用四言句與六言句穿插，細察其所用，緊張危險之情勢用四言句，奇特美好之情勢用六言句或騷體句，概六言句有搖曳之美，四言句相對來說顯得嚴謹而緊湊。

〔晉〕潘岳〈笙賦〉寫產地環境的文字不多，先用四六言隔句對來寫，如：「河汾之寶，有曲沃之懸匏焉。鄒魯之珍，有汶陽之孤篠焉。」說明著名產地，並以六言句「（若乃）縣蔓紛敷之麗，浸潤靈液之滋，隔限夷險之勢，禽鳥翔集之嬉，固眾作者之所詳，余可得而略之也」表示不願贅述環境。〔梁〕蕭綱〈箏賦〉介紹著名產地，其寫法與潘岳〈笙賦〉相似，先以四六言隔句對寫「江南之竹，弄玉有鳴鳳之簫焉。洞陰之石，范女有遊仙之磬焉」作為開頭，引出「別有泗濱之梓」，之後以四言句與六言句寫其環境。其篇幅與漢魏相比，減少許多，環境的危苦似乎已經不是賦家所重視的焦點，對「奇」的重視則不斷延續。

（二）製器過程描寫與句式使用

先唐樂器賦描寫製器過程多用三字句、四字句的短句，多敘事而非情感的陳述。漢代王褒〈洞簫賦〉全用四言句如：「（於是）般匠施巧，夔妃准法」、「鍥鏤離灑，絳唇錯雜」等句子，為此賦中少數非騷體「兮」字句的句式。而馬融〈長笛賦〉亦用三言與四言句寫製器過程，「於是乃使魯般、宋翟，構雲梯，抗浮柱。蹉纖根，跋篾縷。膺隃陁，腹陘阻。逮乎其上，匍匐伐取。挑截本末，規摹饕矩。夔襄比律，子埜協呂……。」三言句音節讀來輕快，四言句音節讀來穩重，漢代兩篇賦用四言句來寫製器符合規矩，表現出周嚴謹慎的態度。而三言句寫名匠攀爬取材，表現其動作的靈巧輕快。尤其〈洞簫賦〉屬於騷體賦，四言句在賦中顯得特異，可見四言句式安排的別具意義。

魏晉時期，嵇康〈琴賦〉中製器過程的描寫同樣以三言、四言的

短句居多。寫邁世之士，以三言句來描寫，如：「（乃相與）登飛梁，越幽壑，援瓊枝，陟峻崿」，腳步輕盈；陳述登覽的心情，先採四言後採六言，六言句如：「悟時俗之多累，仰箕山之餘輝」之類的句子來鋪陳超脫的境界。緊接著，名人製器部分，以前人慣用的四言句共十四句來描述，如：「（乃使）離子督墨，匠石奮斤」之類的句子；裝飾的部分則以四言六言表現，如：「錯以犀象，籍以翠綠，絃以園客之絲，徽以鍾山之玉」之類的句子；延請名人比律試彈，則以四言句共十句來展現，如「伶倫比律，田連操張」之句。〔晉〕潘岳〈笙賦〉的製器同樣以三言、四言的短句開展，如賦中：「（則）審洪纖，面短長。剞 生榦，裁熟簧。設宮分羽，經徵列商。泄之反謐，厭焉乃揚」，外部裝飾的部分則以四言六言爲主，六言句如：「基黃鍾以舉韻，望鳳儀以擢形」，四言句則如：「如鳥斯企，翾翾歧歧」等句。漢與魏晉相較，漢代製器強調過程的精確，魏晉樂器賦除了精準，還多了外觀的細膩描述，此與魏晉文人重視美感有關。因此，漢人寫名匠製器多用三、四言短句，強調快又準，而魏晉人加以六言的節奏美感來表達樂器外貌的精美，要求樂器的內外兼備。

〔梁〕蕭綱〈箏賦〉同樣以四言句寫名匠製器，如：「乃命夔班，翦而成器，隆殺得宜，修短合思，矩制端平，雕鎪綺媚」等句，而且以六言句特別強調所用之弦多麼得來不易，如：「五色之繆雖亂，八熟之緒方治。異東垂之野繭，非山經之漚絲」等句。

（三）音樂主體詮釋與句式使用

先唐樂器賦對於音樂主體的詮釋，時而白描鋪敍；時而列舉曲目；有時譬喻其形象；有時陳述其義理，其句式的使用各不相同，展現出賦家個人的特色。

〔漢〕王褒〈洞簫賦〉在簡單介紹吹簫者目盲的天性之後，即開始用「兮」字句描寫音樂主體，多採「六－兮－六」的句型，寫吹奏者肢體情態者如：「形旖旎以順吹兮，瞋嘵嘵以紆鬱」之句，寫音樂

形象者如：「氣旁迕以飛射兮，馳散渙以逴律。趣從容其勿述兮，騖
合遝以詭譎」之句，並用「於是」、「若乃」、「爾乃」等詞作爲轉換。
王褒在描寫音樂時，白描鋪寫其形象時多用「六－兮－六」句型，當
以譬喻詮釋音樂，或音樂所引發的聯想與所領悟的義理時，則改變句
型，如：「（故聽）其巨音，則周流氾濫，并包吐含，若慈父之畜子也；
其妙聲，則清靜厭瘱，順敘卑达，若孝子之事父也」這種「三－五－
四－七」句型作隔句對的設計，又如：「科條譬類，誠應義理。澎濞
慷慨，一何壯士。優柔溫潤，又似君子。」用四字句，而：「（故）其
武聲，則若雷霆鞱輣，佚豫以沸㥜；其仁聲，則若颽風紛披，容與而
施惠。」等「三－六－五」句型亦屬隔句對的長句。楚辭以直述抒情
爲其特色，其騷體句式用之於賦體，也多用於直陳音樂形象或音樂聲
情，而音樂義理這類較爲理性的部份則改由其他句式來詮釋。

　　〔漢〕馬融〈長笛賦〉喜用四字句的短句，描寫音樂主體亦是如
此，但雜有騷體句作爲變化。賦中先點出邀閒公子、暇豫公子之類，
聚於庭中賞樂。先用四字句寫乍聽笛音的印象，如：「紛葩爛漫，誠
可喜也；波散廣衍，實可異也」等句，帶有句末助詞「也」字有語氣
舒緩之效，類似「○○○○，○○○兮」這種「四－三－兮」句式的功
用。接著，以帶「六－兮－六」的騷體句寫其音樂形象，如：「震鬱
怫以憑怒兮，耿硠駭以奮肆。氣噴勃以布覆兮，乍跱蹠以狼戾」之類
的句子。而後，音樂「聽聲類形」的部份皆用四字句，如：「狀似流
水，又像飛鴻。氾濫溥漠，浩浩洋洋。長矕遠引，旋復迴皇」等句，
偶用「爾乃」、「或乃」、「然後」等語詞來調節語氣，轉換內容。此部
份一連串的四字句，給人一氣呵成的痛快。最後對於音樂意涵的領
悟，又轉以另一種句式表現，如：「（故）聆曲引者，觀法於節奏，察
變於句投，以知禮制之不可逾越焉；聽簉弄者，遙思於古昔，虞志於
怛惕，以知長戚之不能閒居焉。」這種「四－五－五－十」句型配合
隔句對的長句。最後談到「論記其義，協比其象」時採用「四－四－

也」句式，也就是四字句爲主，綴以語助詞「也」字，如：「溫直擾毅，孔孟之方也」等句子共八組。

魏晉以後的幾篇樂器賦，描寫音樂主體的部分篇幅增長，而且通常陳述二至三個演奏或聆賞的場景，採「先詳後簡」的方式，也就是第一個聆賞場景的音樂書寫最爲詳盡，其他則相對簡單。句式方面逐漸增多四言句與六言句，極少用「兮」字句。

〔魏〕嵇康〈琴賦〉描寫音樂主體的部分內容豐富，除了一開始調音彈奏，還包括三個不同的演奏場景，以及推薦自己所喜愛的曲目。調音的部分運用四字句，如：「（則）角羽俱起，宮徵相證」，進入樂曲先以三言句，如：「揚〈白雪〉，發〈清角〉」，正式進入樂音的描寫，則以六言句與四言句，白描或譬喻其音樂形象，六言句如：「紛淋浪以流離，奐淫衍而優渥」等共六句，四言句如：「狀若崇山，又象流波」等有十四句之多。

第一個演奏場景屬於「獨樂樂」，較之於後面兩個場景，篇幅較長，描述也較詳細，應是嵇康平時最喜愛的賞樂模式。描述環境、彈奏的心境與曲目，乃至撫弦歌唱，皆用四言句式，如：「（若乃）高軒飛觀，廣夏閑房」、「（於是）器泠絃調，心閑手敏」等句，接著「歌曰」的部分採「三－兮－三」騷體句，而後休息片刻，改韻易調，再以四言句爲主，六言句爲輔的方式詮釋音樂，並零星插入三、五、七言句。其中插入的兩句三言句爲「揚和顏，攘皓腕」，寫其演奏情態，五言句如：「（或）曲而不屈，（或）直而不倨」去掉「或」實爲四言句，兩句七言句爲：「譬若離鵾鳴清池，翼若游鴻翔曾崖」，亦有四六言隔句對，如：「遠而聽之，若鸞鳳和鳴戲雲中；迫而察之，若眾葩敷榮曜春風。」第二、三個演奏場景皆屬「眾樂樂」，篇幅較短，句式的安排也相似，皆採先四言再三言最後六言的順序。戶外春遊之場景，先以四言簡述情況，如：「若夫三春之初，麗服以時，乃攜友生，以遨以嬉」，再以三言節奏寫輕快步伐，如：「涉蘭圃，登重基。背長林，翳華芝。臨清流，賦新詩」，最後愉快的體驗與心境則以六言句

來寫，如「嘉魚龍之逸豫，樂百卉之榮滋。理重華之遺操，慨遠慕而長思」。華堂私宴之場景，先以四言概述情況，再以三言寫所演奏之樂曲，最後以六言句寫音樂的豐富變化與美好。

介紹喜愛曲目的部分，則四言句來列舉，如：「〈鵾雞〉、〈遊絃〉，更唱迭奏，聲若自然」之句，並以五六言或四六言的隔句對句式來感嘆琴音非凡人能解，如：「（然）非夫曠遠者，不能與之嬉遊；非夫淵靜者，不能與之閑止；非放達者，不能與之無□　；非至精者，不能與之析理（也）」，若再去掉「夫」字，則成為四組整齊的四六言句式。嵇康往往能在整齊的長對句中，加入語詞來伸縮文句以求變化。

〔晉〕潘岳〈笙賦〉中音樂主體的描寫分為兩部分，一是寫遭遇「故貴今賤」之人的吹奏，一是「臨川送離」的場景，前者詳細後者簡略。一開始先以四言句介紹吹奏者的身世遭遇，如：「（於是乃有）始泰終約，前榮後悴。激憤於今賤，永懷乎故貴」等句，而表演過程與音樂描寫則以六言為主，兼用四言，六言句如：「援鳴笙而將吹，先嘔噦以理氣」，四言句如：「愀愴惻減，虺韡煜熠」。中有「歌曰」亦是四言與六言句。而在列舉所演奏的曲目時，句式由三言而四言而六言，讀來頗有抑揚頓挫之美，其為：「（爾乃）引〈飛龍〉，鳴〈鵾雞〉。〈雙鴻〉翔，〈白鶴〉飛。子喬輕舉，明君懷歸。荊王喟其長吟，楚妃歎而增悲。」共八首樂曲，而後以兩組「四－四－七」句式的隔句對譬喻其音樂形象，為：「（夫其）悽戾辛酸，嚶嚶關關，若離鴻之鳴子也；含哃嘽諧，雍雍喈喈，若群鶵之從母也。」此後又恢復四言。第二個「臨川送離」的場景描述較為簡略，大多也以四言六言為主，中雜三言句，如：「（爾乃）促中筵，攜友生。解嚴顏，擢幽情，」以及七言句如：「邇不逼而遠無攜，聲成文而節有敘。」

〔梁〕蕭綱〈箏賦〉的音樂主體敘述可分三部分，同樣是以第一個演奏場景詮釋音樂最詳盡，後兩個場景則多寫美人情態。第一場景直接描述音樂，多以四言六言句描述音樂，如：「若夫鏗鏘奏曲，溫潤初鳴。或徘徊而蘊藉，或慷慨而逢迎」之類的句子，而且以六

言句居多，並零星插入兩句七言句，如：「曹后聽之而懷讒，謝相聞之而涕垂」。第二場景是所呈現的聆賞情境，是宮廷中君王酒酣之際，聽美人彈箏。內容大多寫女子的情態，音樂的書寫很少，僅有：「情長響怨，意滿聲多。奏相思而不見，吟夜月而怨歌」等幾句四言六言的描寫。第三場景是寫演奏樂曲〈釣竿〉以及「新弄」，但音樂主體的描寫較少，較多的是描寫女子的穿著、姿態、眼神，以及彈箏的手部情態，如：「乍含猜而移柱，或斜倚而續絃。照瓊環而俯捻，度玉爪而徐牽」等句。蕭綱選擇以六言句為主來表達音樂與審美場景，乃因六言句的抒情搖曳的節奏，恰好傳遞無限的深情美感。

（四）音樂感化與句式使用

先唐樂器賦中大多數的作品極力強調音樂感人之效，以及音樂移風易俗的功用。而這部分所使用的句式，幾乎與「音樂主體」的書寫有所差異，而且多為成組的排偶句式或隔句對的長句，可見出作者的用心經營與重視。除了王褒〈洞簫賦〉本屬騷體賦，用「兮」字句，其餘賦作極少用「兮」字句來陳述音樂功能，蓋因「兮」字句適於抒情，用於說理或許不夠沉穩莊重，這也呈現賦家對句式的不同選擇。

漢代王褒〈洞簫賦〉中寫音樂的感人與移風易俗之效，其句式變化多端。一開始採「八－兮－八」或「七－兮－七」的兮字句，如：「故貪饕者聽之而廉隅兮，狼戾者聞之而不懟。剛毅強虣反仁恩兮，嘽噅逸豫戒其失。」甚至有「兮」前後字數或七或八或九，不對稱的句子。之後，以四言句寫音樂形象，至於寫人對音樂的審美反應時，用「四－七－四」句式隔句對，如：「（故）聞其悲聲，則莫不愴然累欷，擊涕抆淚；其奏歡娛，則莫不憚漫衍凱，阿那腲腇（者已）。」而蟲蟻魚鳥對音樂的諸多反應，則以一連串的四字句來陳述。

〔漢〕馬融〈長笛賦〉中，先以四言句寫人與魚獸皆能受音樂感動而返中和，如：「鴟眂狼顧，拊譟踴躍。各得其齊，人盈所欲」之類的句子。而後寫音樂能扭轉人之本性與言行時，採用五言句來舉

例，如：「屈平適樂國，介推還受祿」等共十二句，在賦中顯得十分特別，似五言詩形式，「詩賦合流」的現象在東漢已見端倪。〈長笛賦〉在五言句之後，插入兩句六言句，為：「鱏魚喁於水裔，仰駒馬而舞玄鶴」，用典故寫音樂感人之深，再接續以貫用的四字句，誇大其音樂之感人，如：「觳駒吞聲，伯牙毀絃」之類的句子，至於總結音樂功用的部分亦用四言句，如：「（是故可以）通靈感物，寫神喻意。致誠效志，率作興事。漑盬汙濊，澡雪垢滓矣。」

〔魏〕嵇康〈琴賦〉中此部分的句式亦是特意安排，而且相較於其他內容，此處運用五言句較多。一開始「論其體勢，詳其風聲」分析樂器形製與音響特質之時，以五言句來表現，如：「器和故響逸，張急故聲清。閒遼故音庳，絃長故徽鳴。」中有連接詞「故」字，不屬於五言詩的句式，比較像「○○兮○○」的句式。賦中說明懷戚者、康樂者、平和者的審美情緒時則用「五－四－四－四－四」的句式隔句對來表現，如：「（是故）懷戚者聞之，莫不憯懍慘悽，愀愴傷心，含哀懊咿，不能自禁」等長句共三組。至於音樂扭轉人的本性與言行，以五言為主，如：「（是以）伯夷以之廉，顏回以之仁。比干以之忠，尾生以之信。惠施以之辯給，萬石以之訥慎」等句。而後，寫琴音的美好勝過其他音樂，足以打動天上仙人、河裏水神之時，則又恢復以往慣用的四言句、六言句。

〔晉〕潘岳〈笙賦〉在音樂感人與教化方面著墨不多，也不像其他長篇樂器賦特別另立一段來集中描寫，而是雜於音樂表演的描寫中，僅有「舞既蹈而中輟，節將撫而弗及。樂聲發而盡室歡，悲音奏而列坐泣。」以及「晉野悚而投琴，況齊瑟與秦箏」等句，是以六言句為主來作變化。潘岳不認為音樂有教化之效，倒是讚美笙具有清音德音，用了三言六言的隔句對句式，如：「惟簧也，能研羣聲之清；惟笙也，能揔眾清之林」等句，而評價笙樂則以五言六言作變化。

〔梁〕蕭綱〈箏賦〉此部分與〈笙賦〉一樣，不強調音樂的感人與教化，除了「曹后聽之而懽讙，謝相聞之而涕垂。……聽鳴箏之弄

響，聞茲絃之一彈。足使遊客戀國，壯士衝冠。」之句以及「（足使）長廊之瓦虛墜，梁上之塵染衣。鱣魚遊而不沒，白鶴至而忘歸」等六言句之外，不見其他相關文字，更無音樂教化方面的敘述。

　　總結來說，內容與句式大致安排上，先唐樂器賦對環境產地的描寫，多以四言六言作配合，其中四言寫其危險地勢與艱苦考驗，六言句寫其高、遠、奇、美。製器過程的描寫則多用短句，三言句寫登山取材之輕盈快速，四言句寫名匠製器的嚴謹精確。音樂主體的詮釋，句式使用上比較具有個人特色，因此風格多樣。音樂的感人與教化陳述，作者用心經營特殊句式，多以整齊的隔句對或排偶句方式呈現。至於作者個人句式使用習慣方面，王褒〈洞簫賦〉以「六－兮－六」的騷體句式作變化，馬融〈長笛賦〉喜用四言短句，嵇康〈琴賦〉與潘岳〈笙賦〉多用四言、六言句且以四言居多，蕭綱〈箏賦〉亦以四言六言為主而以六言居多。若依時代觀察其句式演變，由漢至魏晉南朝，騷體「兮」字句的減少，四言六言交替使用情況增加，且著重經營成組的排偶句或隔句對的長句。而內容上，環境產地的描寫減少，音樂場景的描述增多，也不再強調音樂的教化功能。

二、先唐樂器賦之「序」「亂」「歌」及其音樂詮釋

　　序、亂、歌等三種形式，並非賦體的原有形式，是後來附加的，因此在形式、內容與風格上皆有別賦的其他部分，並各有其表現功能。文人詮釋音樂時，亦能用這些特殊形式來呈現不同內容。

（一）賦之「序」

　　「序」本來非賦體所原有，是一種附加的文字，因此在先唐樂器賦中並不多見。目前所見先唐樂器賦，有「序」的作品為：漢代馬融〈長笛賦〉，魏朝嵇康〈琴賦〉與杜摯〈笳賦〉，晉代傅玄〈琴賦〉、〈箏賦〉、〈琵琶賦〉、〈箏賦〉以及揚方〈箜篌賦〉、伏滔〈長笛賦〉、孫楚〈笳賦〉，梁朝蕭綱〈金錞賦〉與江淹〈橫吹賦〉等賦。除了漢代馬融〈長笛賦〉之外，其餘皆為魏晉以後的作品，可見「序」為後來所

附加。觀其「序」的內容，多爲寫作的動機，也有樂器的由來與樂器形制的介紹，而句式上以無韻散體句爲主。就音樂書寫而言，雖然不是從正面描寫音樂，卻可讓讀者理解作者聆賞音樂時的遭遇與心情，而理解樂器的由來與形制上與天數應和的意涵，也間接提高了讀者對音樂的崇高感，這些訊息皆有助於音樂詮釋。

漢代馬融〈長笛賦〉爲第一篇有序的樂器賦，其序言：

> 融既博覽典雅，精核數術，又性好音，能鼓琴吹笛。而爲督郵，無留事，獨臥郿平陽鄔中。有雒客舍逆旅，吹笛，爲〈氣出〉、〈精列〉相和。融去京師踰年，暫聞，甚悲而樂之。追慕王子淵、枚乘、劉伯康、傅武仲等簫、琴、笙頌，唯笛獨無，故聊復備數，作〈長笛賦〉。

序中先說明自己喜愛音樂，以及離開京師的失意處境，聽到有洛陽來的客人吹笛，頗有所感，又追慕前人的樂器賦，因而作此賦。序文中的「去京」處境已說明爲何聽笛樂「甚悲而樂之」的原因，哀傷的音樂與自我處境有所共鳴，因而心有戚戚焉，也爲後來正文中的音樂描寫預作準備。〔晉〕孫楚〈笳賦〉之序言：「頃還北館，遇華髮人於潤水之濱，向春風而吹長笳，音聲寥亮，有感余情者，爰作斯賦。」與〈長笛賦〉相似，說明聽到他人吹笛而有所觸動，因而寫下賦作。又〔梁〕江淹〈橫吹賦〉：「驃騎公以劍卒十萬，禦荊人於外郊。鐵馬煩而人聳色，綵旄耀而士銜威。軍容有橫吹，僕感而爲之賦」其中「橫吹」爲一樂種，多用於軍中，江淹於序文中說明橫吹樂有振奮軍心，壯大軍容之效，有感而作此賦。再看〔魏〕嵇康〈琴賦〉：

> 余少好音聲，長而翫之，以爲<u>物有盛衰，而此無變；滋味有猒，而此不勌</u>。可以導養神氣，宣和情志，處窮獨而不悶者，莫近於音聲也。是故復之而不足，則吟詠以肆志；吟詠之不足，則寄言以廣意。然八音之器，歌舞之象，歷世才士並爲之賦頌。其體制風流，莫不相襲：<u>稱其材幹，則以危苦爲上；賦其聲音，則以悲哀爲主；美其感化，則</u>

以垂涕爲貴。麗則麗矣，然未盡其理也。推其所由，似元
不解音聲；覽其旨趣，亦未達禮樂之情也。眾器之中，琴
德最優，故綴敘所懷，以爲之賦。

序中說明音樂滋味是可以再三品味的，音樂的養神功效，並以自己
「長而翫之」強調對音樂的喜愛，所以想寫賦「寄言以廣意」。接
著說明一般人寫樂器賦多沿襲既定模式，乃因不解音樂之眞諦，因
而想寫賦來闡述「琴德」。藉由序文的說明，此賦必然不同以往傳
統樂器賦內容，讀者因而出現期待「新意」的心理。

上述四篇賦序，其內容多陳述作者寫作動機，或因自己對音樂的
喜愛，或在某個機緣下聽到動人的音樂被觸動。就句式上，〈長笛賦〉、
〈笳賦〉、〈橫吹賦〉皆爲無韻的散體句，嵇康〈琴賦〉的句式較爲整
齊，以四言六言爲主，中偶有押韻句出現，並有許多對偶句，以及駢
賦常見的「四六」隔句對（見引文加底線處）。

樂器賦序文除了說明寫作動機之外，有的用以說明樂器的由來，
如〔魏〕杜摯〈笳賦〉之序：「笳者，李伯陽入西戎所作也。昔伯陽
避亂入戎，戎越之思，有懷土風，遂建斯樂，美其出於戎貉之俗，有
〈大韶〉、〈夏〉之音。」說明了笳是李伯陽入西戎所作。又如〔晉〕
揚方〈箜篌賦〉之序：「羽儀采綠承先軌，黻裳起於造衣。箜篌祖琴，
琴考筑箏。作茲器於漢代，猶擬《易》之玄經。」說明箜篌是由琴而
來〔註67〕，文中「考」有「成就」之意，琴成就、衍生了筑與箏兩種
樂器，同樣地，琴亦衍生出箜篌，這情況如同〔漢〕揚雄《太玄》乃
模仿《易經》而來。在序中介紹樂器的由來，有助於讀者對樂器的音
樂風格的理解，如「笳」爲外來樂器，有異族風情，由傳統樂器衍生
的樂器「箜篌」，多少保留傳統音樂的韻味。就句式上，〈笳賦〉採無
韻散體句，而〈箜篌賦〉採偶句押韻，四言六言爲主。晉代傅玄有多

〔註67〕《初學記》引《風俗通》：「箜篌，一曰坎侯。漢武帝祠太一后土，
令樂人侯調依琴作坎侯，言其坎坎應節也。」見〔唐〕徐堅等著：《初
學記》，卷第十六，頁393。

篇樂器賦，皆有附「序文」，此已成爲其樂器賦的特色，而其序文，
多敍述樂器的由來以及樂器形制。先引於下：

> 神農氏造琴，所以協和天下人性，爲至和之主。

> 齊桓公有鳴琴曰「號鍾」，楚莊有鳴琴曰「繞梁」，司馬相
> 如「綠綺」，蔡邕「焦尾」，皆名器也。（傅玄〈琴賦〉）

> 箏，秦聲也。代以爲蒙恬所造。今觀其器，上崇似天，下
> 平似地。中空准六合，絃柱擬十二月。設之則四象在，鼓
> 之則五音發。體合法度，節究哀樂。斯乃仁智之器，豈蒙
> 恬亡國之臣所能關思運巧哉？（傅玄〈箏賦〉）

> 《世本》不載作者。聞之故老云，漢遣烏孫公主嫁昆彌，
> 念其行道思慕，故使工人知音者，裁琴、箏、筑、箜篌之
> 形，作馬上之樂。今觀其器，中虛外實，天地象也；盤圓
> 柄直，陰陽序也；柱有十二，配律呂也；四絃，法四時也。
> 以方語目之，故枇杷也，取易傳於外國也。杜摯以爲琵琶
> 興于秦末年，蓋苦長城之役，百姓弦鼗而鼓之。二者各有
> 所據，以意斷之，烏孫近焉。（傅玄〈琵琶賦〉）

> 吹葉爲聲。（傅玄〈笳賦〉）

序文中多敍述樂器的由來，琴爲神農氏所造，箏爲蒙恬所造，琵琶與
烏孫公主和親或秦末百姓「弦鼗而鼓之」有關，笳則源於吹葉爲聲的
原始吹奏方式。此外，如琴的「至和」，箏的「仁智」，以及箏與琵琶
的形制描述，特別是與天地之象，四方六合之位，四時十二月之數作
對應，提高了樂器在讀者心中的地位，對於後文的音樂詮釋也有間接
的助益。就句型上，傅玄的序文除了散體句式之外，描述樂器形制時
多用對偶句，〈箏賦〉採兩兩對偶的句法，〈琵琶賦〉則採隔句對的方
式。王德華在《唐前辭賦類型特徵與辭賦分體研究》中認爲：「傅玄
的小賦創作，所詠對象涉及動物、植物、器物以及自然現象，所表現
的思想仍然是沿著前代小賦觀物賦德的思維模式，即假象盡辭，託物
言志，著重寫出所詠對象本身所具有的功能、品行，充分體現了小賦

的文化功能。傅玄對小賦的文化功能有著自覺的體認，這一點在他的一些詠物賦的小序之中有所表現。」〔註68〕從所存賦序來看，可見出其詠物賦，多描寫物品的功用，或描寫物品的品行，均表現出託物言志的創作思維。

序文說明樂器由來的方式，尚有「引用」一法，直接引用古籍的文字來說明。如〔晉〕伏滔〈長笛賦〉：「余同僚桓子野，有故長笛傳之。耆老云：蔡邕之所製也。初邕避難江南，宿於柯亭之館，以竹為椽，邕仰而盼之曰：良竹也。取之以為笛，奇聲獨絕，歷代傳之，以至於今。」序文的用意在說明賦中所言之長笛有傳奇的故事，也能引發讀者對笛音的嚮往。序中伏滔寫蔡邕製柯亭竹一事乃引自《後漢書‧蔡邕傳》與干寶《搜神記》，上一節已論及。又〔梁〕蕭綱〈金錞賦〉之序：

> 舍弟西中郎致金錞一枚，《周禮》云：「鼓人掌六鼓四金，以節聲樂，以和軍旅，以金錞和鼓，金鐲節鼓。」注曰：「，錞，錞于也。圜如椎頭，大上小下，樂作鳴之，與鼓相和。」《淮南》云：「兩軍相當，鼓錞相望。」若古之禮器，餙軍和樂者矣。吾奇而賦之。

或許是「金錞」較為少見，直接引《周禮》及其注、《淮南子》等文字入賦，藉以說明樂器使用的場合、樂器形制以及「與鼓相和」的演奏方式。蕭綱對此感到新奇而作此賦，對讀者的理解亦有相當助益。這種「引用」或與駢文喜用典故的習慣有關，進而反映於賦中。

（二）賦之「亂」

用「亂辭」作為全篇的終結，最早為《楚辭》所獨有。許多的騷體賦，其末尾都有一種「亂」辭，這是騷體賦繼承〈離騷〉等《楚辭》作品的一個重要標誌，它是〈離騷〉末章「亂曰」形式在騷賦中的遺存和沿用。何謂「亂」？從音樂的角度，「亂」是古代樂曲的最後一

〔註68〕見王德華著：《唐前辭賦類型特徵與辭賦分體研究》（杭州：浙江大學出版社，2011年），頁244。

章。《論語集注‧泰伯》:「子曰:師摯之始,〈關雎〉之亂,洋洋乎!盈耳哉!」朱熹《集注》:「亂,樂之卒章也。」〔註69〕可知「亂」是古時樂曲的最後一章。而〈離騷〉:「亂曰:已矣哉,國無人莫我知兮,又何懷乎故都!」王逸《楚辭章句》:「亂,理也。所以發理詞旨,總攝其要也。屈原舒肆憤懣,極意陳詞,或去或留,文采紛華,然後總括一言,以明所起之意也。」〔註70〕可推知「亂」,便是音樂結束時候的合奏,具有總結、歸納或重申全文的功能。至於「亂」的音樂特色,楊蔭瀏在〈《楚辭》中的幾種曲式因素——「亂」、「少歌」和「倡」〉文中分析:

> 「亂」在〈離騷〉中是對其前多個歌節的節奏形式的突然變更——這一突然變更,就以前諸歌節所已肯定而且在人的感覺上所已穩定下來的節奏而言,會起出一定的「擾亂」或對比作用,從而增強音樂上特別緊張的高潮效果。〔註71〕

也就是說樂章最後的「亂」與前面音樂有著節奏上的改變,通常是音樂進行上的最後高潮。不僅是節奏改變,楊蔭瀏由歌詞、音節來推論,其旋律、速度、音色都可能有不同的變化。

　　「亂」在音樂上的特色被以文學形式保留下來,今存《楚辭》中有「亂辭」的篇目有〈離騷〉、〈招魂〉、〈涉江〉等六篇〔註72〕,這種形式被漢代賦家所繼承借鑒,廣泛地運用於包括騷體賦和文體賦在內的各類賦作中。郭建勛在《先唐辭賦研究》中探討《楚辭》在體制上對文體賦的影響,他說:

> 「亂辭」不僅在結構上起著終結全篇的作用,而且以不同類型的句式調整句法、打破鋪陳的單調板滯,所以也有著修辭與表達上的功能。同時,由這種「亂辭」收束的方式,

---

〔註69〕見〔宋〕朱熹撰:《四書章句集注》,卷四,頁106。

〔註70〕見〔東漢〕王逸撰:《楚辭章句》,卷第一,頁68。

〔註71〕見楊蔭瀏著:《中國古代音樂史稿》,頁1~61。

〔註72〕在屈原作品中,用到「亂」的共有六首歌曲,它們是〈離騷〉、〈招魂〉以及《九章》中的〈涉江〉、〈哀郢〉、〈抽思〉、〈懷沙〉。

到後來又派生出以「詩」或「歌」結尾的新格。〔註73〕

「亂」至於樂章的最後位置，以及總結的性質，被保留於賦體中，且其特殊風格具有調整句式、修辭、表達等功能。

先唐樂器賦中，有「亂辭」的篇章有：〔戰國〕宋玉〈笛賦〉，漢代王褒〈洞簫賦〉與馬融〈長笛賦〉，魏朝嵇康〈琴賦〉以及梁朝蕭綱〈箏賦〉等賦作共五篇。亂辭的句式，通常是「○○○○，○○○兮」這種「四－三－兮」的句型，前文提及，這種句型的「兮」字功能相對單純，語言風格受《詩經》四言的影響而趨於規整，主要功能是充當作品中的「亂辭」或其他成分。

先看〔戰國〕宋玉〈笛賦〉的「亂曰」採用帶「兮」字的騷體句式，其賦作全文除了「亂曰」之外，尚有一句「麥秀漸漸兮鳥聲革翼」為「兮」字句，其餘皆不帶「兮」字，先引於下：

> 亂曰：芳林皓幹有奇寶兮，博人通明樂斯道兮。般衍瀾漫終不老兮，雙枝間麗貌甚好兮。八音和調成稟受兮，善善不衰為世保兮。絕鄭之遺離南楚兮，美風洋洋而暢茂兮。嘉樂悠長俟賢士兮，鹿鳴萋萋思我友兮。安心隱志可長久兮。

此部分細看為「○○○○，○○○兮」「四－三－兮」的句型，其句式與前面不同，前文有三言、四言、五言、六言、七言皆有，參差不齊。亂辭整齊的「兮」字句，除了凸顯主體思想，亦是情緒抒發的高潮。觀察宋玉〈笛賦〉正文部分，運用了許多感傷色彩的典故，目的在借古今人事寄寓痛恨強秦國，感傷亡國，追悼反秦抗秦的楚國君臣之意。而亂詞中「所俟之賢士，所思之同道，實是借荊軻、箕子、伯奇、申子等古今壯士賢者，暗指楚國的反秦志士，所謂『安心隱志』，實是深藏勉勵楚人當存『楚雖三戶，亡秦必楚』之心，所謂『可長久兮』，實是蓄有期盼楚人繼承『三年不鳴，一鳴驚人』之志。」〔註74〕或許

〔註73〕見郭建勛著：《先唐辭賦研究》，頁112。

〔註74〕見劉剛著：〈〈笛賦〉為宋玉所作說〉，《瀋陽師範學院學報（社會科

這才是「亂辭」所深藏的言外之意。

再看〔漢〕王褒〈洞簫賦〉，其亂辭爲：

> 亂曰：狀若捷武，超騰踰曳，迅漂巧兮。又似流波，泡溲
> 汎溔，趨巇道兮。哮呷呟喚，躋躓連絕，淈殄沌兮。攬搜澤
> 捎，逍遙踊躍，若壞頹兮。優游流離，躊躇稽詣，亦足耽
> 兮。頹唐遂往，長辭遠逝，漂不還兮。賴蒙聖化，從容中
> 道，樂不滛兮。條暢洞達，中節操兮。終詩卒曲，尙餘音
> 兮。吟氣遺響，聯綿漂撇，生微風兮。連延駱驛，變無窮
> 兮。

就「亂曰」的內容來看，由「狀若捷武」至「漂不還兮」是以譬喻
的方式再次描寫音樂形象，洞簫的樂音像敏捷孔武的人，像洪水，
像風吹竹木，像物體在崩壞倒塌，令人留連欣賞。之後五句，讚美
洞簫聲音雍容和雅，合乎耿介的操守。「終詩卒曲」之後，又描寫音
樂形象，寫其餘音裊裊的無窮變化。一般樂器賦，描寫音樂形象的
文字大多置於賦作的中段，而樂器賦的末段通常以呈現音樂感人教
化之效或是對樂器的整體評價。特別的是，〈洞簫賦〉中應該具有總
結性質的「亂」仍然大篇幅的描寫聲音，三十句中僅有五句讚美洞
簫「樂而不滛」的節操，可看出王褒對音樂藝術美的重視，音樂的
美感是全文主角，而「美德」與「教化」意義僅居陪襯角色。就創
作動機而言，《漢書》本傳記載此賦乃是王褒奉命爲娛悅太子而作，
〔註75〕對病中的太子來說，講諷諭太過嚴肅，音樂的美感與娛樂才
能舒緩鬱悶心情。也因此，王褒所總結出的主旨，在於音樂本身的
藝術美感價值。

就句型而言，此賦爲騷體賦，其亂辭句型是「○○○○，○○○○，

〔註75〕《漢書》曰：「其後太子體不安，苦忽忽善忘，不樂。詔使褒等皆之
　　　太子宮虞待太子，朝夕誦讀奇文及所自造作。疾平復，乃歸。太子
　　　喜褒所爲〈甘泉〉及〈洞簫頌〉，令後宮貴人左右皆頌讀之。」見〔漢〕
　　　班固等撰、〔唐〕顏師古注：《漢書》，卷六十四下，頁 2829。

○○○兮」與「○○○○，○○○兮」的「四－三－兮」組合，「兮」字
置於句子之末。而此賦前面的句式大多為「兮」字置於句式中間位置
的長句，如「六－兮－六」句型，亦有「七－兮－七」或「八－兮－
八」句型，是《九歌》句型的變體。句式的不同，除了代表文字內涵
的不同以及閱讀節奏的轉換，也呈現作者選擇句型的用意不同。「四
－三－兮」句式受《詩經》四言影響，雖不如「六－兮－六」句型的
變化豐富，但是呈現相對地莊重穩定的風格，適於慎重的「總結」性
質內容，而「六－兮－六」句型的變化大，「兮」字前後句子容量增
大，音節變多，可表現抑揚頓挫的情緒，恰好適於鋪陳音樂主體。

　　至於〔魏〕嵇康〈琴賦〉之亂辭，在句式與內容上皆依照傳統模
式，其辭曰：

　　　　亂曰：愔愔琴德，不可測兮。體清心遠，邈難極兮。良質
　　　　美手，遇今世兮。紛綸翕響，冠眾藝兮。識音者希，孰能
　　　　珍兮。能盡雅琴，唯至人兮。

亂辭中讚美琴音平和恬靜的琴德，與體清心遠的特性，其美妙殊難窮
盡，足以稱為眾樂器之首。並感嘆知音稀少，唯有「至人」能知琴盡
琴。就內容上看來，此段文字具有總結全文的意義，對琴德、琴聲與
至人，作最終的讚美。就句型來看，嵇康〈琴賦〉句式以四言六言為
主，夾雜部分「兮」字句，而結尾「亂曰」為傳統慣用的「○○○○，
○○○兮」的「四－三－兮」句型，以適合於抒情的騷體句總結對琴
音的深刻情感。

　　另外，賦體受楚辭「亂辭」收束方式的影響，還衍生出「詩」或
「歌」的結尾新格，就賦體發展演變而言，即是一種詩賦合流的現象。
某些先唐樂器賦已出現這類總結方式，如〔漢〕馬融〈長笛賦〉與〔梁〕
蕭綱〈箏賦〉。先看馬融〈長笛賦〉的末段，在讚美長笛具有質樸簡
易的特性，感嘆其不被重視之後，以七言詩的句式寫笛（洞簫）的由
來：

　　　　其辭曰：近世雙笛從羌起，羌人伐竹未及已。龍鳴水中不

見己，截竹吹之聲相似。剗其上孔通洞之，裁以當籥便易
持。易京君明識音律，故本四孔加以一。君明所加孔後出，
是謂商聲五音畢。

賦中陳述長笛和羌笛都發源於羌地，說明羌人伐竹時，因聽龍鳴便砍
竹吹奏，其聲與龍鳴相似之事。又提到精通《周易》的兩漢音律學家
京房，在原來四孔的基礎上再加一孔而成五孔，使長笛具備五音。就
內容安排來說，敘述樂器的由來應置於首段或是序言之中，此賦以長
笛之所由作爲結尾，十分特別，應具特別意涵。楊允〈〈長笛賦〉藝
術特色探索〉一文分析，「辭曰」的文字記述了笛的產生與完善的過
程，所以「辭曰」之前有「況笛生乎大漢，而學者不識其可以裨助盛
美，忽而不讚」的感嘆。馬融痛惜漢世學者沒有認識到笛的產生也是
大漢偉業的組成部分，笛音的感人化物、敦美風俗恰恰可以輔佐王
業，而此正是〈長笛賦〉的創作宗旨。而馬融主要生活在東漢由盛轉
衰的時期，此賦序言可知創作時間是馬融離開京師之後，應是官場失
意之時，期盼能重新得到皇帝的賞識，有益於王道，此賦正是托物言
志。﹝註76﹞或許這才是「亂曰」所隱含的言外之意。就句型來看，「辭
曰」爲整齊的七言詩，與一般亂辭用帶「兮」字的句型不同。〈長笛
賦〉全文多用三言、四言、五言的短句，尤其以四言最多，即便是末
段亦是如此，也因此末段以七言詩收尾顯得十分特別。前文提及，郭
建勛認爲《九歌》中「○○○○，○○○兮」的句式對七言詩的演進有
重要的影響，這裡的七言詩收束，似乎呼應的這樣的說法。

　　再看﹝梁﹞蕭綱〈箏賦〉的收尾之處：

歌曰：年年花色好，足侍愛君傍。影入著衣鏡，裙含辟惡
香。鴛鴦七十二，亂舞未成行。。

雖然上述「歌曰」之後尚有文句﹝註77﹞，但置於賦作幾近結尾之處，

﹝註76﹞見楊允著：〈〈長笛賦〉藝術特色探索〉，《渤海大學學報》第 2 期，
　　　　2009 年，頁 73～77。
﹝註77﹞此段「歌曰」後的文字爲：「故迤宋偉綠珠之好聲，文君慎女之清角。

屬於「亂辭」的性質，與下文所討論，置於賦作中段的「歌曰」性質不同。上述「歌曰」內容描述七十二美人舞姿與香氣，表達了時光美好，美人值得侍奉在君側之意。內容所呈現的即是宮廷歌舞享樂的景象，梁簡文帝蕭綱的詩文傷於輕靡，時稱宮體，其賦作多涉男女情懷或女性神情體態之美，此篇〈箏賦〉亦是輕靡婉麗。身為帝王，創作賦體文學已不需要「諷諭」這類的嚴肅動機，純粹是一種文學的遊戲性質，以娛樂功能為上。因此，具有「總結」性質的「歌曰」結尾呈現出美人常伴君側，歌舞歡娛的景象，也不足為奇了。就句型來看，「歌曰」採五言詩句，〈箏賦〉中其他句型多連續四言、連續六言或四六言組合，「歌曰」的五言句型顯得十分特別。就賦體發展來看，應是受到南方民歌的影響，而產生所謂「詩賦合流」的現象。

（三）賦之「歌」

賦體文學中正文中段的部分，有時出現一種「歌曰」類似歌詞形式，此形式由《楚辭》而來。郭建勛《先唐辭賦研究》一書探討《楚辭》對賦體形式的影響時談到：

> 楚辭中的「倡」、「少歌」也在文體賦中得到繼承，其表現
> 形式就是賦作中的「歌曰」。與「亂」不同的是，「歌曰」
> 處於作品的中間，且多用楚歌的形式。〔註78〕

也就是說，賦體中的「歌曰」形式來自於《楚辭》的「少歌」與「倡」。而關於「少歌」與「倡」在樂曲中的位置與功能，楊蔭瀏於《中國古代音樂史稿》中的解釋是，「少歌」，是楚辭音樂中曲式結構的一部分，在較大型樂曲中，少歌是為曲中較長的段落作小結而帶有間奏性質的結束段落，是小高峰之所在（「亂」是最後總結性的大高峰之所在）。「倡」，亦是楚辭音樂中曲式結構的一部分，在前部分小結之後向後部分過渡時，中間插入的一個小過渡段落，其作用在於更

上掩面而不前，言韜輝而恥學。實獨立之麗人，乃入神之佳樂。」
〔註78〕見郭建勛著：《先唐辭賦研究》，頁112。

好的引進後部分。〔註79〕因此，「歌曰」大多出現在賦作正文的中段，是全賦情感的小高潮，且同樣具有總結的性質。

　　先唐樂器賦中，有「歌曰」的賦作共三篇，分別為〔漢〕枚乘〈七發〉、〔魏〕嵇康〈琴賦〉與〔晉〕潘岳〈笙賦〉。就句式而言，枚乘〈七發〉與嵇康〈琴賦〉採用「○○○兮○○○」「三－兮－三」的騷體句型，可看出源自《楚辭》的影響，而潘岳〈笙賦〉則由四言句、六言句組成。就思想內容而言，多為抒發情感而非敘事，且所抒發之情感多為全文的思想主軸。先看〔漢〕枚乘〈七發〉中的「歌曰」：

　　　　歌曰：麥秀蘄兮雉朝飛，向虛壑兮背槁槐，依絕區兮臨迴溪。

　　歌詞大致陳述麥穗兒長了芒，野雞在清晨飛翔，向著空谷，漸離枯槐樹，並沿著懸崖飛翔，來到彎曲的溪流畔。在此段歌詞後，賦中寫了飛鳥聽了不願飛去，走獸聽了垂耳不願離開等反應，可知為一首悲傷的歌曲。又戰國宋玉〈笛賦〉中有「麥秀漸漸兮鳥聲革翼」句子，枚乘與宋玉所引皆是指箕子過殷墟而作的〈麥秀之歌〉。《史記・宋微子世家》記載：「於是武王乃封箕子於朝鮮而不臣也。其後箕子朝周，過故殷墟，感宮室毀壞，生禾黍，箕子傷之，欲哭則不可，欲泣為其近婦人，乃作〈麥秀之歌〉以歌詠之。其詩曰：『麥秀漸漸兮，禾黍油油。彼狡童兮，不與我好兮！』所謂狡童者，紂也。殷民聞之，皆為流涕。」〔註80〕可知此曲為哀傷亡國之辭。此賦採楚太子與吳客的問答形式寫成，對於一個太子，也就是未來的國君而言，最悲傷之事莫過於「亡國」，枚乘在賦中插入一段「歌曰」，以哀傷亡國的樂曲作為表達「至悲」的情感主軸，期望太子投入音樂情境之中，應是再恰當不過了。

　　再看〔魏〕嵇康〈琴賦〉中的「歌曰」，同樣採「三－兮－三」

〔註79〕見楊蔭瀏著：《中國古代音樂史稿》，第三編第四章，頁65。

〔註80〕見〔漢〕司馬遷撰、楊家駱主編：《新校本史記三家注并附編二種》，卷第三十八，頁1620～1621。

的句式，歌詞爲：

> 詞曰：凌扶搖兮憩瀛洲。要列子兮爲好仇。餐沆瀣兮帶朝
> 霞，眇翩翩兮薄天遊。齊萬物兮超自得，委性命兮任去留。

歌詞的內容是想像一段乘虛馭風的過程，渴望能乘風至瀛洲去憩息，邀列禦寇爲伴，飽餐深夜水氣並披上絢麗的朝霞，翩翩起飛到天宮遨遊，表達出與萬物合而爲一的超然自得。嵇康〈琴賦〉所傳達的音樂美感與思想乃是一種平和而超脫世俗的道家境界，賦中無論是桐木環境的描寫，或是演奏聆賞的場景，多爲寧靜閒適，已不強調危苦。琴樂有時是獨奏自賞，有時是三五好友踏青餘興，已不見教化意涵。賦中這段「歌曰」中「瀛洲」爲傳說中東海的仙山，而「列子」即列禦寇，先秦道家的高士，《莊子‧逍遙遊》將列子描寫成能御風而行的神仙。像列子這樣道家式的人物，以及歌詞中齊物逍遙的莊子思想，恰是嵇康所追求的生命境界，亦是所喜愛的審美境界。蔡仲德於《中國音樂美學史》中談到嵇康的音樂美學思想，認爲其〈琴賦〉之「歌」所詠的正是一種「以琴得道」境界，他說：「超越世俗，超越自我的人由遠離塵囂的自然之境體驗到宇宙的生命、宇宙的合諧，因而悟『道』、得『道』、與『道』爲一，這種自由的境界、審美的境界，就是嵇康所追求的理想境界。而得到這種境界的途徑是『手揮五弦』、『琴詩自樂』、『操縵清商』、『絃歌綢繆』，是藝術，尤其是音樂。」〔註81〕嵇康透過音樂來達到超越世俗的境界，並以楚辭體「歌曰」的形式來詮釋這種境界。

最後，看〔晉〕潘岳〈笙賦〉，其「歌曰」之辭爲：

> 歌曰：棗下纂纂，朱實離離。宛其落矣，化爲枯枝。人生
> 不能行樂，死何以虛謐爲！

就句型而言，非楚辭體，採四言與六言句式，讀起來頗有古詩的味道。歌詞大致意是：棗樹下攢聚，紅果實纍纍下垂，好像快落下了，之後變化爲枯枝。人生如果不能及時行樂，死了何以白走這一遭。《文選》

〔註81〕見蔡仲德著：《中國音樂美學史》，頁 597。

李善注引〈古咄唶歌〉曰：「棗下何攢攢，榮華各有時。棗欲初赤時，人從四邊來。棗適今日賜，誰當仰視之。攢，聚貌。欑，與攢古字通。」〔註82〕由「歌曰」與〈古咄唶歌〉的涵意推知，「人生短暫，榮華有時，應及時行樂」，爲其主旨。綜觀全賦，除末段讚美笙樂爲「德音」之外，通篇不見任何關於音樂教化的思想的文字，無論音樂是悲是喜，皆爲眾人賞樂之場景。或許對潘岳來說，音樂眞實的功用是同樂，是抒懷，已非教化或移風易俗。前人多言潘岳「文與人」不相符，其文學長於描寫客觀物象和哀樂感情，藝術成就高，但他所表現出的出世思想和高古情懷，與他熱衷名利的行事態度，落差太大，則最爲人所詬病。而〈笙賦〉所表現的世俗情懷，與「歌曰」中「及時行樂」的思想，透露了潘岳眞正的思想。

　　整體而言，賦的文體句式與序、亂、歌特殊形式變化多樣，提供了文人創作時詮釋不同音樂內容時的多元選擇。鮮少有一種文體，能同時擁有多種句式，並吸納其他文體形式而融爲自己的體裁特色，唯有「賦」能如此。先唐樂器賦的作者，正是運用賦體靈活多變的文體形式特徵，來作多面向的音樂書寫。

〔註82〕見〔梁〕蕭統編、〔唐〕李善注：《文選》，卷十八，頁266。

第六章　詩與賦之音樂詮釋比較
——以「琴」爲例

　　每種文體都各自有不同的美感傾向，因而有屬於自己的形式特徵。每一個作品，都是作者透過不同的形式與技巧，傳達自己的思想與情感的成果，所以作品所要表達的內容與目的，瀰漫於整個形式結構中。因此，文體特徵的掌握，可以作爲深入理解作品與作者審美取向的一個切入點。

　　就現存先唐樂器賦的題材來看，其中數量最多的樂器類別爲「琴」，琴賦共九篇，數量最多，其次爲箏賦的八篇。但就先唐樂器詩的題材來看，琴詩有十六篇，箏詩僅八篇〔註1〕。可見先唐時期與樂器相關的韻文作品，「琴」爲其主要題材，究其原因，與器樂本身發展以及文人階層愛好有關。就樂器的發展而言，雖然吹奏樂器的出現早於彈撥樂器，但就器樂的發展上，絃樂器表現較爲出色。

〔註1〕若以「箏」爲關鍵字來檢索，《先秦漢魏晉南北朝詩》中共有四十六筆資料（與「琴」字檢索的三三四筆資料，數量相差甚遠），去除非以「箏」、「箏人」或「箏樂」爲對象的作品，先唐「箏詩」有：〔梁〕沈約〈詠箏詩〉、蕭綱〈彈箏詩〉、蕭統〈詠彈箏人詩〉、蕭繹〈和彈箏人詩〉二首、王臺卿〈詠箏詩〉，〔陳〕叔寶〈聽箏詩〉、陸瓊〈玄圃宴各詠一物須箏詩〉等八首，見逯欽立輯校：《先秦漢魏晉南北朝詩》。

其中「琴」在春秋戰國時期已發展成爲一種獨奏的樂器，同時也是常用的伴奏歌曲的樂器，在各國宮廷的專業樂師中，都有善於彈琴者，延至魏晉時期，文人學士幾乎人手一琴。而「箏」發展較晚，最初在秦國的民間流行，經過東漢的發展，至魏晉時期逐漸受到上層社會的重視。器樂的發展反映於文學作品中，「琴賦」創作時代從漢代延續至魏晉皆有文人創作，而「箏賦」的創作除東漢侯瑾〈箏賦〉之外，皆爲魏晉以後的作品。此外，就樂器的接受階層而言，文人對「琴」情有獨鍾，與其自古以來被賦予的文化意涵有關，也因此「琴」成爲文人喜愛歌詠的對象了。

「特色」需要經過比較方可凸顯，爲彰顯「樂器賦」的特殊性，本章以「詩歌」爲相互比較的對象，並以當時同爲賦與詩所重視的「琴」爲探討主題，將「琴賦」與「琴詩」作文體特徵的探討。以下先說明「詩」與「賦」的密切關係與文體特徵，並介紹先唐「琴詩」概況，最後由「思想內容」、「謀篇結構與句式節奏」、「藝術手法與風格」等三方面來評析比較兩者的音樂詮釋特色。

第一節　詩賦關係及其文體審美特徵

欲將詩與賦作比較，乃因詩與賦自古以來，無論在起源、文體特徵或是表現技巧方面，兩者之間都存在著緊密關係。因此有必要先釐清詩賦的關係，以及區分兩種文體審美特徵上的差異。

一、詩賦關係

賦是介於詩與文之間的特殊文體，與詩歌的關係密切，賦在發展過程中受詩歌的影響因而有「源於詩」的說法，如班固所謂「賦者，古詩之流」〔註2〕。「賦」在成爲文體之前，其基本的詞義是「鋪陳」和「誦讀」。就「鋪陳」的意義而言，詩六義中「風雅頌賦比興」之

〔註2〕見〔梁〕蕭統編、〔唐〕李善注：《文選》，卷一，頁21。

「賦」，即爲「鋪陳」的藝術手法，「賦」後來成爲文體，但其「鋪陳」特徵從詞義的淵源上早已體現。就「誦讀」的意義而言，《國語·周語上》：「故天子聽政，使公卿至於列士獻詩，瞽獻曲，史獻書，師箴，瞍賦，百工諫，……。」〔註3〕所描述的「獻詩」與「瞍賦」是賦詩以觀民心，其「賦」有「誦讀」之義。後來《春秋左傳注疏》中記載公卿賦詩言志之事，如隱公元年鄭莊公賦：「大隧之中，其樂也融融」，武姜賦：「大隧之外，其樂也洩洩。」〔註4〕所賦不是已有的詩歌，而《漢書·藝文志》所提到：「不歌而誦謂之賦，登高能賦，可以爲大夫。」〔註5〕可見「賦詩」與「歌詩」已分離，此時的「賦詩」注重抒發自己內心的情感，比起運用既有的詩歌來言志，需要更高的技巧。詩與賦區分於何時？一般說法是根據《漢書·藝文志》：「春秋之後，周道寖壞，聘問歌詠不行於列國，學《詩》之士逸在布衣，而賢人失志之賦作矣。大儒孫卿及楚臣屈原離讒憂國，皆作賦以風，咸有惻隱古詩之義。」〔註6〕認爲起於戰國。我們看到，「賦」由詞義淵源的「鋪陳」之義以及由動詞的「誦詩」到演變爲文體之名以前，皆與詩歌有著緊密關係。「賦」發展爲文體之後，漢代賦家也以詩人的使命自許，強調諷諭，因而有所謂「賦之言鋪，直鋪陳今之政教善惡」〔註7〕的說法，亦與詩有關聯，顯示兩者難以切割的複雜關係。

二、詩賦文體審美特徵

關於賦的文體特徵，已於第二章第二節「先唐賦體的發展與演變」中論述，至於詩的文體特徵，可藉其與賦的文體相比較來說明。

〔註3〕見〔周〕左丘明撰、〔三國吳〕韋昭注：《國語》，卷一，頁9～10。
〔註4〕見《春秋左傳注疏》，阮刻《十三經注疏》本《左傳》，卷第二，頁37。
〔註5〕見〔漢〕班固等撰、〔唐〕顏師古注：《漢書》，卷三十，頁1754。
〔註6〕見〔漢〕班固等撰、〔唐〕顏師古注：《漢書》，卷三十，頁1756。
〔註7〕《周禮注疏·春官》：「詩六教，曰風、曰賦、曰比、曰興、曰雅、曰頌。」鄭玄注云：「賦之言鋪，直鋪陳今之政教善惡。」見《周禮注疏》，阮刻《十三經注疏》本，卷二十三，頁356。

賦與詩的文體差異，從外觀比較，其篇幅與句式已見出顯著差異，賦的篇幅長句式長而多變；詩的篇幅短而句式整齊。內容上，賦長於體物，詩長於抒情，而其中騷賦與詩同樣是長於抒情，乃因上承屈原的抒情傳統。劉熙載《藝概・賦概》：「賦起於情事雜沓，詩不能馭，故為賦以鋪陳之。斯於千態萬狀，層見迭出者，吐無不暢，暢無或竭。」〔註8〕可知，賦的「鋪陳」技巧，遠超越詩，朱光潛《詩論》也說賦的描寫部分是放大了的描寫詩。〔註9〕除「鋪陳」的藝術手法之外，賦與詩在旋律節奏、篇章結構等方面也有很大的差異，以下分述之。

在旋律節奏方面，可分為音韻上的節奏與意義上的節奏。在音韻的節奏上，賦發展初期本具口誦性質，內容雖多事物的描述但由聽覺來感受，因此注重聽覺上變化起伏的新奇感受；詩原本是可配樂而歌，著重回環反覆的韻味，且為方便記憶，需要聽覺上的「重複」的熟悉感受。因此，在押韻上賦較詩更具變化，詩歌隔句押韻，古詩與樂府詩可換韻，至南北朝出現的絕句律詩形式，押韻方式趨於固定，不可換韻；賦採韻散配合，其韻文描寫的部分受詩歌影響，多隔句押韻，數句一換韻，且大量使用擬聲詞、雙聲詞、疊韻詞，誦讀起來流利和諧，悅耳動聽。句式的安排也影響音韻的節奏，詩歌的句式整齊，有四言、五言或七言，雖有音節上的「二二頓」、「二三頓」、「二二三頓」的變化，但全詩一致；賦的句式以四言六言為主，但是亦有三言的短句或七、八言的長句，音節節奏具緩急變化，盡量避免平鋪直述。而在意義的節奏上，詩歌是精練的語言，少有虛字，盡量避免重複字，因此字義的密度高；賦體為了使人聽起來波瀾起伏，通常在散文的框架裏填入韻文的描寫片段，韓高年於《詩賦文體源流新探》中分析：「（賦）散文部分語調舒緩，信息量少。

〔註8〕見《藝概》，〔清〕劉熙載撰、薛正興點校：《劉熙載文集》，卷三，頁121。

〔註9〕見朱光潛著：《詩論》（臺北：正中書局，1993年），頁222。

小的段落常以『爾乃』、『於是』、『若夫』之類的詞領起，大的段落多以戲曲式的賓白引起下文，具有輕鬆詼諧的特點。韻文部分則節奏明快，信息密度大，描寫物產，則鳥獸蟲魚，美玉頑石，花草樹木等羅列殆盡，描寫山水則東西南北，天上人間都網羅一空。那種浩大、壯麗、繁富的物態的湧現，簡直壓得人喘不過氣來。」〔註10〕賦的語句緩急交替和語義的疏密相間，使賦體文學具有強烈的節奏感。

在篇章結構方面，賦體通常有固定的模式，結構上有開頭、正文、結尾三部分，有的賦作有「序」或「亂」，但非必要；詩歌則盡量避免固定寫作模式，如開頭手法或以景起興，或以物比附，並不一致。兩者在行文的方式上也有差別，賦的描寫無論是時間安排或空間布局上，都表現出「鋪陳有序」的特點，其視覺畫面是一種流動的、連貫性的位移；詩歌的描寫，在時空的情景上，多為跳躍性而非連續性的，最終定格於某一個耐人尋味的片刻。

在藝術手法方面，賦描寫事物的手法著重在鋪陳，鋪陳客觀物象，具有開展與敘述的雙重意涵，以「比物屬事，離辭連類」（枚乘〈七發〉）為其主要鋪陳技巧，並展現為「迂誕」、「巨偉」、「麗」等語言風格。詩描寫事物的手法著重在情景交融，一切景語皆情語，藉物呈現主觀「我」的情感，尋找物與我之間的觸發與交集，技巧上較之於賦的「比」，詩以「興」的技巧運用較多，語言風格表現為強調暗示、烘托，以及隱晦曲折。

總結來說，創作的心態影響著創作體裁的選擇，賦與詩皆有「言志」的功能，但是賦擅長「體物」，重視外在客觀事物的「知」，理性觀物，表現為直露恣肆的風格；而詩擅長「抒情」，重視事物中主觀的「感」，感性傳情，表現為含蓄內斂的風格。

〔註10〕見韓高年著：《詩賦文體源流新探》（成都：巴蜀書社，2004 年），頁151。

第二節　先唐琴詩概況

一、範圍界定

　　為了凸顯賦體的文體特點，此處選擇以同屬韻文性質的「詩體」作為對照。時代界定同樣以唐代以前為限，包含戰國、兩漢、魏、晉、南北朝、隋等朝代，題材上與「琴賦」相同，即以樂器「琴」或「琴音」為歌詠對象的詩作。此處對照比較的目的在於研究文人面對「琴」（或者說「音樂」）的題材時，選擇以何種文學形式來詮釋，以及詩、賦兩種文學形式詮釋琴樂的種種差異。先唐時期的詩作，目前以逯欽立輯校《先秦漢魏晉南北朝詩》〔註11〕搜羅最為完整，本章研究之詩作以此書為範圍。

　　先唐詩歌有多種樣貌，依產生順序，先有謠、諺、歌，然後才有詩。其中「諺」不可歌，「謠」是徒歌清唱，「歌」是合樂曲的謠。〔註12〕先唐詩歌與「琴」相關的作品，有「琴歌」一類，收於《樂府詩集》中「琴曲歌辭」〔註13〕中。「琴歌」〔註14〕，即撫琴而歌，「歌」的性質本是合樂的謠，所保存下來是歌詞，雖附有相關音樂創作背景故事，但是歌詞內容往往不涉及音樂描寫，因此不列入本

〔註11〕　見逯欽立輯校：《先秦漢魏晉南北朝詩》。
〔註12〕　見韓高年著：《詩賦文體源流新探》，頁1～13。
〔註13〕　「琴曲歌辭」，是樂府歌辭的一類，與古琴曲調相配合的樂歌。《樂府詩集》中「琴曲歌辭」所收錄的歌辭，依性質不同，收錄了以操、引、歌、曲、怨、暢、吟等為題的歌詞。
〔註14〕　「琴歌」，即撫琴而歌，是古琴藝術的重要表現形式之一，能夠較好地表現古琴富於歌唱的特點，此形式自古即有之。琴歌起源於民間，司馬遷《史記·孔子世家》：「三百篇，孔子皆弦歌之，以求合〈韶〉、〈武〉、〈雅〉、〈頌〉之音。」見〔漢〕司馬遷撰、楊家駱主編：《新校本史記三家注并附編二種》，頁1936。也就是說，當時人們歌唱詩歌時，多用琴、瑟伴奏。而古代的民歌與其他民間音樂，被琴家作為琴歌的形式隨著琴的音樂保留下來。琴歌有部分是文人的創作，這部分的作品可分兩類，一類是由民間吸取養分並加以潤飾，保有民間的思想、情感、語言、音調等特色，一類只是按字求聲，或依聲填詞，並不是按照歌唱藝術的規律來創作，因此難以演唱。

章討論的範圍。如以「琴歌」為例，〈子桑琴歌〉：「父邪母邪。天乎人乎。」（先秦詩卷二），歌詞前雖有音樂故事，但是琴歌內容與琴樂無涉。本章所謂「琴詩」，以「琴」為題，如謝朓〈琴〉、何遜〈離夜聽琴詩〉等詩題含「琴」字，且內容涉及琴音相關描寫的作品。

二、先唐琴詩概況

　　以「琴」字關鍵，檢索《先秦漢魏晉南北朝詩》中的作品，約有334筆資料，去除「琴歌」一類無關音樂描寫的作品，有的詩句雖與「琴」相關但是無音樂描述，或全詩僅單句提及琴樂，無法探討作者對音樂的詮釋，亦不列入對比研究的範圍。目前所見，先唐詩歌中專門以「琴」或「琴音」為題材的作品，約有十六首，表列於下：

序號	時代	作者	篇名	詩作	出處
1	齊	謝朓	和王中丞聞琴詩	涼風吹月露，圓景動清陰。 蕙風入懷抱，聞君此夜琴。 蕭瑟滿林聽，輕鳴響澗音。 無為澹容與，蹉跎江海心	齊詩卷四 頁1447
2	齊	謝朓	琴	洞庭風雨幹，龍門生死枝。 雕刻紛布護，沖響鬱清危。 春風搖蕙草，秋月滿華池。 是時操別鶴，淫淫客淚垂。	齊詩卷四 頁1453
3	梁	丘遲	題琴樸奉柳吳興詩	邊山此嘉樹，搖影出雲垂。 清心有素體，直幹無曲枝。 凡耳非所別，君子特見知。 不辭去根本，造膝仰光儀。	梁詩卷五 頁1604
4	梁	何遜	離夜聽琴詩	別離既有緒，琴瑟反成悲。 美人多怨態，亦復慘長眉。	梁詩卷九 頁1710
5	梁	劉孝綽	秋夜詠琴詩	上宮秋露結，上客夜琴鳴。 幽蘭暫罷曲，積雪更傳聲。	梁詩卷十六 頁1884
6	梁	到漑	秋夜詠琴詩	寄語調弦者，客子心易驚。 離泣已將墜，無勞別鶴聲。	梁詩卷十七 頁1856
7	北齊	祖珽	聽琴詩	洞門涼氣滿，閑館夕陰生。 弦隨流水急，調雜秋風清。 掩抑朝飛弄，淒斷夜啼聲。 至人齊物我，持此悅高情。	北齊詩卷二 頁2279

8	北齊	馬元熙	日晚彈琴詩	上客敞前扉，鳴琴對晚暉。 掩抑歌張女，淒清奏楚妃。 稍視紅塵落，漸覺白雲飛。 新聲獨見賞，莫恨知音稀。	北齊詩卷二 頁2281
9	北周	庾信	和淮南公聽琴聞弦斷詩	嗣宗看月夜，中散對行雲。 一弦雖獨韻，猶足動文君。	北周詩卷四 頁2407
10	北周	庾信	弄琴詩二首 （之一：雉飛催晚別）	雉飛催晚別，烏啼驚夜眠。 若交新曲變，惟須促一弦。	北周詩卷四 頁2407
11	北周	庾信	弄琴詩二首 （之二：不見石城樂）	不見石城樂，惟聞烏噪林。 新聲逐弦轉，應得動春心。	北周詩卷四 頁2407
12	陳	沈炯	為我彈鳴琴詩	為我彈鳴琴，琴鳴傷我襟。 半死無人見，入竈始知音。 空為貞女引，誰達楚妃心。 雍門何假說，落淚自淫淫。	陳詩卷一 頁2448
13	陳	賀徹	賦得為我彈鳴琴詩	薄暮高堂上，調琴召美人。 伯喈聲未盡，相如曲復新。 點徽還轉弄，亂爪更留賓。 聊持一弦響，雜起艷歌塵。	陳詩卷六 頁2554
14	陳	江總	賦詠得琴詩	可憐嶧陽木，雕為綠綺琴。 田文垂睫淚，卓女弄弦心。 戲鶴聞應舞，游魚聽不沈。 楚妃幸勿歎，此異丘中吟。	陳詩卷八 頁2592
15	陳	江總	侍宴賦得起坐彈鳴琴詩	絲傳園客意，曲奏楚妃情。 罕有知音者，空勞流水聲。	陳詩卷八 頁2594
16	陳	吳尚野	詠鄰女樓上彈琴詩	青樓誰家女，開窗弄碧弦。 貌同朝日麗，裝競午花然。 一彈哀塞雁，再撫哭春鵑。 此情人不會，東風千里傳。	陳詩卷九 頁2607

　　先唐琴賦的篇章內容於「附錄」中已有詳細資料，這裡僅簡化表列如下：

序號	時代	作　者	作　　品	存　佚
1	漢	劉向	雅琴賦	殘
2	漢	傅毅	雅琴賦	殘

3	漢	馬融	琴賦	殘
4	漢	蔡邕	琴賦	殘
5	魏	嵇康	琴賦	存
6	吳	閔鴻	琴賦	殘
7	晉	傅玄	琴賦	殘
8	晉	成公綏	琴賦	殘
9	晉	陸瑜	琴賦	殘

　　以上兩表可見，就保存情況而言，先唐琴詩有十六首，先唐琴賦有九篇。由於賦體文學篇幅較長也較難保存，九篇琴賦僅一篇保存完整，但是賦的創作難度較高需要時間也較長，對比篇幅較短的十六首琴詩，琴賦能保有九篇已屬不易。就創作時代而言，琴詩在漢以前的作品很少，多為晉代以後的作品，而琴賦則是從漢至魏晉皆有文人創作，可見漢人描寫樂器或音樂，選擇以賦來表現。晉代以後詠物詩的作品大量出現，當然也包含歌詠樂器與音樂的作品，這個現象應是賦對於詩在「題材」方面的影響，「詠物」本是賦的大宗，這樣的題材逐漸延伸到詩歌的領域，成為詩歌的重要題材。

　　就創作題目而言，琴賦的作品多直接以「琴賦」、「雅琴賦」為題，琴詩除少數以「琴」為題，大部分的詩作有更小、更精確，能點出情境或動機的詩題。蓋賦的篇幅大，內容豐富，不宜以「小題」來自我侷限，而詩的篇幅小，需要「小題」來聚焦。另外，由上表可見先唐琴詩已出現唱和之作，如謝朓〈和王中丞聞琴詩〉與庾信〈和淮南公聽琴聞弦斷詩〉，以及摘取古人成句為題，冠以「賦得」〔註15〕的作品，如賀徹〈賦得為我彈鳴琴詩〉〔註16〕與江總〈侍宴

〔註15〕所謂「賦得」，指凡摘取古人成句為題之詩，題首多冠以「賦得」二字。南朝梁元帝即已有〈賦得蘭澤多芳草〉一詩。科舉時代之試帖詩，因詩題多取成句，故題前均冠以「賦得」二字。同樣也應用於應制之作及詩人集會分題。後遂將「賦得」視為一種詩體。
〔註16〕此詩題源自唐堯客〈大樑行〉中有「客有成都來，為我彈鳴琴」之句，江總詩題源自阮籍〈詠懷詩〉中有「夜中不能寐，起坐彈鳴琴」

賦得起坐彈鳴琴詩〉，亦有同題創作的狀況，如「秋夜詠琴詩」二首，「爲我彈鳴琴」二首。可推知「琴詩」除了個人創作，尚有以詩相互酬唱、應制之作以及詩人集會分題的情況。

就作者音樂素養而言，琴賦的作者大多自身通音律，善彈琴，如馬融、蔡邕、嵇康等人。琴詩的作者中，著名的音樂家較少，其中有祖珽〔註17〕善音律。有趣的是，題材同樣「詠琴」，時代同樣是「先唐」，琴賦與琴詩的作者竟然無重疊者，是文人擅長的文體不同，鮮能備善？抑或是因所傳達之「志」不同，而選擇不同的創作體裁？亦是值得探討的問題。

第三節　從比較的觀點評析詩、賦的音樂詮釋 ——以「琴」爲例

詩與賦關係密切，由賦的發展過程可知，而班固《漢書‧藝文志》與曹丕〈典論論文〉中皆有詩賦類，詩與賦總是相提並論。但是賦與詩的文體特徵不同，對於「琴」的詮釋也有差異，以下就「思想內容」、「謀篇結構與句式節奏」、「藝術手法與藝術風格」等三方面，對琴賦與琴詩的音樂詮釋進行比較評析。

一、思想內容之比較

就題目與主題思想而言，先唐賦體詠「琴」的作品一概以「琴賦」爲題（其他樂器賦亦同），主題思想多純粹歌詠琴之美好，較爲一致；詩體詠「琴」作品主題通常顯現於詩題中，如聽琴、詠琴、得琴、彈琴等主題，配合以時間場景，如「離夜聽琴詩」、「詠鄰女樓上彈琴詩」

之句。見逯欽立輯校：《先秦漢魏晉南北朝詩》，魏詩卷十，頁 496。

〔註17〕祖珽，北齊音樂家，字孝徵，范陽人。《北齊書》說他：「珽天性聰明，事無難學，凡諸伎藝，莫不措懷。文章之外，又善音律」見〔唐〕李百藥撰：《北齊書》（北京：中華書局，1998 年），卷第三十九，頁516。又言：「自解彈琵琶，能爲新曲。招城市年少歌儛爲娛，遊集諸倡家。」見〔唐〕李百藥撰：《北齊書》，卷第三十九，頁 514。

等題目，主題思想範圍小而明確，不一定純粹詠琴，有時著重在所欲抒發之「情」。也因此，「琴詩」的內容，或詠琴音，或抒離愁客愁，或超然物外，依作者創作時的心境各有不同。

就涵蓋內容而言，賦體由於篇幅較長，意義容量大，可網羅相關內容來鋪陳，以「體物」爲主要內容。以嵇康〈琴賦〉爲例，產地環境的描寫有山川、天候、物產等內容；製器過程有採集、製作、檢驗等內容；演奏過程包含了調音、列舉曲名、演奏技法、音樂形象的詮釋等內容；音樂效果則有自我審美反應、音樂對天地人倫蟲魚鳥獸的感人之效，與音樂功能等內容，最後附上對琴音的總評。其他琴賦殘篇作品同樣可歸納出相似的內容。

而詩體方面，「琴詩」由詩題可看出明顯是以抒情言志爲主的作品，少數是敘事詠物。所呈現的內容主要有客愁、別離、琴樂、道家思想等，已不見諷喻、教化、修養等內容。先看有關表現別離之情或是異鄉客愁的琴詩作品，如下：

> 別離既有緒，琴瑟反成悲。美人多怨態，亦復慘長眉。
>
> （何遜〈離夜聽琴詩〉，梁詩卷九）
>
> 雉飛催晚別，鳥啼驚夜眠。若交新曲變，惟須促一弦。
>
> （庾信〈弄琴詩二首〉之一，北周詩卷四）
>
> 寄語調弦者，客子心易驚。離泣已將墜，無勞〈別鶴〉聲。
>
> （到溉〈秋夜詠琴詩〉，梁詩卷十七）
>
> 洞庭風雨幹，龍門生死枝。雕刻紛布濩，沖響鬱清危。春風搖蕙草，秋月滿華池。是時操〈別鶴〉，淫淫客淚垂。（謝朓〈琴〉，齊詩卷四）

何遜的詩中提到，已先有離愁於心中，原本美妙的琴瑟音樂反成了悲傷的愁緒。庾信詩中由「催晚別」已知是別離的前夕，「促一弦」將琴弦調緊來轉調、移調之後，使舊曲有新變，多爲悲傷聲情，恰可傳達別離感傷之情。而到溉的詩則是傳達異鄉客愁，作客異鄉遊子「心易驚」，容易被外在事物勾起心中的離愁鄉愁，無須〈別鶴操〉這類

哀傷的樂曲來催淚，淚已將落。謝朓的詩中提到，在春風、秋月的時節彈奏〈別鶴操〉，使客遊他鄉之人淚涔涔。古詩十九首之〈迴車駕言邁〉中有：「四顧何茫茫，東風搖百草。所遇無故物，焉得不速老。」[註18] 在時序推移以及景物新陳代謝下，遊子找不到熟悉的事物，感慨歲月催人老，謝朓此詩中的「春風搖蕙草」應屬同樣感受。而「秋月滿華池」的中秋時節應是人團圓的景象，遊子此時更顯孤單。因此在春風、秋月時節，遊子聆聽哀傷的樂曲，特別容易潸然淚下了。上述四首詩，音樂都扮演情感催化劑的角色，離愁客愁已於心中，一經誘發則忍不住傾瀉而出。

有的先唐琴詩傳達出隱士、道家思想或知音難尋之情，如下列詩作：

> 絲傳園客意，曲奏〈楚妃〉情。罕有知音者，空勞流水聲。
> （江總〈侍宴賦得起坐彈鳴琴詩〉，陳詩卷八）

> 上客敞前扉，鳴琴對晚暉。掩抑歌〈張女〉，淒清奏〈楚妃〉。稍視紅塵落，漸覺白雲飛。新聲獨見賞，莫恨知音稀。（馬元熙〈日晚彈琴詩〉，北齊詩卷二）

> 洞門涼氣滿，閒館夕陰生。弦隨流水急，調雜秋風清。掩抑朝飛弄，淒斷夜啼聲。至人齊物我，持此悅高情。（祖珽〈聽琴詩〉，北齊詩卷二）

江總詩中所謂「園客」[註19] 為傳說中的仙人名，引申為仙人或隱士。江總寫琴音傳達了隱者的情意，可惜罕有知音者，徒勞這流水般的琴聲。馬元熙寫傍晚聆聽客人彈琴，所彈奏的〈張女〉、〈楚妃〉皆為悲涼曲調，後兩句是寫景亦是審美心境的變化，看紅霞漸落，心情的有

[註18] 見逯欽立輯校：《先秦漢魏晉南北朝詩》，漢詩卷十二，頁331～332。

[註19] 《文選》嵇康〈琴賦〉：「絃以園客之絲，徽以鍾山之玉。」李善注引《列仙傳》：「園客者，濟陰人也。常種五色香草，積數十年，食其實。一旦，有五色神蛾止香樹末。客收而薦之以布，生桑蠶焉。時有好女夜至，自稱『我與君作妻』。道蠶狀，客與俱蠶。得百頭繭，皆如甕。繅繭六十日乃盡。訖，則俱去，莫知所如。」見〔梁〕蕭統編、〔唐〕李善注：《文選》，卷十八，頁262。

如白雲飄飛的輕盈，最後感嘆只有「新聲」受重視，而古曲則少有知音者。祖珽寫秋風之夕聆聽如流水的琴音，聲情掩抑淒涼，最後說「至人」持琴來「悅高情」，而「至人齊物我」傳達莊子「至人無己」的一種超越自我執著，與萬物合一的境界。上述江總與祖珽的詩作，表達隱士與道家人物以琴來傳達心境，蓋因琴寧靜空靈的音色，而江總與馬元熙的詩中都傳達知音難尋之慨，眾人多喜繁手淫聲的新曲，不能領會平和淡遠的琴音意境。

　　先唐琴詩中，亦有單純歌詠琴音或樂器，詠琴音如：

　　　　涼風吹月露，圓景動清陰。蕙風入懷抱，聞君此夜琴。蕭瑟滿林聽，輕鳴響潤音。無爲澹容與，蹉跎江海心。（謝朓〈和王中丞聞琴詩〉，齊詩卷四）

　　　　上宮秋露結，上客夜琴鳴。〈幽蘭〉暫罷曲，積雪更傳聲。（劉孝綽〈秋夜詠琴詩〉，梁詩卷十六）

　　　　青樓誰家女，開窗弄碧弦。貌同朝日麗，裝競午花然。一彈哀塞雁，再撫哭春鵑。此情人不會，東風千里傳。（吳尚野〈詠鄰女樓上彈琴詩〉，陳詩卷九）

　　　　嗣宗看月夜，中散對行雲。一弦雖獨韻，猶足動文君。（庾信〈和淮南公聽琴聞弦斷詩〉，北周詩卷四）

謝朓寫春夜聞琴，其中「江海心」〔註20〕舊指隱士居住之處，後引申爲退隱，詩中說蕭瑟的琴音蹉跎了退隱之心，原本平靜的心情受音樂觸動起了波瀾。劉孝綽的詩中，先由「秋露結」點出時間，再寫有賓客夜晚彈奏〈幽蘭〉曲。吳尚野先寫鄰女外貌艷麗，再寫琴音感人之深，悲傷的情調使塞雁哀傷，使春鵑哭泣。庾信詩中前二句，「嗣宗」〔註21〕爲阮籍，「中散」爲嵇康，兩人皆善彈琴，同屬竹林七賢。庾信先舉兩位琴家，再寫雖然琴弦斷，依然音韻優美足以打動卓文君，

〔註20〕《莊子・刻意》：「就藪澤，處閒曠，釣魚閒處，無爲而已矣，此江海之士，避世之人，閒暇者之所好也。」見〔戰國〕莊周撰、〔清〕王先謙撰、劉武撰：《莊子集解・莊子集解內篇補正》，卷四，頁132。
〔註21〕阮籍字嗣宗，嵇康曾官拜中散大夫。

運用了司馬相如琴挑卓文君的典故。〔註22〕而詠樂器本身的作品如：

> 邊山此嘉樹，搖影出雲垂。清心有素體，直幹無曲枝。凡
> 耳非所別，君子特見知。不辭去根本，造膝仰光儀。（丘遲
> 〈題琴樸奉柳吳興詩〉，梁詩卷五）

> 可憐嶧陽木，雕為綠綺琴。田文垂睫淚，卓女弄弦心。戲
> 鶴聞應舞，游魚聽不沈。〈楚妃〉幸勿歎，此異丘中吟。（江
> 總〈賦詠得琴詩〉，陳詩卷八）

丘遲的詩題已說明此詩讚美琴本質的質樸，前四句寫樹木的高直以
及清素的本質，次寫這種琴音只有君子能知曉，凡耳無法辨別，最
後寫砍伐去除根部，促膝仰望其光彩的儀容。此詩與樂器賦描寫素
材產地環境與製器的部分，有相似之處。江總詩中運用諸多典故，
幾乎句句用典，「田文」指孟嘗君，名田文，此句用雍門子周「琴諫」
孟嘗君的典故，「卓女」一句則用司馬相如「琴挑」卓文君的典故，

〔註22〕卓文君，漢蜀郡臨邛人，富人卓王孫女。《西京雜記》曰：「文君姣
好，眉色如望遠山，臉際常若芙蓉，肌膚柔滑如脂，十七而寡。」
見〔晉〕葛洪撰：《西京雜記》，卷二，頁64。《史記・司馬相如列傳》：
「臨邛中多富人，而卓王孫家僮八百人，程鄭亦數百人，二人乃相
謂曰：『令有貴客，為具召之。』並召令。令既至，卓氏客以百數，
至日中，謁司馬長卿，長卿謝病不能往。臨邛令不敢嘗食，身自迎
相如，相如為不得已而強往，一坐盡傾。臨邛令不敢嘗食，自往迎
相如，相如為不得已，強往，一坐盡傾。酒酣，臨邛令前奏琴曰："竊
聞長卿好之，願以自娛。"相如辭謝，為鼓一再行。酒酣，臨邛令前
奏琴曰：『竊聞長卿好之，願以自娛。』相如辭謝，為鼓一再行。是
時，卓王孫有女文君新寡，好音，故相如繆與令相重而以琴心挑之。
是時，卓王孫有女文君新寡，好音，故相如繆與令相重，而以琴心
挑之。相如時從車騎，雍容閒雅，甚都。相如之臨邛，從車騎，雍
容閒雅甚都。及飲卓氏弄琴，文君竊從戶窺，心說而好之，恐不得
當也。及飲卓氏，弄琴，文君竊從戶窺，心說而好之，恐不得當也。
既罷，相如乃令侍人重賜文君侍者通殷勤。既罷，相如乃使人
重賜文君侍者通殷勤。文君夜亡奔相如，相如與馳歸成都。文君夜
亡奔相如，相如與馳歸成都。家徒四壁立。家居徒四壁立。」見〔漢〕
司馬遷撰、楊家駱主編：《新校本史記三家注並附編二種》，卷一百
一十七，頁3000。卓王孫大怒曰：「女不材，我不忍殺，一錢不分也！」
人或謂王孫，王孫終不聽。

「綠綺琴」為司馬相如之琴。詩中讚美嶧陽木值得憐愛，雕為名琴，所彈奏出的琴音可「琴諫」孟嘗、可「琴挑」卓女，亦可使白鶴起舞、沉漁出聽，此取「瓠巴鼓瑟，流魚出聽」以及「師曠彈琴，玄鶴下舞」等常見音樂典故。而〈楚妃嘆〉〔註23〕為琴曲，楚之賢妃樊姬，能立德著勳之事，「丘中吟」疑指左思〈招隱詩〉中有「岩穴無結構。丘中有鳴琴」〔註24〕之句，山中只見山洞不見屋舍，山丘中卻有人在彈琴，傳達隱居的樂趣。江總運用典故想傳達的是，琴音之美能傳情，能動人，亦能打動蟲魚鳥獸，琴音使人留連沉迷之情與隱居之人的超脫有別。

先唐琴詩中出現「同題」的作品，除了劉孝綽與到溉的同題詩作〈秋夜詠琴詩〉之外，尚有〈為我彈鳴琴〉的兩首同題作品，如下：

為我彈鳴琴，琴鳴傷我襟。半死無人見，入竈始知音。空為〈貞女引〉。誰達〈楚妃〉心。雍門何假說，落淚自淫淫。

（沈炯〈為我彈鳴琴詩〉，陳詩卷一）

薄暮高堂上，調琴召美人。伯喈聲未盡，相如曲復新。點徽還轉弄，亂爪更留賓。聊持一弦響，雜起艷歌塵。（賀徹

〈賦得為我彈鳴琴詩〉，陳詩卷六）

沈炯的詩中的琴音，明顯是哀傷的情調。第三、四運用「焦尾琴」的典故，良材未被賞識，已入竈之時才被蔡邕發現而為琴，此處傳達知音難尋之意。〈貞女引〉〔註25〕乃魯漆室女憂國傷人，援琴弦歌

〔註23〕石崇〈楚妃歎〉序曰：「歌辭楚妃歎，莫知其所由。楚之賢妃能立德著勳，垂名於後，唯樊姬焉。故今歎詠之聲，永世不絕。」楚妃，即樊姬，春秋時楚莊王妃。〈楚妃嘆〉為樂府吟嘆曲之一，晉石崇作辭，內容詠嘆春秋時楚莊王賢妃樊姬諫莊王狩獵與進賢之事，所詠之事見《烈女傳》。見〔漢〕劉向撰、張敬註譯：《烈女傳今註今譯》，頁59～61。

〔註24〕左思〈招隱詩〉：「杖策招隱士。荒塗橫古今。岩穴無結構。丘中有鳴琴。白雪停陰岡。丹葩曜陽林。石泉漱瓊瑤。纖鱗或浮沈。非必絲與竹。山水有清音。何事待嘯歌。灌木自悲吟。秋菊兼餱糧。幽蘭間重襟。躊躇足力煩。聊欲投吾簪。」見逯欽立輯校：《先秦漢魏晉南北朝詩》，晉詩卷七，頁734。

〔註25〕琴曲歌辭〈貞女引〉的本事寫道：「貞女引者。魯漆室女所作也。漆

所作，與〈楚妃嘆〉同爲哀傷曲調，以此曲傳達無人了解的心情。最後以「雍門子周琴諫孟嘗君」的典故說明，無須任何的情境假設，琴音已使我淚流。賀徹的詩寫傍晚召美人彈琴，其中「伯喈」爲漢蔡邕的字，蔡邕與司馬相如皆善鼓琴，詩中以兩人比喻演奏者琴藝精湛，並描述「點徽」〔註26〕、「亂爪」等演奏技法與肢體語言。兩詩雖然同題，內容情境確有很大的差異，一是琴音觸動內心之苦，一是與賓客同賞琴樂演奏。

　　若從音樂的角度來看上述內容，關於先唐琴賦的豐富內容，前文已多所陳述，而琴詩內容涵蓋了音樂審美場景、彈奏樂曲、審美反應、演奏技法、音樂感人等內容，但由於篇幅有限，每首詩作內容各有所重，一般以描寫審美場景（以春夜秋夜居多）與審美感受居多。在音樂審美觀方面，「以悲爲美」爲先唐琴賦與琴詩的最大共同傾向，而「清靜質樸」亦爲共同點，如嵇康與丘遲的作品。琴賦與琴詩在音樂審美觀的差異是，琴賦所呈現的音樂審美觀較爲多元，除了「尚悲」之外，還有「尚德」與「尚中和」的審美觀，如劉向、馬融、嵇康等人琴賦作品皆提到所謂「琴德」，而這種「琴德」往往指向一種「平和」的音樂意境，而琴詩則呈現以「尚悲」爲美的單一趨向。

　　就音樂功能的差異而言，先唐琴詩所呈現主要以「抒發宣洩情感」爲主軸，而先唐琴賦所呈現以「自我進德修養」爲主。琴詩中音樂多用於抒發離別之哀、作客異鄉之愁，亦有苦無知音之怨，總

室女倚柱悲吟而嘯。鄰人見其心之不樂也。進而問之曰：有淫心欲嫁之念耶。何吟之悲。漆室女曰：嗟乎。嗟乎。子無智不知人之甚也。昔者楚人得罪於其君。走逃。吾東家馬逸。蹈吾園葵。使吾終年不饜菜。吾西鄰失羊不還。請吾兄追之。霧濁水出。使吾兄溺死。終身無兄。政之所致也。吾憂國傷人。心悲而嘯。豈欲嫁哉。自傷懷結。而爲人所疑。於是褰裳入山林之中。見女貞之木。喟然歎息。援琴而弦歌以女貞之辭雲雲。遂自經而死」見逯欽立輯校：《先秦漢魏晉南北朝詩》，漢詩卷十一，頁306。

〔註26〕「點徽」應指古琴「泛音」的奏法，用左手一指或多指正對徽位輕點琴弦，一觸即起，同時右手撥弦，發出清越的琴音。

之，音樂用來抒發內心的哀傷情感居多。由詩中描述的審美反應可知，如謝朓〈琴〉：「是時操〈別鶴〉，泫泫客淚垂」、到溉〈秋夜詠琴詩〉：「離泣已將墜，無勞〈別鶴〉聲」、以及沈炯〈爲我彈鳴琴詩〉：「雍門何假說，落淚自泫泫」等描述，可知詩人藉琴來抒發情緒，不強調音樂教化的功能。琴詩中所言其他音樂功能，尚有道家人物寄託心志，但是屬於少數。琴賦中所敘述的音樂功能，從傅毅〈琴賦〉：「盡聲變之奧妙，抒心志之鬱滯」與嵇康〈琴賦〉：「誠可以感盪心志而發洩幽情矣！」此類基本的情感宣洩功能，到劉向〈雅琴賦〉：「葳蕤心而自愬兮，伏雅操之循則」與傅毅〈琴賦〉：「明仁義以屬己，故永御而密親」這種個人德行上的修養，乃至天地萬物的教化功能，如嵇康〈琴賦〉：「摠中和以統物，咸日用而不失。其感人動物，蓋亦弘矣！」傅玄〈琴賦〉：「神農氏造琴，所以協和天下人性」與成公綏〈琴賦〉：「四氣協而人神穆兮，五教泰而道化通」等，可看出琴賦所認定的琴樂功能是由個人乃至天地萬物，具有一種「推己及人」的影響力。

二、謀篇結構與句式節奏之比較

（一）篇章結構

　　賦體的篇章結構通常有固定的體例，而古體詩則要盡量避免某種固定的結構模式。先唐的九篇琴賦，除嵇康〈琴賦〉之外，皆爲殘篇。但是從嵇康〈琴賦〉與其他琴賦殘篇，加上其他樂器賦作參照，已可推知琴賦的結構。一般賦體結構，有開頭、正文、結尾三部分，劉勰《文心雕龍・詮賦》中以說明：「既履端于倡序，亦歸餘于總亂。序以建言，首引情本，亂以理篇，寫送文勢。」雖然有的作品有「序」或「亂」，但是非必要結構。就內容的安排上，琴賦（或者說樂器賦）大多先描述產地的環境以烘托其本質，次描述製器過程以確認其精緻與精準，再者，描述其演奏過程以鋪陳其音樂形象，最後，渲染其音樂感人之深及其功效。其中演奏過程的描寫涵蓋音

樂聲情、音樂形象、演奏場景、演奏技法、演奏樂曲與審美反應等內容，盡可能地從各方面來鋪陳音樂。

　　先唐琴詩皆為五言，或四句或八句，已見出絕句與律詩的形式。而目前所見十六首琴詩中，八句的作品有九首，四句的作品有八首。觀其篇章結構，五言四句的詩作似無固定的結構安排，五言八句的詩作稍可歸納其規律，通常前四句以景物入手寫出聆賞時空，五六句用以描繪聲情、演奏技法、感人之深等相關內容，而末兩句多用來表達心志或感觸，但是這僅為大致狀況，未形成固定模式。舉詩作為例：

> 涼風吹月露，圓景動清陰。蕙風入懷抱，聞君此夜琴。
> 蕭瑟滿林聽，輕鳴響澗音。無為澹容與，蹉跎江海心。
> （謝朓〈和王中丞聞琴詩〉）
>
> 洞門涼氣滿，閑館夕陰生。弦隨流水急，調雜秋風清。
> 掩抑朝飛弄，淒斷夜啼聲。至人齊物我，持此悅高情。
> （祖珽〈聽琴詩〉）
>
> 上客敞前扉，鳴琴對晚暉。掩抑歌〈張女〉，淒清奏〈楚妃〉。
> 稍視紅塵落，漸覺白雲飛。新聲獨見賞，莫恨知音稀。
> （馬元熙〈日晚彈琴詩〉）

琴詩較少純粹詠物，通常是「藉物抒情」或「藉物言志」。三首詩開頭都由聆賞的場景入手，詩作前半將時、地、事交代完成，如謝朓寫春夜涼風中聽琴，祖珽寫秋風閑館中聽琴，馬元熙寫日晚聽客彈琴。後半寫音樂聲情與聆賞感受，而以心中最深的情志感觸置於詩的最終，給讀者意猶未盡的感受，如謝朓寫蕭瑟的琴音蹉跎原本淡泊退隱之心，祖珽寫淒清琴音符合道家「至人」的心志，馬元熙有感心境轉變並感歎古曲少有知音。

　　附帶一提的是，謝朓〈琴〉與丘遲〈題琴樸奉柳吳興詩〉兩詩，其內容與樂器賦開頭描寫產地環境相似：

> 洞庭風雨幹，龍門生死枝。雕刻紛布濩，沖響鬱清危。

　　春風搖蕙草，秋月滿華池。是時操〈別鶴〉，淫淫客淚垂。

（謝朓〈琴〉）

　　邊山此嘉樹，搖影出雲垂。清心有素體，直幹無曲枝。

　　凡耳非所別，君子特見知。不辭去根本，造膝仰光儀。

（丘遲〈題琴樸奉柳吳興詩〉）

謝朓〈琴〉詩前四句，點出洞庭、龍門等地名，並說明其枝幹經風雨沖刷的歷練，這種強調產地地名與環境歷練，以凸顯其悲、危的特質，與樂器賦手法相似。丘遲〈題琴樸奉柳吳興詩〉詩前四句讚美嘉樹的高、直與清心的本質，後寫唯有君子能鑑別並裁其根本來製器，這些內容與樂器賦描寫素材與製器十分相似。強調樂器素材的環境與製作，爲樂器賦的特色，在琴詩中十分少見，這兩首詩或許受到樂器賦內容的影響。

　　總之，琴詩結構的不固定，與篇幅有很大的關係，相對賦體，詩體的篇幅較小，作者只能選擇少數的意象，來精準地傳達心中的情意或心志。而且詩以表達情志爲主，即使是「琴詩」這類詠物的體材，在大部分的作品中，「音樂」本身似非主角，是爲烘托出情志的配角。郭建勛《辭賦文體研究》曾分析兩者結構特色，他說：「賦的主體部分，對事物的描繪是一種多方面的展示，而詩則往往著其一點來表現其韻味。……用藝術來譬喻兩者，賦類於空間藝術，詩則類於時空交融……所以體物之作以賦爲多，抒情之作以詩爲多。」〔註27〕也就是說賦以空間鋪陳的方式進行描寫，適合「體物」；詩著眼於某一時空進行描寫，適合「抒情」。若以比喻來作比較，琴賦的鋪陳，彷彿導遊帶領，依一定的路線流程來遊覽；琴詩的聚焦，彷彿攝影師的幾個經典鏡頭、照片，透過定格的畫面去聯想。拿音樂領賞來比擬，琴賦帶你全程參與樂器製作以及精采的音樂表演，琴詩則是讓你看到留著淚的聽眾，推想音樂的感人。

〔註27〕見郭建勛著：《辭賦文體研究》，頁211。

（二）句式節奏

賦與詩在句式節奏上是迥然不同的，郭建勛《辭賦文體研究》中曾就兩種體裁的單句作節奏的比較。他分析，詩的語言以四言、五言、七言爲主，其節奏靠音節的「頓」來展現。四言詩多爲兩頓，即「二二頓」（如《詩經・曹風・蜉蝣》：「蜉蝣／之羽，衣裳／楚楚，心之／憂矣，於我／歸處。」），五言詩多「二三頓」，七言詩多「二二三頓」。賦中除了詩體賦的停頓方式大體相同，文體賦與騷體賦的節奏與詩迥異。文體賦常用的四六句式，通常以句中的虛字爲頓，這一虛字被稱爲「句腰」，如司馬相如〈上林賦〉：「於是乎遊戲懈怠，置酒乎顥天之台，張樂乎膠葛之㝢」，句子的「頓」是靠句腰的「乎」字。〔註28〕詩歌語言的靈活性在於後面的三字尾，朱光潛《詩論》：「五言詩每句表面似僅含兩頓半而實在有三頓，七言詩每句表面似僅含三頓半而實在有四頓，因爲最後一個字都特別拖長，湊成一頓。」〔註29〕所以五言詩的音節節奏是爲「二二一頓」，但有時是「二一二頓」。

就先唐琴賦與琴詩而言，琴詩多爲五言句，其節奏是「二二一頓」與「二一二頓」配合使用，舉兩詩爲例：

> 絲傳／園客／意，曲奏／楚妃／情。罕有／知音／者，空勞／流水／聲。（江總〈侍宴賦得起坐彈鳴琴詩〉）

> 上客／敞／前扉，鳴琴／對／晚暉。掩抑／歌／〈張女〉，淒清／奏／〈楚妃〉。稍視／紅塵／落，漸覺／白雲／飛。新聲／獨見／賞，莫恨／知音／稀。（馬元熙〈日晚彈琴詩〉）

江總的詩作採用「二二一頓」的節奏，每句的最後一字讀起來是拉長的音，全詩一致。而馬元熙的詩，前四句採「二二一頓」節奏，後四句採「二一二頓」節奏，讀起來的前後節奏不同。若以琴賦句式節奏來說，從三言、四言、五言、六言、七言、八言以上皆有，舉與琴詩同樣的五言句爲例，嵇康〈琴賦〉中的部分五言句，摘錄其三個小段

〔註28〕見郭建勛著：《辭賦文體研究》，頁 205～216。
〔註29〕見朱光潛著：《詩論》，頁 164。

落：

> （若乃）春蘭／被／其東，沙棠／殖／其西，涓子／宅／
> 其陽，玉醴／涌／其前。玄雲／陰／其上，翔鸞／集／其
> 巔。清露／潤／其膚，惠風／流／其閒。
> 器和／故／響逸，張急／故／聲清。閒遼／故／音庳，絃
> 長／故／徽鳴。
> （是以）伯夷／以之／廉，顏回／以之／仁。比干／以之
> ／忠，尾生／以之／信。

第一部分是描述琴木環境，採「二一二頓」節奏，第二部分是分析樂
器形制與音色，亦採「二一二頓」節奏，第三部分是寫音樂之效，採
「二二一頓」節奏。琴賦的五言句與琴詩的五言句音節節奏相同，兩
者差異之處在於「虛字」與「疊字」的效果。五言詩極少有虛字，字
義密度高，賦的五言句多有虛字，如上引例句中的「其」、「故」、「以」
等字而且以排比方式重複出現，字義密度相對較低，讀起來有回環反
覆的韻味。

　　而且，賦體的句式少有通篇單一的情況，大多是綜合散體句式與
騷體句式，甚或詩體句式，由三言至八言皆有，配合「爾乃」、「若乃」、
「於是」等發語詞的轉換，可依文意所須作變化。舉嵇康〈琴賦〉中
一段爲例：

> 若乃高軒飛觀，廣夏閑房。冬夜肅清，朗月垂光。新衣翠
> 粲，纓徽流芳。
> 於是器冷絃調，心閑手敏，觸擰如志，唯意所擬。初涉〈淥
> 水〉，中奏〈清徵〉。雅昶〈唐堯〉，終詠〈微子〉。寬明弘
> 潤，優遊躇畤。拊絃安歌，新聲代起。詞曰：
>> 凌扶搖兮憩瀛洲。要列子兮爲好仇。餐沆瀣兮帶朝霞，
>> 眇翩翩兮薄天遊。齊萬物兮超自得，委性命兮任去留。
>> 激清響以赴會，何絃歌之綢繆。
> 於是曲引向闌，衆音將歇。改韻易調，奇弄乃發。揚和顏，
> 攘皓腕。飛纖指以馳騖，紛儳嚑以流漫。或徘徊顧慕，擁

　　鬱抑按。盤桓毓養，從容祕翫。……時劫捇以慷慨，或怨懟
　　而躊躇。忽飄飄以輕邁，乍留聯而扶疏。或參譚繁促，複
　　疊攢仄。從橫駱驛，奔遯相逼。拊嗟累讚，閒不容息。瓌
　　豔奇偉，殫不可識。

嵇康〈琴賦〉雖以四言六言爲主，但是依內容不同而變化。先用四言句敍述演奏場景、彈奏技巧（「器泠絃調」四句）、以及曲目。之後彈弦歌唱，插入一段「歌曰」乃「三－兮－三」的騷體句。而「改韻易調」後的再次彈奏，先以簡短三言句「揚和顏，攘皓腕」寫表情與肢體語言，接著改以六言句「飛纖指以馳騖，紛儹噏以流漫」寫手指變化與琴音紛繁，又馬上回到四言句描摹琴音，偶雜六言句。賦體的四言句主要受《詩經》的影響，三言、六言句來自《楚辭》騷體的影響。劉朝謙《賦文本的藝術研究》分析《詩經》四言句式與騷體賦體句式的節奏：「音律上，整齊劃一的四言詩，是二拍子的節奏，騷體賦體的句式則是三拍子或更複雜多變的節拍。詩體與賦體在音律上的不同導致了兩種體裁在情感基調方面的差異」〔註30〕，嵇康〈琴賦〉中既有剛健爽朗、皆爲實詞的四言句式節奏，又有搖曳舒緩、帶有虛字的六言句式節奏，或者直接用帶「兮」字的騷體句式抒發情意，因此產生一種虛實相間，情緒起伏的美感，與五言琴詩的節奏規律、意義緊密不同。

　　五言詩由於四句、八句這種有限的篇幅，每一字都須擔負意義，故皆爲實詞少有虛字，意象是精練濃縮的。賦體由於篇幅較長，用長句較多，常加入虛字來調節意義的密度。而且爲了表現不同的內容，賦可運用長短不同的句式，相較之下，齊言體的詩由於本身的齊整不能隨意增減字數，其靈活性有限，賦的句式相對多變。此外，用韻方面，詩的篇幅較短，多一韻到底，不可換韻；賦的體裁較長，爲表現不同的內容與情感，多此換韻，通常以「爾乃」、「若乃」、「於是」等

〔註30〕見劉朝謙著：《賦文本的藝術研究》（北京：華齡出版社，2006 年），頁 9。

語詞轉換內容，同時也是換韻之處。運用不同韻部來表達不同心情，這也是賦體相較於詩歌，來得運用靈活之處。

三、藝術手法與藝術風格之比較

　　陸機〈文賦〉中有：「詩緣情而綺靡，賦體物而瀏亮。」〔註31〕觀詩與賦的內容，詩多抒情而賦多體物，但是風格上未必是詩綺靡而賦瀏亮，賦亦有綺靡之作。賦與詩，外在形式明顯的差異在於篇幅上的一長一短，句式上的一參差一齊整，兩者在藝術表現手法上亦有明顯的差異，因而形成迥然不同的藝術風格。第五章所論先唐樂器賦的表現手法中，其虛構誇飾、時空鋪排、譬喻通感等技巧，也正是賦與詩在藝術手法與風格上的差異所在，以下就藉之比較琴賦與琴詩的風格特色。

（一）直白誇飾與含蓄內斂

　　賦體文學技巧中，「虛構與誇飾」為其重要特點，就樂器賦而言，從一開始的產地環境、製器過程，到音樂的感人之效，皆可見到作者自覺地運用誇飾與虛構手法。較之於詩歌，較少出現虛構與誇飾的技巧，在情感上顯得含蓄內斂許多。由於琴賦涉及的內容較琴詩為多，此處取琴賦與琴詩共有的題材內容作討論。

　　琴賦與琴詩作品，多有提到音樂感人之深，有時也運用典故以及蟲魚鳥獸的反應來凸顯音樂感人的程度。先舉琴賦的文句為例：

> 走獸率舞，飛鳥下翔。感激弦歌，一低一昂。（〔漢〕蔡邕〈琴賦〉）

> 於是歌人恍惚以失曲，舞者亂節而忘形。哀人塞耳以惆悵，轅馬躞足以悲鳴。（〔漢〕蔡邕〈琴賦〉）

> 于時也，金石寢聲，匏竹屏氣，王豹輟謳，狄牙喪味。天吳踊躍於重淵，王喬披雲而下墜。舞鸑鷟於庭階，游女飄焉而來萃。感天地以致和，況蚑行之眾類。（〔魏〕嵇康〈琴賦〉）

――――――――――――――

〔註31〕〔梁〕蕭統編、〔唐〕李善注：《文選》，卷十七，頁246。

> 伯牙彈而騶馬仰秣，子野揮而玄鶴翔鳴。（〔晉〕成公綏〈琴賦〉）

蔡邕與成公綏運用「騶馬仰秣」、「玄鶴下舞」等音樂相關典故。蔡邕為誇大音樂感人之效，寫歌者與舞者皆失神而忽略正在進行中的事，又以哀人搗耳不聽、馬頓地悲鳴等誇張且具虛構成份的反應，來凸顯音樂的悲傷。嵇康所寫的一連串的反應，金、石、匏、竹等樂器都停止，唯琴一枝獨秀，除了歌者與名廚沉浸其中，連不存在於現實中的水神、仙人、神鳥都被琴音所吸引，誇大虛構成分明顯。由此可見琴賦虛構誇飾的手法，其風格是直白而外露的。有別於琴賦的誇飾虛構，琴詩的情感含蓄委婉，先看以下節錄的詩句：

> 一弦雖獨韻，猶足動文君。（庾信〈和淮南公聽琴聞弦斷詩〉）

> 田文垂睫淚，卓女弄弦心。戲鶴聞應舞，游魚聽不沈。（江總〈賦詠得琴詩〉）

> 一彈哀塞雁，再撫哭春鵙。（吳尚野〈詠鄰女樓上彈琴詩〉）

除了吳尚野的「禽鳥哀哭」具誇飾成分，庾信與江總都以典故來表現音樂的動人。所用典故主要有「司馬相如琴挑卓文君」、「雍門子周琴諫孟嘗君」，以及琴賦中常見到的「玄鶴下舞」、「沉漁出聽」等音樂相關典故。比較琴詩與琴賦的用典方式，琴詩多取其原意，正面烘托音樂感人，風格典雅；而琴賦除了音樂相關典故，尚能將其他類別的人物或傳說加以綜合使用，且不一定以典故原意呈現，有時配合以映襯、譬喻等修辭活用，呈現多樣風貌。

　　與音樂感人的課題相關，琴賦與琴詩都有關於審美反應的描述。在內容上，琴詩著重於哀傷的反應，而琴賦則因為以歌詠「平和」聲情為主，「哀傷」的審美反應較少，大多悲、喜反應同時出現於賦中。若就哀傷的審美反應而言，琴賦的代表為嵇康〈琴賦〉中所描述的「是故懷戚者聞之，莫不憯懍慘悽，愀愴傷心，含哀懊咿，不能自禁。」憂戚之人聆聽琴樂，會感到內心畏懼悽慘，愁容憔悴，悲傷不已，難以自禁。這段文字敘述了哀傷的內心與外貌，是娓娓

道來的，是客觀陳述的，但是不覺得特別悲傷。琴詩所描寫的哀傷
較為簡要含蓄，「流淚」已算是最為直露的了，如謝朓〈琴〉中的：
「是時操〈別鶴〉，淫淫客淚垂。」以及沈炯〈為我彈鳴琴詩〉：「雍
門何假說，落淚自淫淫。」但除了「流淚」其他不多加陳述，彷彿
一切盡在不言中，留給讀者自行品味。若其他描述則更為含蓄，如
何遜〈離夜聽琴詩〉：「美人多怨態，亦復慘長眉。」僅寫眉頭深鎖
以及到漑〈秋夜詠琴詩〉：「寄語調弦者，客子心易驚。離泣已將墜，
無勞〈別鶴〉聲。」僅寫「心驚」、「淚將墜」，這種忍於心中微露為
外的表情，與賦的直露誇大迥然不同，所表現出的是哀而不怨，感
而不傷，更為深刻動人的情思。

　　此外，琴音所具有淡遠平和的特質，受到隱士與道家人物的喜
愛，在琴賦與琴詩中皆有相關的描述，但是表現方式不同。嵇康〈琴
賦〉為了鋪陳以「琴」來追求道家「至人」之道，在描寫尋找琴木之
時，便描述「遯世之士，榮期綺季之疇」攀山越谷，然後：

> 指蒼梧之迢遞，臨迴江之威夷，悟時俗之多累，仰箕山之
> 餘輝，羨斯嶽之弘敞，心慷慨以忘歸。情舒放而遠覽，接
> 軒轅之遺音，慕老童於騩隅，欽泰容之高吟，顧茲梧而興
> 慮，思假物以託心。乃斲孫枝，准量所任，至人攄思，制
> 為雅琴。

詳細說明厭倦世俗的牽累，羨慕與自然合一的舒暢曠達，因而興起作
琴以寄託的念頭。這段描述是侃侃而談，無所隱藏地陳述。此賦中又
寫到撫絃高歌，其「歌曰」為：「凌扶搖兮憩瀛洲。要列子兮為好仇。
餐沆瀣兮帶朝霞，眇翩翩兮薄天遊。齊萬物兮超自得，委性命兮任去
留。激清響以赴會，何絃歌之綢繆。」嵇康運用騷體句式抒發想像，
與列子結伴遨遊天宮，超然自得，毫無拘束。這段歌辭外放而恣肆，
有灑脫之感。賦的最後感嘆：「識音者希，孰能珍兮。能盡雅琴，唯
至人兮。」嵇康表現具道家思維的琴道，即便虛構誇飾毫不在意，其
情感表達是直接外放的。而琴詩中，祖珽〈聽琴詩〉寫到：「至人齊

物我，持此悅高情。」僅說至人持「琴」來自愉，卻未細說心情，不似嵇康陳述登山的慷慨舒放或想像乘風馭空的暢快。又江總〈侍宴賦得起坐彈鳴琴詩〉寫到：「絲傳園客意，曲奏楚妃情。罕有知音者，空勞流水聲」僅說絲絃傳達隱者之意，隱者何意？徒感嘆罕有知音者，不似嵇康早已將隱者的心境與境界明白陳述。不過就此詩的意味，流水般的琴音因而延續了。〈琴賦〉的知音之嘆，語氣是肯定句，肯定至人能盡琴，情意則不似詩的悠遠。

（二）空間鋪排之「物」與時空定格之「情」

賦的鋪陳方式是具有空間概念，是以開展的「畫面」呈現視覺感受，而且是依東西南北空間方位，或上中下的立體概念進行陳述。即使是時間的描述，亦是有順序的流動，如春夏秋冬，朝暮等發展順序。因此賦體的特色表現在以「大而全」為美的文體特徵。舉琴賦中的文句為例，描寫琴木產地環境時，嵇康〈琴賦〉：「若乃春蘭被其東，沙棠殖其西，涓子宅其陽，玉醴涌其前。」依東西南北四面方位寫其環境，而〔吳〕閔鴻〈琴賦〉：「上森蕭以崇立，下婆娑而四張。」以及〔陳〕陸瑜〈琴賦〉：「龍門奇樹，上籠雲霧。根帶千仞之溪，葉泫三危之露。忽紛糅而交下，終摧殘而莫顧。」兩人則依上下的立體空間陳述環境的影響。關於依時間順序的鋪陳，〔陳〕陸瑜〈琴賦〉寫到：「吟高松兮落春葉，斷輕絲兮改夏絃。」依春至夏的時序來寫音樂的進行，而嵇康〈琴賦〉：「初涉〈淥水〉，中奏〈清徵〉。雅昶〈唐堯〉，終詠〈微子〉。」嵇康陳述所演奏的樂曲，是依「初」、「中」、「終」的時間發展順序來寫。〔漢〕枚乘〈七發〉中描寫琴音的一段，表現這種「鋪陳有序」最為完整也最具代表，其對於環境的描述：

> 龍門之桐，高百尺而無枝。中鬱結之輪囷，根扶疏以分離。
> 上有千仞之峰，下臨百丈之谿。湍流遡波，又澹淡之。其
> 根半死半生。冬則烈風漂霰飛雪之所激也；夏則雷霆霹靂

之所感也。朝則鸝黃鳱鵃鳴鳴焉；暮則羈雌迷鳥宿焉。獨鵠
晨號乎其上，鵾雞哀鳴翔乎其下。

對於龍門的桐木，其描述具立體空間感，上有崇山，下有深淵，中有
樹幹積聚曲折的紋理，有禽鳥上下悲鳴；又同時具有季節時序與朝暮
變化，冬風雪夏雷霆，朝暮有禽鳥鳴叫棲息。藉由立體空間鋪排，加
上歷時性的陳述，交構出詳盡的流動的畫面，這種兼顧各個面向的描
寫方式最適合「體物」。

　　空間的鋪排不僅表現在環境的描寫，也表現在演奏場景的多樣，
嵇康〈琴賦〉中在第一次〈白雪〉、〈清角〉的彈奏之後，又有「高軒
飛觀，廣廈閑房，冬夜肅清，朗月垂光」、「三春之初，麗服以時，乃
攜友生，以遨以嬉」、「華堂曲宴，密友近賓，蘭肴兼御，旨酒清醇」
等三個演奏場景。或者是一次的音樂聆賞中，有歡樂曲目，有悲傷的
曲目，亦可先後彈奏古調與新曲。可見，琴賦期望呈現琴樂的全貌，
而非僅是某一片刻的感受。

　　詩的描寫方式多著眼於某一時空的情景，以定格的「畫面」呈現，
其特色在於「小而雋永」的美。相對於賦的適於描繪外在之「物」，
詩適於傳達內在「抒情」。賦的體物寫作費時費工，需要長時間經營；
詩的寫作卻可偶發其想，片刻感動，追求剎那即是永恆。如琴詩中所
描述的畫面，最終常定格於某個時空，留下綿長的餘韻。其中，有的
詩作畫面定格在「人」，尤其是人物的表情，如：

洞庭風雨幹，龍門生死枝。雕刻紛布濩，沖響鬱清危。春
風搖蕙草，秋月滿華池。是時操〈別鶴〉，淫淫客淚垂。(謝
朓〈琴〉)

爲我彈鳴琴，琴鳴傷我襟。半死無人見，入竈始知音。空
爲〈貞女引〉，誰達〈楚妃〉心。雍門何假說，落淚自淫淫。
(沈炯〈為我彈鳴琴詩〉)

別離既有緒，琴瑟反成悲。美人多怨態，亦復慘長眉。(何
遜〈離夜聽琴詩〉)

謝朓的詩作，前半先描繪琴木歷經風雨沖擊的畫面，後描繪春風、

秋月這種易感的時節，再由〈別鶴操〉樂曲的誘發，最終畫面停格在客人垂淚的表情。沈炯的詩作，感傷的是自己，因此將畫面停格在落淚的自己。而何遜的詩作僅四句，先點明離愁別緒與悲傷琴音，最終畫面停格在美人深鎖的長眉，給人無限幽怨。人物的表情是內心情感的外露，透由哀傷落淚的表情，讀者得以聯想其哀傷的聲情與人物遭遇。另外，有的琴詩選擇定格在「景」，藉由情景交融來傳達情感：

上宮秋露結，上客夜琴鳴。〈幽蘭〉暫罷曲，積雪更傳聲。
（劉孝綽〈秋夜詠琴詩〉）

上客敞前扉，鳴琴對晚暉。掩抑歌〈張女〉，淒清奏〈楚妃〉。
稍視紅塵落，漸覺白雲飛。新聲獨見賞，莫恨知音稀。（馬
元熙〈日晚彈琴詩〉）

劉孝綽的詩先描繪秋夜露水結成霜的景象，有客奏〈幽蘭〉曲，最後將畫面停格在餘音迴盪積雪（此應指霜白）的白色靜謐景色中。馬元熙的詩，先是黃昏時分，有客鳴琴的景象，奏完〈張女〉、〈楚妃〉之後，畫面停格在紅霞漸落，白雲飄飛的悠然景色中。兩詩最終所描繪的景色，皆有象徵心境的意味，一種經琴音洗滌過後，平靜釋然的心境。此外，尚有琴詩選擇定格在「聲」，藉聲來傳情：

涼風吹月露，圓景動清陰。蕙風入懷抱，聞君此夜琴。蕭
瑟滿林聽，輕鳴響澗音。無爲澹容與，蹉跎江海心。（謝朓
〈和王中丞聞琴詩〉）

絲傳園客意，曲奏〈楚妃〉情。罕有知音者，空勞流水聲。
（江總〈侍宴賦得起坐彈鳴琴詩〉）

寄語調弦者，客子心易驚。離泣已將墜，無勞〈別鶴〉聲。
（到溉〈秋夜詠琴詩〉）

謝朓的詩作，畫面的停格應在五六句，在林間溪澗旁響徹著蕭瑟的琴音。江總先寫琴音傳達隱士情，而詩最終停格在琴聲，如流水般的聽覺意象。到溉的詩作，先描繪客子離別欲泣的畫面，最終停格在〈別鶴操〉的琴音中。三首詩雖定格在琴音，但是非單純的歌詠琴音，琴

音中帶有感嘆，感嘆退隱念頭的動搖、感嘆知音稀少的孤獨，也感嘆離別將即的無奈。由上可知，無論琴音的鏡頭停格於在人、景或聲，都隱含作者的情感，正是詩歌體裁適於「抒情」之處。

（三）聽聲類「形」與直述聲「情」

對於音樂的主體，琴賦（或者說樂器賦）最常以譬喻的方式來「聽聲類形」，琴詩則多以直述聲情的方式。琴賦亦有直述的方式寫其聲情、形象、演奏技法等，但是以各種「譬喻通感」手法來引發讀者聯想為其特色。而且，整體看來，琴賦的音樂書寫著重在音樂「形象」的描寫，是客觀「物」的形象；而琴詩的音樂書寫著重在音樂「情感」的傳達，是主觀「人」的情感。

關於樂器賦的音樂書寫技巧及其內容，十分多樣，前文已有詳細論述，此處簡化其說明。琴賦中有直述聲情者，如劉向〈雅琴賦〉：「德樂之愔愔」形容琴音是寧靜的，蔡邕〈琴賦〉中形容琴音是「清聲」、「哀聲」、「有清靈之妙」；有描繪演奏技法者，如蔡邕〈琴賦〉：「左手抑揚，右手徘徊，抵掌反覆，抑案藏摧」寫出擊弦、撥弦等技法，以及嵇康〈琴賦〉中提到：「角羽俱起，宮徵相證。參發並趣，上下累應」的調音過程，「心閑手敏，觸擨如志，唯意所擬」的從容不迫，「摟擨櫟捋」表現了以指勾絃、反手擊、重擊、輕抹滑動等技法，十分豐富。而與琴詩較大的差異在於以譬喻來寫其音樂形象，舉嵇康〈琴賦〉為例，其賦中有：「粲奕奕而高逝，馳岌岌以相屬」、「狀若崇山，又象流波」，以流星滑過天際、山巒起伏、流水等意象描繪音樂進行中的各種藝術形象，甚至將多個意象作有機組合，表現視覺、聽覺、觸覺的綜合感受，如賦中：

> 譬若離鵾鳴清池，翼若游鴻翔曾崖。紛文斐尾，慊緣離纏。……。翩縣飄邈，微音迅逝。遠而聽之，若鸞鳳和鳴戲雲中；迫而察之，若眾葩敷榮曜春風。既豐贍以多姿，又善始而令終。

嵇康以失伴的鷗雞在清池嚶嚶鳴叫，又像離群的鴻雁飛翔在重重山崖，形容樂音和諧，並由高昂轉入低迴。遠聲以「鸞鳳和鳴」比喻音樂的和諧愉悅，近聽以「百花盛開」比喻音符紛呈而溫和。這樣的窮盡其貌的譬喻手法，爲賦之特色，在詩中則較爲少見。

　　琴詩對於音樂主體的描繪，有的寫出所彈奏的樂曲，如〈別鶴〉、〈楚妃〉、〈幽蘭〉、〈張女〉、〈貞女〉等曲目。少數寫其演奏技法，如庾信〈弄琴詩二首之一〉中的「若交新曲變，惟須促一弦。」其「促弦」指轉調，又如賀徹〈賦得爲我彈鳴琴詩〉中：「點徽還轉弄，亂爪更留賓」，其「點徽」爲古琴泛音彈奏技法。也有極少數以譬喻方式描寫音樂，唯一例句是江總〈侍宴賦得起坐彈鳴琴詩〉中：「罕有知音者，空勞流水聲」以流水比喻琴音。除此之外，大多數作者以「直述聲情」的方式描寫音樂，以下節錄部分詩句：

　　　蕭瑟滿林聽，輕鳴響潤音。(謝朓〈和王中丞聞琴詩〉)

　　　別離既有緒，琴瑟反成悲。(何遜〈離夜聽琴詩〉)

　　　弦隨流水急，調雜秋風清。掩抑朝飛弄，淒斷夜啼聲。

　　(祖珽〈聽琴詩〉)

　　　掩抑歌〈張女〉，淒清奏〈楚妃〉。(馬元熙〈日晚彈琴詩〉)

所謂「直述聲情」指不透過其他事物的比擬，沒有奇特的想像或聯想，而以精準貼切的形容詞，正面地白描音樂。上引的詩句中，謝朓直述琴音聽來「蕭瑟」，何遜直述琴音聽來「悲傷」，而祖珽所描述的琴音感受是「急」、「清」、「掩抑」、「淒涼」等多種聲情，馬元熙則直接以「掩抑」、「淒清」來形容樂曲的情調。從所直述的聲情來看，琴詩作者所印象深刻的琴音多屬悲淒的情調。

　　總結來說，同樣是「琴」的詠物題材，琴賦與琴詩詮釋手法與藝術風格各不相同，賦對「琴」的描寫比詩要詳盡得多。賦以「琴」爲主體，窮盡其貌來描寫音樂之客觀「形象」以及鋪陳所有與琴相關之「物」，風格趨向直白而恣肆；詩以「琴」爲配角，捕捉琴與我的交會時的刹那之「情感」，藉物來寄託主觀之「情」，風格趨向內斂而生

動。創作心態上，賦屬於高調的同歡，詩則是低調的自吟。劉熙載《藝概》云：「以賦視詩，較若紛至沓來，氣猛勢惡。」〔註 32〕就琴賦與琴詩看來，的確如此。

〔註32〕見《藝概》，〔清〕劉熙載撰、薛正興點校：《劉熙載文集》，卷三，頁 133。

第七章 結 論

第一節 研究成果

　　本論文所要探討的主題為「先唐樂器賦研究」,「樂器賦」是器樂與賦的結合,必須由音樂與賦體文學兩層面入手方能貼近作品的核心。因此,對於音樂與文學的雙向理解,是本論文的主要切入點,所要探討的是兩者如何「融合會通」的問題。音樂方面,由「接受」的角度,歸納賦家聆賞器樂時所經歷的審美體驗,並探討其中音樂審美觀、音樂功能、樂器評價等種種音樂思想。文學方面,從「創作」角度,分析賦家運用賦體特殊的形式特點與藝術手法來詮釋音樂,並透過賦與詩的比較來呈現樂器賦的創作特色。主要的成果有六個方面,總結於下:

一、完成「先唐樂器賦」輯校

　　目前先唐賦作校注多以「時代」作區分,主要有費振剛等輯校的《全漢賦校注》與韓格平輯校的《全魏晉賦校注》,尚未見到以「主題」為搜羅對象的輯校。而目前探討音樂類賦的著作,多編有「主題式」的輯目,如「漢唐樂舞賦輯目」,但未有將主題賦作集中校注。本論文之「先唐樂器賦輯目」與「先唐樂器賦輯校」,依「樂器」作

分類，不僅使先唐樂器賦的創作時代、作者、樂器類別、賦作數量、存佚情況等訊息一目了然，更重要的是，此輯校可爲日後樂器賦的研究，提供了可信的文獻基礎。

二、探討「樂器賦」形成之緣由

關於「音樂賦」的起源，學者大多能注意到器樂獨奏的成熟發展，並提出濫觴於宋玉〈笛賦〉或枚乘〈七發〉中琴樂的描寫部分，但未能深究其中創作數量龐大的「樂器賦」題材產生之因素。樂器賦的形成，除了與當時器樂的高度發展有關，以及賦本身的藝術性導致作者對藝術題材的關注，更重要的是，與創作者的「文人」階層有關，尤其是兼具文人與音樂素養的「文人音樂家」。文人寫賦，對君王有諷諭歌誦的需求，因此以君王平時娛樂助興的音樂作爲「寓諷於樂」之媒介，再加上文人本身對器樂演奏的熟稔，造成漢代樂器賦的形成與興盛。

三、呈現先唐賦家之器樂審美體驗

一般研究「樂器賦」多關注文字所呈現出的音樂思想，未能注意到作者在書寫之前，所經歷的各種音樂審美體驗，而此階段「接受者」的體驗卻是創作的重要基礎，實有探索的必要。第三章「先唐樂器賦之審美體驗」，藉助西方音樂審美心理的研究，分析先唐賦家的音樂審美類型，大致可歸納爲：生理與情緒反應、賦予性格、聯想與想像、以及客觀鑑賞等四種類型。賦家因音樂而引發的想像與聯想十分多樣，作者不僅僅是被動聆聽，有時更是積極融入音樂意象的創造。而部分具有專業音樂素養的賦家，能從旋律節奏、音量音色、乃至曲目故事、演奏技法等，皆能客觀細膩地鑑賞其音樂表現，此爲其他描述音樂的文學作品所罕見的。整體而言，凸顯了中國人特有的審美傾向——偏向「德化」、「人格化」，能直觀地整體地領悟音樂內涵，並著重音樂深刻意涵的自我內化。

四、歸納先唐樂器賦之音樂思想

　　先唐樂器賦的音樂思想已受到學者的關注，主要多以賦家個人或單篇作品的音樂思想為主，或是簡單地以「尚悲」、「尚和」概括整體審美標準。第四章「先唐樂器賦的音樂思想」第一節中歸納先唐樂器賦的音樂審美觀，呈現多元的審美觀，並追溯其思想源頭，主要有：尚悲、尚和、尚清、尚德、尚自然簡易等五種審美傾向。「尚悲」的審美觀雖為主流，但有逐漸淡薄的趨勢，如賦中對於環境的描寫，至魏晉已去除「苦」而保留「危」強調「奇」，六朝更少有此類「悲苦」觀點，此與魏晉六朝藝術自覺有關；「尚和」的審美觀為儒道兩家所認同，發展出一套：聲和──心和──人和、神和──政和的思維模式；「尚清」的審美觀主要源自道家思想，魏晉以來尤其盛行，且「清」與「和」常用來形容同一種樂器，兩者有相似的特質；「尚德」的審美觀受〈樂記〉樂教思想的影響，以音訓的方式如「琴，禁也」、「笛，滌也」建立樂器、樂音所具有的德行特質，進而認為音樂有修養與教化的功能；「尚自然簡易」的審美觀亦為儒道兩家所喜愛，符合儒家質樸不喜繁縟，以及道家崇尚自然、大音稀聲的簡易美學。

　　在音樂功能方面，第四章第二節歸納出：娛樂社交、情緒治療、進德修養、移風易俗、以音觀人、通神感物、諷諭勸諫等七種功能。「娛樂社交」方面，無論自娛或與娛人，「娛樂」本為音樂重要功能，而「社交」功能隨著音樂的娛人助興而產生，但漢賦礙於諷頌的使命而壓抑音樂娛樂功能，魏晉之後才大大凸顯出來。「情緒治療」、「進德修養」、「移風易俗」三種音樂功能是一系列由個人至群體，音樂所產生的淨化人心的作用，音樂由情緒的調節達到聽者身心平衡，進而可達理智的精神層面，由德行修養上的體悟，擴大於政治上則有移風易俗之效。「以音觀人」承自〈樂記〉中「音由心生」的看法，以及伯牙、鍾子期故事中的「知音」與「知志」，樂器賦認為藉由音樂可觀情志。「通神感物」的思想可上溯到古代巫師與神靈溝通的傳統，

認爲音樂可感通神靈與自然萬物。「諷諭勸諫」的功能在樂器賦中隱而不顯，表現爲「寓諷於樂」的方式。先唐賦家所讚頌的樂器各有所好，並各圓其說，呈現「各重其器」的現象。第三節探討其他音樂思想，如「感物動情」源於〈樂記〉中認爲人心感於物而動，進而產生音樂，以及成連先生以「移情」的方式引動伯牙情感的體會，先唐賦家在描述演奏者與聽者之時多注重聆賞環境的描寫，乃因理解環境對審美情感的誘發。「器法天地」指樂器形制對應天數，此源於董仲舒的天人感應思想，表現於魏晉時期的「箏賦」與「琵琶賦」中，其目的在於提高樂器的社會地位。

五、探討文學形式與音樂詮釋之關係

關於先唐樂器賦的文體與書寫特色，是目前此領域較少關照的部分。樂器賦除了在內容與順序上已形成書寫模式，在賦體形式的運用與音樂詮釋的表現上亦有可觀。「鋪陳」爲賦顯著的文體特色，超越《詩經》、《楚辭》的直陳其事，第五章「先唐樂器賦之音樂書寫」第一節探討樂器賦的鋪陳手法，主要綜合了：虛構誇飾、時空鋪排、譬喻通感、活用典故等四種寫作技巧。若配合樂器賦的謀篇結構來看，大致上，虛構與誇飾的技巧主要運用在樂器材料生長環境描述、製器過程、音樂效果等方面的描述，而譬喻的技巧則大多運用在音樂本身的聲情、思想內涵等方面的描述。前者屬於「側面書寫」，其目的在於烘托出音樂之美，爲音樂之美提供基礎，製造讀者心理的期待；後者屬「正面書寫」，其目的在於窮盡其音樂聲貌，並展現才學。至於時空鋪排，多用於產地環境的鋪寫，表現一種網羅天地，無所遺漏的氣勢；而典故的運用，更是隨處可見，多用於描寫音樂感人與效用，呈現一種博學典雅的美感。

第五章第二節分析先唐樂器賦的句式變化以及「序」、「亂」、「歌」等特殊形式，及其與音樂詮釋的關係。就賦之內容與句式安排而言，環境的描寫多採四言六言句式，多以四言寫其地勢與考驗，多以六

言寫其環境的高、遠、奇、美；製器過程的部分多用短句，以三言句寫登山取材之輕快緊湊，以四言句寫名匠製器的嚴謹精確；音樂主體的描繪，依賦家個人偏好各有不同的句式運用；音樂感人之效的呈現，多以整齊的隔句對與排偶句式呈現，其用心經營的程度與其他部分有顯著差異。就賦體特殊形式部分，「序」多置於全文之首，採用無韻的散體句式，多用來陳述寫作動機，或是介紹樂器的由來；「亂」多置於全文之末，源自《楚辭》，採用「四－三－兮」的騷體句式，其總結性質被保留在賦中，多用來對「樂器」作總評與讚頌；「歌」多置於賦的中段，亦源自《楚辭》，一般採用「三－兮－三」的騷體句式，是全賦情感的小高潮，同樣具有總結性質。

六、比較先唐「琴詩」與「琴賦」的特色

　　第六章「詩與賦之音樂詮釋比較」是以文類比較來呈現先唐樂器賦的特色，選擇以「琴」為探討對象。目前所見，先唐「琴賦」有九篇，「琴詩」有十六首，為五言四句、八句的形式，作者彼此不重疊。詩與賦在文體特徵上各有其特色，因此音樂詮釋的內容與風格亦不相同。賦擅長「體物」，詩擅長「抒情」。

　　篇幅上，賦大詩小，造成思想內容上賦的包羅廣泛與詩的集中聚焦，「琴賦」的內容與其他樂器賦相同，包含樂器產地環境、製器過程、演奏過程與音樂效果，其思想以「自我進德修養」為主；「琴詩」主要呈現客愁、別離、隱者、道家思想、知音難尋、琴樂等內容，主要以「抒發宣洩情感」為主軸。謀篇結構上，「琴賦」有開頭、正文、結尾的結構，有的賦作有「序」或「亂」，但本非原初賦體結構，而內容有較為固定的寫作順序；「琴詩」似乎避免固定的結構安排，其中五言八句的作品約略可見其前半寫景敘事，後半寫聲情與感受。句式節奏上，「琴詩」為五言句，採「二二一頓」或「二一二頓」的節奏，通常末字是拉長音，全詩較為整齊一致，皆為實字無虛詞，意義緊湊；「琴賦」句式運用靈活，一篇之

中可有詩體句、散體句與騷體句的音節變化，最常使用四六句式，並以句中的虛字爲頓，可調節字義密度，加上多以「爾乃」、「若乃」、「於是」等語詞作爲內容、押韻的轉換，「兮」字句的抒情性，都是賦體相較於詩歌，來得運用靈活之處。藝術手法與風格上，「琴詩」多將畫面定格於某個時空，表現含蓄內斂的情感；「琴賦」善於鋪排空間之物，展現直白誇飾風格。若就音樂主體的描述，「琴詩」多直述悲淒聲情，「琴賦」喜以譬喻的方式來描繪形象。

第二節　未來展望

　　本論文針對先唐樂器賦進行研究，雖然已有一些粗淺的成果，限於學力之不足，尚有許多未能深究的論題。在此略述於下，可供日後作更深入的探討。

一、音樂類賦「主題」的研究

　　古人對於「音樂」的概念涵蓋了器樂、歌唱、舞蹈等意涵，此觀念也反映於先唐音樂賦中，古人將樂器賦、樂種賦、歌賦、舞賦等賦作皆歸於音樂賦的範疇。目前學界已關注「音樂賦」的整體研究，但大多過於簡化，無法凸顯各個藝術類型的賦作特色。因此，除了樂器賦之外，可繼續深究音樂類賦的主題探討，如：歌賦、舞賦、樂種賦等主題，抑或是較爲特殊的題材如：〈嘯賦〉、〈瞽師賦〉等相關音樂類賦作。此類研究屬於跨領域的探討，必須兼顧賦體文學與歌唱、舞蹈等藝術作雙面向的理解。不同藝術類型的表演形式不同，給予賦家的審美感受必定有所差異，又各種藝術在文人心中各具不同的地位與價值，這些都是十分有趣且值得深究問題。

二、「文類」的比較

　　賦在發展的過程中，吸收了不同文類的形式特點，也影響了許多文體的形式內容的發展。目前學界已注意到賦與其他文體的關係，如

賦與詩、賦與楚辭、賦與駢文、賦與戲劇、賦與小說等關係的研究，
大多是就其文體形式內容方面整體論述。其實，從實際的運用上，不
同文類對於相同題材的詮釋，更容易凸顯特色。本論文已嘗試將「琴
詩」與「琴賦」作一評析比較，除了可作其他樂器題材如箏、笛等作
品的比較，亦可嘗試不同文類詮釋相同題材的比較。除了可以理解作
家創作時選擇某一文體時所接受的審美意念，亦能呈現不同文類的創
作特色。目前相關學位論文，如：何美論《魏晉樂論與樂賦音樂審美
研究》即是很好的創發，透由比較呈現樂論與樂賦的不同審美情趣，
及其所承載的不同思想源頭。

三、「影響」的研究

　　先唐樂器賦不僅是先唐音樂賦的主流，置於縱向的音樂賦史中，
亦有代表意義與開創價值。無論是題材的開發、書寫的模式、表現的
技巧上，後世音樂賦皆有模擬承襲之處。舉唐代樂器賦為例，在題材
方面，除了先唐賦家所關注的笙、箜篌、琵琶、笛、洞簫等樂器，並
出現許多新的樂器入賦，如以各種新式的鐘、鼓、磬等樂器為題材的
賦作；在內容上，傳統書寫中的樂器製作與演奏的描寫仍被延續下
來，並出現藉樂器發論、讚頌大唐盛世等新內容；在形式上，唐代極
少見到篇幅短小的樂器賦，而是回到漢代的長篇賦作，上述這些現象
與唐代宮廷音樂興盛的音樂環境有關。由此例可見，若能透過先唐與
唐、宋、元、明、清各代樂器賦的研究作為比較，更可見出先唐樂器
賦的影響層面，了解不同時期的傳承與新變。

四、「音韻」的研究

　　韻文的用韻方式依體裁而有嚴謹與寬鬆的差異，如近體詩較古
體詩來得嚴格，而韻部的選用，依作者想傳達的思想情感而各有偏
重。賦的用韻，除了散體賦、騷體賦的用韻規律不同，又能藉由文
中「爾乃」、「若乃」、「於是」等語詞進行內容與韻腳的轉換，十分

靈活多變。先唐樂器賦中的用韻情況，本論文尚未能深入分析各重要作品的韻部使用，乃因先唐樂器賦跨越了漢、魏、晉、六朝、隋等數個時代，歷時久遠而音韻變化大，目前學力不足勝任。若能歸納賦家的選用韻部習慣，必能呈現作品情感的起伏變化，使樂器賦的藝術美感的探析更臻完善。

　　以上為本論文對於先唐樂器賦的結論，亦是對於賦體從「樂器」主題切入研究的開始。本文主要從文獻輯校作為基礎，並進一步從音樂審美體驗、音樂思想、文體特徵與音樂書寫之關係等方面加以詮釋，是本論文對於賦體研究意義的拓宇。但「為學不易」，因此仍有許多值得努力與深入的空間，亦謹以此研究拋磚引玉，激發後來研究者的關注與興趣，深耕賦體文學，使之更為完備。

參考文獻

一、古　籍

經　部

1. 《周易正義》，阮刻《十三經注疏》本（臺北：藝文印書館，1997年）。
2. 《毛詩正義》，阮刻《十三經注疏》本（臺北：藝文印書館，1997年）。
3. 《周禮注疏》，阮刻《十三經注疏》本（臺北：藝文印書館，1997年）。
4. 《儀禮注疏》，阮刻《十三經注疏》本（臺北：藝文印書館，1997年）。
5. 《禮記正義》，阮刻《十三經注疏》本（臺北：藝文印書館，1997年）。
6. 《尚書正義》，阮刻《十三經注疏》本（臺北：藝文印書館，1997年）。
7. 《左傳正義》，阮刻《十三經注疏》本（臺北：藝文印書館，1997年）。
8. 〔宋〕朱熹撰：《四書章句集注》（北京：中華書局，1983年）。
9. 〔清〕孫希旦撰：《禮記集解》（臺北：文史哲出版社，1990年）。
10. 〔清〕焦循正義：《孟子正義》（北京：中華書局，1988年）。

史　部

1. 〔周〕左丘明撰、〔三國吳〕章昭注：《國語》（臺北：里仁書局，1981年）。
2. 〔漢〕司馬遷撰：《史記》（臺北：七略出版社，1991年，清乾隆武英殿刊本）。
3. 〔漢〕司馬遷撰、楊家駱主編：《新校本史記三家注并附編二種》（臺

北：鼎文書局，1980 年）。

4. 〔漢〕班固等撰、〔清〕王先謙補注：《漢書補注》（臺北：藝文印書館影印，1900 年，光緒庚子長沙王氏刊本）。

5. 〔漢〕班固等撰、〔唐〕顏師古注：《漢書》（臺北：宏業書局，1972 年）。

6. 〔晉〕陳壽撰、〔劉宋〕裴松之注：《新校本三國志附索引》（臺北：鼎文書局，1995 年）。

7. 〔劉宋〕范曄撰、〔清〕王先謙集解：《後漢書集解》（臺北：藝文印書館影印 1879 年，光緒己卯長沙王氏刊本）。

8. 〔劉宋〕范曄撰、〔唐〕李賢等注：《新校本後漢書并附編十三種（四）》（臺北：鼎文書局，1981 年）。

9. 〔劉宋〕范曄撰、〔唐〕李賢等注：《後漢書》（臺北：宏業書局，1972 年）。

10. 〔梁〕沈約撰：《宋書》（北京：中華書局，1997 年）。

11. 〔唐〕房玄齡等撰、吳士鑑、劉承幹同注，《晉書斠注》（臺北：藝文印書館影印，1971 年，民國戊辰（1928）年刊本）。

12. 〔唐〕房玄齡等撰：《晉書》（北京：中華書局，1998 年）。

13. 〔唐〕房玄齡等撰：《新校本晉書並附編六種（二）》（臺北：鼎文書局，1976 年）。

14. 〔唐〕李延壽撰：《南史》（臺北：藝文印書館影印，1956 年，武英殿本乾隆四年刊本）。

15. 〔唐〕李百藥撰：《北齊書》（北京：中華書局，1998 年）。

16. 〔唐〕魏徵等撰：《隋書》（北京：中華書局，1973 年）。

17. 〔後晉〕劉昀等撰：《舊唐書》（北京：中華書局，1975 年）。

18. 〔清〕章學誠撰：《文史通義附校讎通義》（臺北：華世出版社，1980 年）

子部

1. 〔先秦〕墨翟撰、〔清〕孫詒讓著：《墨子閒詁》（臺北：臺灣商務印書館，1983 年）。

2. 〔戰國〕莊周撰、〔清〕王先謙撰、劉武撰：《莊子集解·莊子集解內篇補正》（北京：中華書局，2006 年）。

3. 〔戰國〕莊周撰、〔晉〕郭象注：《郭象注莊》（臺北：金楓出版有限公司，1987 年）。

4. 〔戰國〕荀子撰、王先謙集解：《荀子集解》（臺北：藝文印書館，1912 年）。

5. 〔戰國〕韓非撰、陳奇猷集釋：《韓非子集釋》（臺北：漢京文化事業公司，1983 年）。

6. 〔戰國〕呂不韋等撰、陳奇猷校釋：《呂氏春秋新校釋》（上海：上海古籍出版社，2002 年）。

7. 〔漢〕劉安撰、張雙棣校釋：《淮南子校釋》（北京：北京大學出版社，1997 年）。

8. 〔漢〕董仲舒撰、〔清〕蘇輿義證：《春秋繁露義證》（臺北：河洛出版社，1974 年）。

9. 〔漢〕劉向撰、向宗魯校證：《說苑校證》（北京：新華書店，1987 年）。

10. 〔漢〕劉向撰、張敬註譯：《列女傳今註今譯》（臺北：臺灣商務印書館，1994 年）。

11. 〔漢〕揚雄撰、〔晉〕李軌注：《法言》（臺北：中華書局，1966 年）。

12. 〔漢〕桓譚撰：《新論》（臺北：中華書局，1966 年）。

13. 〔漢〕應劭撰：《風俗通義》（臺北：中華書局，1966 年）。

14. 〔晉〕王弼撰：《老子注》（臺北：金楓出版有限公司，1987 年）。

15. 〔晉〕葛洪撰：《西京雜記》（臺北：臺灣古籍出版社，1997 年）。

16. 〔晉〕干寶：《搜神記》（臺北：里仁書局，1980 年）。

17. 〔晉〕崔豹撰：《古今註》（臺北：臺灣商務印書館，1976 年，《四部叢刊初編》）。

18. 〔晉〕張華撰：《博物志》（臺北：藝文印書館影印，1958 年）。

19. 〔唐〕虞世南輯：《北堂書鈔》（北京：商務印書館，2005 年，文津閣《四庫全書》本）。

20. 〔唐〕歐陽詢等編：《藝文類聚》（臺北：文光出版社，1974 年）。

21. 〔唐〕徐堅等著：《初學記》（北京：中華書局，1980）。

22. 〔宋〕李昉等輯：《太平御覽》（臺北：臺灣商務印書館，1980 年）。

23. 〔宋〕陳暘撰：《樂書》（臺北：臺灣商務印書館，1979 年，《四庫全書珍本九集》）。

24. 〔清〕陳夢雷編：《古今圖書集成》（臺北：鼎文書局，1976 年）。

25. 〔清〕陳立撰：《白虎通疏證》（北京：中華書局，1994 年，《新編諸子集成》）。

26. 〔清〕郭慶藩撰：《莊子集釋》（臺北：河洛圖書出版社，1974年）。

27. 嚴捷、嚴北溟注：《列子譯注》（臺北：仰哲出版社，1987年）。

28. 王明著：《抱朴子內篇校釋》（北京：中華書局，1996年，《新編諸子集成》）。

29. 王叔岷撰：《列仙傳校箋》（北京：中華書局，2007年）。

集　部

1. 〔東漢〕王逸撰：《楚辭章句》（臺北：藝文印書館，1974年）。

2. 〔魏〕阮籍撰、陳伯君校注：《阮籍集校注》（北京：中華書局，1987年）。

3. 〔魏〕嵇康撰、戴明揚校注：《嵇康集校注》（臺北：河洛圖書出版社，1978年）。

4. 〔梁〕蕭統編、〔唐〕李善等注：《增補六臣註文選》（臺北：華正書局，1980年）。

5. 〔梁〕蕭統編、〔唐〕李善注：《文選》（臺北：藝文印書館影印，1991年，據〔清〕胡克家重雕宋淳熙本）。

6. 〔梁〕劉勰撰、周振甫注：《文心雕龍注釋》（臺北：里仁書局，1984年）。

7. 〔梁〕劉勰撰、詹鍈義證：《文心雕龍義證》（上海：上海古籍出版社，1989年）。

8. 〔梁〕劉勰撰、范文瀾註：《文心雕龍註》（北京：人民文學出版社，1998年）。

9. 〔梁〕劉勰撰、楊明照校勘疏證：《增訂文心雕龍校注》（北京：中華書局，2005年）。

10. 〔唐〕吳兢撰：《樂府古題要解》（臺南：莊嚴文化事業有限公司，1997年，《四庫全書存目叢書》，集部四一五）。

11. 〔宋〕李昉等輯：《文苑英華》（臺北：新文豐出版公司，1979年，明刊配宋本）。

12. 〔宋〕李昉等輯：《文苑英華》（臺北：臺灣商務印書館，1983年，《景印文淵閣四庫全書》本）。

13. 〔宋〕章樵注：《古文苑》（臺北：鼎文書局，1973年）。

14. 〔宋〕郭茂倩編：《樂府詩集》（北京：中華書局，1979年）。

15. 〔宋〕洪興祖撰、〔清〕蔣驥著：《楚辭補注、山帶閣註楚辭》（臺北：長安出版社，1991年）。

16. 〔宋〕吳曾撰：《能改齋漫錄》（臺北：木鐸出版社，1982 年）。

17. 〔明〕徐師曾：《文體明辨序說》（臺北：長安出版社，1978 年）。

18. 〔明〕王世貞撰：《藝苑卮言》（濟南：齊魯書社，1992 年）。

19. 〔明〕張溥輯：《漢魏六朝一百三家集》（臺北：新興書局，1968 年）。

20. 〔清〕李調元編纂，《函海》（臺北：宏業書局，1970 年）。

21. 〔清〕嚴可均輯：《全上古三代秦漢三國六朝文》（北京：中華書局，1958 年，據原刊斷句影印）。

22. 〔清〕姚鼐輯、王文濡評註：《評註古文辭類纂》（臺北：華正書局，1974 年）。

23. 〔清〕陳元龍輯：《歷代賦彙》（北京：北京圖書出版社，1999 年）。

24. 〔清〕劉熙載撰、薛正興點校：《劉熙載文集》（南京：江蘇古籍出版社，2000 年）。

25. 賴炎元註譯：《韓詩外傳今註今譯》（臺北：商務印書館，1972 年）。

26. 逯欽立輯校：《先秦漢魏晉南北朝詩》（北京：中華書局，1983 年）。

27. 費振剛、胡雙寶、宗明華等輯校：《全漢賦》（北京：北京大學出版社，1993 年）。

28. 費振剛、仇仲謙、劉南平等輯校：《全漢賦校注》（廣州：廣州教育出版社，2005 年）。

29. 韓格平：《全魏晉賦校注》（長春：吉林文史出版社，2008 年）。

30. 袁珂注：《山海經校注》（臺北：里仁書局，1981 年）。

二、近人論著

（一）辭賦專著

1. 仇仲謙著：《漢賦賞析》（桂林：廣西教育出版社，1989 年）。

2. 王培元主編：《詩騷與辭賦》（濟南：山東文藝出版社，1992 年）。

3. 王琳著：《六朝辭賦史》（哈爾濱：黑龍江教育出版社，1998 年）。

4. 王德華著：《唐前辭賦類型特徵與辭賦分體研究》（杭州：浙江大學出版社，2011 年）。

5. 朱曉海著：《習賦椎輪記》（臺北：臺灣學生書局，1999 年）。

6. 余江著：《漢唐藝術賦研究》（北京：學苑出版社，2005 年）。

7. 曲德來著：《漢賦綜論》（瀋陽：遼寧人民出版社，1993 年）。

8. 李曰剛著：《辭賦流變史》（臺北：國立編譯館，1987 年）。

9. 李曰剛著：《中國辭賦流變史》（臺北：文津出版社，1987 年）。

10. 李兆蘭著：《漢賦研究》（臺北：書恆出版社，1980 年）。

11. 李建中著：《漢魏六朝文藝心理學》（太原：北岳文藝出版社，1992 年）。

12. 余崇生編著：《楚辭研究論文集》（臺北：學海出版社，1985 年）。

13. 阮忠漢著：《賦藝術論》（武漢：華中師範大學出版社，2008 年）。

14. 何沛雄著：《漢魏六朝賦家論略》（臺北：臺灣學生書局，1984 年）。

15. 何沛雄著：《漢魏六朝賦論集》（臺北：聯經出版事業公司，1990 年）。

16. 林達琪著：《漢代文賦之研究》（臺北：新文豐出版公司，1974 年）。

17. 周嘯天主編：《楚辭鑑賞集成》（臺北：五南出版公司，1993 年）。

18. 侯立兵著：《漢魏六朝賦多維研究》（北京：人民出版社，2007 年）。

19. 胡學常著：《文學話語與權力話語：漢賦與兩漢政治》（杭州：浙江人民出版社，2000 年）

20. 胡旭漢著：《魏文學嬗變研究究》（廈門：廈門大學出版社，2004 年）。

21. 俞紀東著：《漢唐賦淺說》（上海：東方出版社，1999 年）。

22. 姜書閣著：《漢賦通義》（濟南：齊魯書社，1989 年）。

23. 姜書閣著：《先秦辭賦原論》（濟南：齊魯書社，1989 年）。

24. 香港中文大學中國語言文學系主編：《魏晉南北朝文學論集》（臺北：文史哲出版社，1994 年）。

25. 南京大學中文系主編：《辭賦文學論集》（南京：江蘇教育出版社，1999 年）。

26. 洪順隆著：《辭賦論叢》（臺北：文津出版社，2000 年）。

27. 馬積高著：《賦史》（上海：上海古籍出版社，1987 年）。

28. 高光復著：《賦史述略》（長春：東北師範大學出版社，1987 年）。

29. 高光復著：《漢魏六朝四十家賦述論》（哈爾濱：黑龍江教育出版社，1988 年）。

30. 徐志嘯著：《歷代賦論輯要》（上海：復旦大學出版社，1991 年）。

31. 袁濟喜著：《賦》（北京：人民文學出版社，1994 年）。

32. 郭建勛著：《先唐辭賦研究》（北京：人民出版社，2004 年）。

33. 郭建勛著：《辭賦文體研究》（北京：中華書局，2007 年）。

34. 張正體、張婷婷著：《賦學》（臺北：臺灣學生書局，1982 年）。

35. 張書文著：《楚辭到漢賦的衍變》（臺北：正中書局，1983 年）。

36. 張仁青著:《駢文學》(臺北:文史哲出版社,1984 年)。

37. 張清鐘著:《漢賦研究》(臺北:臺灣商務書印館,1975 年)。

38. 曹淑娟著:《漢賦之寫物言志傳統》(臺北:文津出版社,1987 年)。

39. 曹道衡著:《漢魏六朝辭賦》(臺北:萬卷樓圖書公司,1992 年)。

40. 曹明綱著:《賦學概要》(上海:上海古籍出版社,2009 年)。

41. 許建章著:《漢賦研究》(臺北:崇德出版社,1977 年)。

42. 許結著:《賦體文學的文化闡釋》(北京:中華書局,2005 年)。

43. 湯炳正著:《屈賦新探》(濟南:齊魯書社,1984 年)。

44. 馮良方著:《漢賦與經學》(北京:中國社會科學出版社,2004 年)。

45. 陶秋英著:《漢賦之史的研究》(臺北:新文豐出版社,1980 年)。

46. 陳去病著:《辭賦學綱要》(臺北:文海出版社,1971 年)。

47. 陳慶元著:《賦:時代投影與體制演變》(桂林:廣西師範大學出版社,2000 年)。

48. 程章燦著:《漢賦攬勝》(上海:上海古籍出版社,1995 年)。

49. 程章燦著:《魏晉南北朝賦史》(南京:江蘇古籍出版社,2001 年)。

50. 程章燦著:《賦學論叢》(北京:中華書局,2005 年)。

51. 程德和著:《漢賦管窺》(鄭州:中州古籍出版社,2003 年)。

52. 葉幼明著:《辭賦通論》(長沙:湖南教育出版社,1991 年)。

53. 黃水雲著:《六朝駢賦研究》(臺北:文津出版社,1999 年)。

54. 黃鳳顯著:《屈辭體研究》(長沙:湖南人民出版社,1997 年)。

55. 萬光治著:《漢賦通論:增訂本》(北京:中國社會科學出版社,2005 年)。

56. 國立政治大學文學院編印:《第三屆國際辭賦學學術研討會論文集》上、下冊(臺北:政大中文系,1996 年)。

57. 逯欽立著,吳雲整理:《漢魏六朝文學論集》(西安:陝西人民出版社,1984 年)。

58. 傅隸樸著:《賦選注》(臺北:正中書局,1977 年)。

59. 鈴木虎雄著、殷石臞譯:《賦史大要》(臺北:地平線出版社,1975 年)。

60. 萬光治著:《漢賦通論(增訂本)》(北京:華齡出版社,2004 年)。

61. 蔡義忠著:《中國的辭賦家》(臺北:漢威出版社,1985 年)。

62. 廖國棟著:《魏晉詠物賦研究》(臺北:文史哲出版社,1990 年)。

63. 廖國棟著：《建安辭賦之傳承與拓新》（高雄：復文圖書出版社，1998年）。

64. 廖志強著：《南朝賦闡釋》（新北：天工書局，1997年）。

65. 熊良智主編：《辭賦研究》（北京：商務印書館，2006年）。

66. 鄭良樹著：《辭賦論集》（臺北：學生書局，1998年）。

67. 鄭明璋著：《漢賦文化學》（濟南：齊魯書社，2009年）。

68. 劉朝謙著：《賦文本的藝術研究》（北京：華齡出版社，2006年）。

69. 遲文浚等編著：《歷代賦辭典》（瀋陽：人民出版社，1992年）。

70. 霍松林著：《辭賦大辭典》（南京：江蘇古籍出版社，1996年）。

71. 簡宗梧著：《漢賦源流與價值之商榷》（臺北：文史哲出版社，1980年）。

72. 簡宗梧著：《漢賦史論》（臺北：東大圖書公司，1993年）。

73. 簡宗梧著：《賦與駢文》（臺北：臺灣書店，1998年）。

74. 韓高年著：《詩賦文體源流新探》（成都：巴蜀書社，2004年）。

75. 蕭亢達著：《漢代樂舞百戲藝術研究》（北京：文物出版社，1991年）。

76. 龔克昌著：《漢賦研究》（濟南：山東文藝出版社，1984年）。

（二）中國音樂史與中國樂器專著

1. 王光祈著：《中國音樂史》（臺北：中華書局，19873年）。

2. 王子初著：《中國音樂考古學》（福州：福建教育出版社，2002年）。

3. 牛龍菲著：《古樂發隱》（蘭州：甘肅人民出版社，1985年）。

4. 中國藝術研究院音樂研究所編：《中國音樂史圖鑒》（北京：人民音樂出版社，1988年）。

5. 中國藝術研究院音樂研究所編：《中國音樂詞典》（北京：人民音樂出版社，1985年）。

6. 李美燕著：《中國古代樂教思想》（高雄：麗文文化事業公司，1998年）。

7. 李美燕著：《琴道之思想基礎與美學價值》（高雄：麗文文化事業公司，1999年）。

8. 李時銘著：《詩歌與音樂論稿》（臺北：里仁書局，1994年）。

9. 吳釗、劉東升著：《中國音樂史略》（北京：人民音樂出版社，1990年）。

10. 吳釗著：《追尋逝去的音樂蹤跡——圖說中國音樂史》（北京：東方

出版社，1999 年）。

11. 安藤由典著、鄭德淵譯：《樂器音響學》（臺北：幼獅文化公司，1989年）。

12. 卓芬伶著：《古琴弦音》（臺北：希代出版公司，1984 年）。

13. 林謙三著：《東亞樂器考》（北京：人民音樂出版社，1962 年）。

14. 〔日〕林謙三著、錢稻孫譯：《東亞樂器考》（北京：音樂出版社，1962 年）。

15. 林蒽著：《中國音樂史講義》（新竹：七燈出版社，1981 年）。

16. 金文達著：《中國古代音樂史》（北京：人民音樂出版社，1994 年）。

17. 秦序著：《中國音樂史》（北京：文化藝術出版社，1988 年）。

18. 夏野著：《中國古代音樂史簡編》（上海：上海音樂出版社，1989 年）

19. 袁靜芳著：《中國傳統音樂概論》（上海：上海音樂出版社，2000 年）。

20. 修海林著：《中國古代音樂教育》（上海：上海教育出版社，1997 年）。

21. 修海林、李吉提著：《中國音樂的歷史與審美》（北京：中國人民大學出版社，1999 年）。

22. 梁在平著：《中國樂器大綱》（臺北：國立臺灣藝術專科學校藝術叢書編纂委員會，1971 年）。

23. 許之衡著：《中國音樂小史》（臺北：臺灣商務印書館，1976 年）。

24. 馮建志、昊金寶、馮振琦等著：《兩漢音樂文化研究》（開封：河南大學出版社，2009 年）。

25. 喬建中編：《中國音樂》（北京：文化藝術出版社，1998 年）。

26. 郭美女著：《聲音與音樂教育》（臺北：五南圖書出版公司，2000）。

27. 張蕙慧著：《中國古代樂教思想論集》（臺北：文津出版社，1991 年）。

28. 張世彬著《中國音樂史論述稿》（香港：友聯出版社，1975 年）。

29. 童裴著：《中樂尋源》（臺北：學藝出版社，1976 年）。

30. 黃體培著：《中華樂學通論──第三編「樂器」》（臺北：中國音樂書房，1983 年）。

31. 葉明媚著：《古琴音樂藝術》（臺北：臺灣商務印書館，1991 年）。

32. 陳萬鼐著：《中國古代音樂研究》（臺北：文史哲出版社，2000 年）。

33. 馮文慈著：《中外音樂交流史》（長沙：湖南教育出版社，1998 年）。

34. 楊蔭瀏著：《中國古代音樂史稿》（臺北：丹青圖書出版，1985 年）。

35. 劉再生著：《中國古代音樂史簡述》（北京：人民音樂出版社，1989 年）。

36. 趙渢主編：《中國樂器》（香港：珠海出版社，1992 年）。

37. 臧一冰著：《中國音樂史》（武漢：武漢測繪科技出版社，1999 年）。

38. 劉承華著：《中國音樂的神韻》（福州：人民出版社，1998 年）。

39. 趙渢編著：《中國樂器》（香港：香港珠海出版社，1992 年）。

40. 鄭德淵著：《中國樂器學》（臺北：生韻出版社，1984 年）。

41. 薛宗明著：《中國音樂史——樂器篇》（臺北：臺灣商務印書館，1990 年）。

42. 閻海登、高金香、蕭雲翔著：《笙的演奏法》（北京：人民音樂出版社，1987 年）。

43. 戴粹倫等著：《中國音樂史論集》（臺北：中華文化出版事業，1960 年）。

44. 蕭興華著：《中國音樂史》（臺北：文津出版社，1985 年）。

45. 鎮雄、董馨著：《音樂中的物理》（臺北：牛頓出版公司，1995 年）。

（三）美學思想類

1. 丁寧著：《接受之維》（天津：百花文藝出版社，1990 年）。

2. 王次炤著：《音樂美學新論》（臺北：萬象圖書公司，1997 年）。

3. 何新著：《藝術現象的符號——文化學闡釋》（北京：人民文學出版社，1987 年）。

4. 吳曉著：《意象符號與情感空間》（北京：中國社會科學出版社，1993 年）。

5. 李幼蒸著：《文化符號學——符號學和意識形態》（臺北：唐山出版社，1997 年）。

6. 李澤厚、劉綱紀主編著：《中國美學史》（臺北：谷風出版社，1987 年）。

7. 周理俐著：《音樂美學》（臺北：樂韻出版社，1993 年）。

8. 馬以鑫著：《接受美學新論》（上海：學林出版社，1995 年）。

9. 修海林、羅小平著：《音樂美學通論》（上海：上海音樂出版社，1999 年）。

10. 〔日〕野村良雄著，金文達、張前譯：《音樂美學》（北京：人民音樂出版社，1992 年）。

11. 郭美女著：《聲音與音樂教育》（臺北：五南圖書出版公司，2000 年）。

12. 郭長揚著：《音樂美的尋求》（臺北：樂韻出版社，1996 年）。

13. 葉純之、蔣一民著：《音樂美學導論》（北京：北京大學出版社，1988

年）。

14. 葉太平著：《中國文學之美學精神》（臺北：水牛圖書公司，1998 年）。

15. 葉朗著：《中國美學史》（臺北：文津出版社，1996 年）。

16. 張蕙慧著：《嵇康音樂美學思想探究》（臺北：文津出版社，1999 年）。

17. 張思齊著：《中國接受美學導論》（成都：巴蜀書社，1989 年）。

18. 劉小楓選編：《接受美學譯文集》（北京：三聯書店，1989 年）。

19. 樊美筠著：《中國傳統美學的當代闡釋》（北京：中國社會科學出版社，1997 年）。

20. 蔡仲德著：《中國音樂美學史》（臺北：藍燈文化事業公司，1993 年）。

21. 樊美筠著：《中國傳統美學的當代闡釋》（北京：中國社會科學出版社，1997 年）。

22. 蘇珊‧朗格（Susanne K. Langer）著、滕守堯、朱強疆譯：《藝術問題》（北京：中國社會科學出版社，1983 年）。

23. 蘇珊‧朗格（Susanne K. Langer）著，劉大基、傅志強、周發祥譯：《情感與形式》（臺北：商鼎文化，1991 年）。

24. 羅蘭‧巴特（Roland Barthes）著、董學文、王葵譯著：《符號學美學》（瀋陽：遼寧人民出版社，1987 年）。

25. 〔美〕羅伯特‧司格勒斯（Robert Scholes）著、譚一明審譯：《符號與文學》（臺北：結構群出版社，1989 年）。

（四）文學藝術心理學類

1. 方銘健著：《藝術、音樂情感與意義》（臺北：全音樂譜出版社，1997 年）。

2. 中華民國應用音樂推廣協會作者群：《音樂與治療》（臺北：星定石文化公司，2004 年）。

3. 卡爾‧古斯塔夫‧榮格（Carl Gustav Jung）著、鴻鈞譯：《榮格分析心理學——集體無意識》（臺北：結構群文化事業，1990 年）。

4. 卡爾‧古斯塔夫‧榮格（Carl Gustav Jung）著，馮川、蘇克譯：《心理學與文學》（臺北：久大文化，1990 年）。

5. 〔英〕瓦倫汀著、潘智彪譯：《實驗審美心理學（下）——音樂‧詩歌篇》（臺北：商鼎文化出版社，1991 年）。

6. 朱光潛著：《文藝心理學》（臺北：臺灣開明書店，1996 年）。

7. 朱光潛著：《詩論》（臺北：正中書局，1981 年）。

8. 於賢德著：《民族審美心理學》（廣州：三環出版社，1989 年）。

9. 金開誠著：《文藝心理學術語詳解辭典》（北京：北京大學出版社，1992 年）。

10. 金開誠著：《文藝心理學概論》（北京：北京大學出版社，1999 年）。

11. 柯普蘭（Aaron Copland）著、劉富燕譯：《怎樣聆賞音樂》（臺北：音樂與音響雜誌社，1993 年）。

12. 許天治著：《藝術通感之研究》（臺北：臺灣省立博物館，1987 年）。

13. 張春興著：《心理學》（臺北：東華書局，1992 年）。

14. 畢盛鎮、劉暢著：《藝術鑒賞心理學》（長春：吉林文史出版社，1990 年）。

15. 童慶炳著：《藝術創作與審美心理》（天津：百花文藝出版社，1992 年）。

16. 葉嘉瑩著：《王國維及其文學批評》（臺北：桂冠圖書，1992 年）。

17. 劉思量著：《藝術心理學——藝術與創造》（臺北：藝術家出版社，1989 年）。

18. 趙雅博著：《文學藝術心理學》（臺北：藝術圖書公司，1976 年）。

19. 〔德〕漢斯‧羅伯特‧耀斯（Hans Robert Jauss）著，顧建光、顧靜宇、張樂天譯：《審美經驗與文學解釋學》（上海：譯文出版社，1997 年）。

20. 謝俊逢著：《音樂療法——理論方法》（臺北：大陸書店，2003 年）。

21. 羅小平、黃虹著：《音樂心理學》（廣州：三環出版社，1989 年）。

22. Ellen Winne 著、陶春風等譯：《創造的世界——藝術心理學》（臺北：田園城市文化，1997 年）。

（五）其 他

1. 王水照編：《歷代文話》（上海：復旦大學出版社，2007 年）。

2. 余英時著：《士與中國文化》（上海：上海人民出版社，1987 年）。

3. 沈謙著：《修辭學》（臺北：國立空中大學，1995 年）。

4. 章太炎著：《國故論衡》（臺北：廣文書局，1973 年）。

5. 黃慶萱著：《修辭學》（臺北：三民書局，1975 年）。

6. 黃永武著：《字句鍛鍊法》（臺北：洪範書店有限公司，2002 年）。

7. 聞一多著：《聞一多全集》（上海：開明書店，1948 年）。

8. 劉煥輝著：《修辭學綱要》（南昌：百花洲文藝出版社，1993 年）。

9. 錢鍾書著：《管錐編》（北京：中華書局，1986 年）。

三、博碩士論文

1. 丁憶如著：《司馬相如賦篇之音韻風格研究》，國立政治大學中國文學研究所碩士論文，2007 年。

2. 王晴慧著：《從賦的文體定位論中國敘事詩的形成與發展》，國立中正大學中國文學研究所博士論文，2005 年。

3. 王士松著：《漢賦中的音樂世界》，鄭州大學碩士論文，2007 年。

4. 朴泰德著：《建安時代鄴下文士的研究》，國立臺灣大學中國文學研究所碩士論文，1989 年。

5. 朴現圭著：《漢賦體裁與理論之研究》，國立臺灣師範大學中國文學研究所碩士論文，1982 年。

6. 李翠瑛著：《六朝賦論研究》，國立政治大學中國文學研究所博士論文，1997 年。

7. 何筱敏著：《漢賦的時空美感》，輔仁大學中國文學研究所碩士論文，1995 年。

8. 何美諭著：《魏晉樂論與樂賦音樂審美研究》，國立成功大學中國文學研究所博士論文，2008 年。

9. 宋豪飛著：《漢魏六朝音樂賦研究》，國立暨南大學中國語文學研究所碩士論文，2006 年。

10. 林麗雲著：《六朝賦之抒情傳統與藝術表現》，國立臺灣師範大學中國文學研究所碩士論文，1982 年。

11. 林恬慧著：《唐代詩歌之樂器音響研究》，逢甲大學中國文學研究所碩士論文，2001 年。

12. 林素美著：《漢賦題材之研究》，中國文化大學中國文學研究所博士論文，2009 年。

13. 周虹怜著：《唐代古琴詩研究》，輔仁大學中國文學研究所碩士論文，1999 年。

14. 翁燕珍著：《漢諷諭賦研究——漢賦家的愛與痛》，國立中正大學中國文學研究所碩士論文，1995 年。

15. 孫鵬著：《漢魏六朝音樂賦研究》，南京師大文學院碩士論文，2005 年。

16. 高萍萍著：《漢魏六朝賦的音樂描寫與音樂美學思想》，暨南大學中國語文學研究所碩士論文，2010 年。

17. 陳啓美著：《古琴指法與其樂音之研究》，文化大學藝術研究所碩士論文，1987 年。

18. 陳政統著：《試論中國音樂的節奏觀》，文化大學藝術研究所碩士論文，1994 年。

19. 陳姿蓉著：《漢代散體賦研究》，國立政治大學中國文學研究所博士論文，1995 年。

20. 陳柄杰著：《中國樂器音色之探討》，國立成功大學藝術研究所碩士論文，1998 年。

21. 陳英絲著：《六朝賦「詩化」現象研究》，逢甲大學中國文學研究所碩士論文，1998 年。

22. 陳玉玲著：《漢賦聯綿詞研究》，逢甲大學中國文學研究所碩士論文，2004 年。

23. 陳婉儀著：《漢賦中的「中心」與「四方」書寫及其文化意涵研究》，國立政治大學中國文學研究所碩士論文，2008 年。

24. 陳功文著：《先唐音樂賦研究》，廣西師範大學碩士論文，2008 年。

25. 郭慧娟著：《魏晉樂賦的音樂美學觀》，輔仁大學中國文學研究所碩士論文，1997 年。

26. 曹淑娟著：《論漢賦之寫物言志傳統》，國立臺灣師範大學國文研究所碩士論文，1980 年。

27. 黃春興著：《笙的研究》，文化大學藝術研究所碩士論文 1990 年。

28. 黃韻如著：《漢魏六朝音樂賦研究》，國立中央大學中國文學研究所碩士論文，2011 年。

29. 楊佩螢著：《從六朝樂賦再探文學抒情傳統》，國立臺灣師範大學國文研究所碩士論文，2005 年。

30. 張明冠著：《漢賦中的神話研究》，淡江大學中國文學研究所碩士論文，2000 年。

31. 張芳溢著：《《全漢賦》音樂史料初步整理與研究》，天津音樂學院音樂學系碩士論文，2007 年。

32. 歐純純著：《唐代琴詩研究》，國立中興大學中國文學研究所碩士論文，1999 年。

33. 劉楚荊著：《蔡邕辭賦研究》，國立臺灣師範大學國文學系在職進修碩士班碩士論文，2007 年。

34. 劉貝妮著：《「笙賦」的音樂學研究》，武漢音樂學院音樂學系，2007 年。

35. 戴伊澄著：《文選音樂類賦篇研究》，國立臺灣師範大學國文研究所碩士論文，2002 年。

36. 蕭湘鳳著:《魏晉賦研究》,輔仁大學中國文學研究所碩士論文,1980年。

37. 蕭玲英著:《讖緯思想對漢賦影響之研究》,國立臺南大學教管所國語文教學碩士班碩士論文,2004 年。

38. 羅中峰著:《中國傳統文人審美生活方式之研究》,國立臺灣大學社會學研究所博士論文,1999 年。

四、期刊論文

1. 王更生著:〈漫談楚辭與漢賦〉,《空大學訊》第 10 期,1987 年 12 月。

2. 王國瓔著:〈中國山水詩探源(3)——「漢賦」中的山水景物〉,《中外文學》第 9 卷 5 期,1980 年 10 月。

3. 王維眞著:〈垂珠碎玉空中落——漫談中國的豎琴〉,《音樂與音響雜誌》第 124 期,1983 年 10 月。

4. 王欣慧著:〈王褒〈洞簫賦〉研究〉,《中國文化月刊》第 207 期,1997 年 6 月。

5. 石崝嶸著:〈宋玉音樂美學思想鈎沉〉,《中國音樂(季刊)》第 4 期,2004 年。

6. 朱曉海著:〈讀兩漢詠物賦雜俎〉,《漢學研究》第 18 卷 2 期,2000 年 12 月。

7. 朱同著:〈胡笳雜談〉,《樂器》第 1 期,1987 年。

8. 余江著:〈〈七發〉——音樂賦的濫觴〉,《青海社會科學》第 3 期,2001 年。

9. 李時銘著:〈說注綽〉,《北市國樂》第三版,1987 年 6 月三十日。

10. 李時銘著:〈說撞鐘——「禮記·學記」「撞鐘」喻新探〉,《逢甲中文學報》第 3 期,1995 年 5 月。

11. 李時銘著:〈論重編「全漢賦」——以費編「全漢賦」在文獻整理上的問題爲借鑑〉,《逢甲人文社會學報》第 3 期,2001 年 11 月。

12. 李時銘著:〈作樂思想的理論及其實踐〉,《逢甲人文社會學報》第 6 期,2003 年 5 月。

13. 李丹博著:〈附聲測貌,泠然可觀——論王褒〈洞簫賦〉的藝術成就〉,《山西師大學報(社會科學版)》第 30 卷第 2 期,2003 年 4 月。

14. 李美燕著:〈嵇康〈琴賦〉中「和」的美學意涵析論〉,《藝術評論》第 19 期,2009 年 12 月。

15. 李銳清著:〈嵇康「琴賦」小論〉,《新亞學術集刊》第 13 期,1994年。

16. 李孟君、楊仲源著:〈賦體分類試析〉,《建國學報》第 21 期,2002年 7 月。

17. 李怡芬著:〈漢賦勸百諷一現象初探〉,《輔大中研所學刊》第 7 期,1997 年 6 月。

18. 李則芬著:〈晉賦與漢賦〉,《東方雜誌》第 18 卷 1 期,1984 年 7 月。

19. 汪青著:〈雅韻琴音──蔡邕〈琴賦〉的文學與音樂解讀〉,《古典今讀》,2006 年 5 月。

20. 吳旻旻著:〈「框架、節奏、神化」:析論漢代散體賦之美感與意義〉,《臺大中文學報》第 25 期,2006 年 12 月。

21. 吳儀鳳著:〈騷體賦、散體賦分類概念評析〉,《東華人文學報》第 5 期,2003 年 7 月。

22. 何騏竹著:〈漢賦理論中賦之本質定義及其對文學自覺的先導作用〉,《東方人文學誌》第 5 卷 3 期,2006 年 9 月。

23. 何美諭著:〈魏晉樂賦中空間與人格的理想論述〉,《人文社會科學研究》第 1 卷 2 期,2007 年 12 月。

24. 何沛雄著:〈漢賦問答體初探〉,《新亞學術集刊》第 13 期,1994 年。

25. 卓國浚著:〈進王褒而退馬融:兼釋「子淵〈洞簫〉窮變於聲貌」〉,《興大人文學報》第 38 期,2007 年 3 月。

26. 林雅韻著:〈漢賦「諷諫說」辨析〉,《輔大中研所學刊》第 11 期,2001 年 10 月。

27. 林凌瀚著:〈不朽與一統:漢賦與大一統權力詩學(1)〉,《文明探索叢刊》第 11 期,1997 年 10 月。

28. 林凌瀚著:〈不朽與一統:漢賦與大一統權力詩學(2)〉,《文明探索叢刊》第 12 期,1998 年 1 月。

29. 周慶華著:〈漢賦新論〉,《問學集》第 1 期,1990 年 11 月。

30. 孟瑤著:〈識得盧山真面目(13-2)──楚辭與漢賦〉,《明道文藝》第 172 期,1990 年 7 月。

31. 邵淑雯著:〈音樂對心理效應之探討──由創作與欣賞觀點而論〉,《復興學報》第 49 卷,1993 年 6 月。

32. 范瑞珠著:〈詩經與漢賦之關係〉,《孔孟月刊》第 19 卷 4 期,1980 年 12 月。

33. 侯立兵著:〈漢魏六朝音樂賦的文化考察〉,《零陵學院學報》第 25

卷第 4 期，2004 年 7 月。

34. 翁瑞鴻著：〈淺談漢魏琴賦中之幾個古琴論題〉，《中國語文》第 102 卷 5 期，2008 年 5 月。

35. 孫鵬著：〈漢魏六朝音樂賦整理研究史述略〉，《菏澤師範專科學校學報》第 26 卷第 3 期，2004 年 8 月。

36. 馬良懷、侯深著：〈風流千古，人琴俱存──漢晉之際的士人與琴的關係之探討〉，《華中師範大學學報（人文社會科學版）》第 39 卷第 3 期，2000 年 5 月。

37. 陳姿蓉著：〈「鋪采摛文・合組列繡」的形成背景──漢賦典型特徵之一考察〉，《新亞學術集刊》第 13 期，1994 年。

38. 許東海著：〈賦心與女色──論漢賦中的女性書寫及其意涵〉，《成大中文學報》第 8 期，2000 年 6 月。

39. 許東海著：〈賦家與仙境──論漢賦與神仙結合的主要類型及其意涵〉，《漢學研究》第 18 卷 2 期，2000 年 12 月。

40. 容天圻著：〈古琴的過去與現在〉，《音樂與音響》第 57 期，1978 年 3 月。

41. 高厚永著：〈曲項琵琶的傳派及形制構造的發展〉，《中國音樂學》第 3 期，1986 年。

42. 郭慧娟著：〈魏晉士人的音樂審美意識──以樂賦爲主要討論文本〉，《輔大中研所學刊》第 11 期，2001 年 10 月。

43. 郭慧娟著：〈漢魏晉樂賦中音樂審美思想分析〉，《東吳中文學報》第 12 期，2006 年 5 月。

44. 梁承德著：〈兩漢賦論思想〉，《中國文化月刊》第 226 期，1999 年 1 月。

45. 梁立中著：〈賦概（先秦兩漢賦說）詮論〉，《東南學報》第 7 期，1984 年 7 月。

46. 曹淑娟著：〈論漢賦之寫物言志傳統〉，《國立臺灣師範大學國文研究所集刊》，第 27 期 1983 年 6 月。

47. 黃亦眞著：〈風花雪月六朝賦〉，《古今藝文》第 18 卷 1 期，1991 年 11 月。

48. 黃水雲著：〈論六朝賦詩化的原因及表現〉，《實踐學報》第 25 期，1994 年 6 月。

49. 曾春海著：〈阮籍與嵇康的樂論〉，《哲學與文化》第 37 卷 10 期，2010 年 10 月。

50. 張珍禎著：〈嵇康「音樂觀」探析〉，《思辨集》第 8 期，2005 年 3

月。

51. 張儷瓊著：〈箜篌探索——樂器起源、形態與現況研究〉，《藝術學報》第 58 期，1996 年 6 月。

52. 張曲波著：〈箎、笛考辨〉，《交響》第 4 期，1987 年。

53. 張清治著：〈古琴藝術的美感境界〉，《中國文化月刊》第 20 期，1981 年 6 月。

54. 張清鐘著：〈漢賦研究〉，《嘉義師專學報》第 5 期，1974 年 5 月。

55. 張巍著：〈漢魏六朝音樂賦中的審美思想〉，《船中學刊》第 2 期，2007 年。

56. 傅錫壬著：〈《文選》所錄漢賦中的神話特質與解析〉，《淡江學報》第 36 期，1998 年 5 月。

57. 楊允著：〈《長笛賦》藝術特色探索〉，《渤海大學學報》第 2 期，2009 年。

58. 劉振維著：〈論嵇康《琴賦》的音樂思想〉，《止善》第 2 期，2007 年 6 月。

59. 劉琦著：〈《文選》音樂六賦三題〉，《長春師院學報（社會科學版）》第 4 期，1995 年。

60. 劉志偉著：〈《文選》音樂賦創作程式與美學意蘊發微〉，《西北師大學報（社會科學版）》第 33 卷第 5 期，1996 年 9 月。

61. 劉亮著：〈古琴與琵琶——中國樂器的精華〉，《音樂與音響》第 104 期，1982 年 2 月。

62. 劉剛著：〈《笛賦》爲宋玉所作說〉，《瀋陽師範學院學報（社會科學版）》第 26 卷第 1 期，2002 年。

63. 劉偉生著：〈嵇康〈琴賦序〉的理論內涵與價值〉，《船山學刊》第 4 期，2008 年。

64. 廖國棟著：〈漢賦「夸飾」之省察〉，《成大中文學報》第 1 期，1992 年 11 月。

65. 廖志超著：〈絃外之音——嵇康〈琴賦〉析論〉，《文與哲》第 8 期，2006 年 6 月。

66. 謝曉濱、姚品文著：〈古代箏樂的文化屬性〉，《人民音樂》第 10 期，2002 年。

67. 簡宗梧著：〈漢賦瑋字源流考〉，《國立政治大學學報》第 36 期，1977 年 12 月。

68. 簡宗梧著：〈漢賦文學思想源流〉，《國立政治大學學報》第 37 期、

38 期，1978 年 12 月。

69. 簡宗梧著：〈對漢賦若干疵議之商榷〉，《古典文學》第 1 期，1979年 12 月。

70. 簡宗梧著：〈漢代賦家與儒家之淵源〉，《孔孟學報》第 39 期，1980年 4 月。

71. 簡宗梧著：〈漢賦和詩、文的關係：賦體屬性之考辨〉，《東方雜誌》第 17 卷 9 期，1984 年 3 月。

72. 簡宗梧著：〈從「鋪張揚厲」到「據事類義」：賦體語言藝術的歷史考察〉，《東方雜誌》第 23 卷 2 期，1989 年 8 月。

73. 簡宗梧著：〈編纂「全漢賦」之商榷〉，《國立政治大學學報》第 60期，1989 年 12 月。

74. 簡宗梧著：〈從漢到唐貴遊活動的轉型與賦體變化之考察〉，《中國古典文學研究》第 1 期，1999 年 6 月。

75. 簡宗梧著：〈賦體之典律作品及其因子〉，《逢甲人文社會學報》第 6期第，2003 年 5 月。

76. 簡宗梧著：〈賦與隱語關係之考察〉，《逢甲人文社會學報》第 8 期，2004 年 5 月。

77. 簡宗梧著：〈賦與設辭問對關係之考察〉，《逢甲人文社會學報》11期，2005 年 12 月。

78. 簡宗梧著：〈賦的可變基因與其突變──兼論賦體蛻變之分期〉，《逢甲人文社會學報》第 12 期，2006 年 6 月。

附錄一　先唐樂器賦輯目

　　說明：本樂器賦輯目是以唐之前以「樂器」爲題的賦作爲範圍，依「樂器」分類，主要分爲琴、箏、琵琶、箜篌、洞簫、笛、笙、笳等八類，而簴、簧、節、角等四篇樂器賦因僅存殘篇斷句，與其他涉及樂器的相關賦作同列於第九類。此分類與後文「附錄二」的〈先唐樂器賦輯校〉相同，其「出處」一欄所標資料亦整理自〈先唐樂器賦輯校〉之校勘書目。

一、琴　賦（共九篇）

時代	作者	篇名	存佚	出　　處
漢	劉向	雅琴賦	殘	《初學記》卷十六，《文選》李善注引
漢	傅毅	雅琴賦	殘	《藝文類聚》卷四十四，《初學記》卷十六，《文選》李善注引
漢	馬融	琴賦	殘	《藝文類聚》卷四十四，《文選》李善注引
漢	蔡邕	琴賦	殘	《續修四庫全書・吳志忠疏證稿本》，《藝文類聚》卷四十四，《初學記》卷十六，《北堂書鈔》卷一百零九，《古文苑》卷二十一，《文選》李善注引，《歷代賦彙》卷九十四
魏	嵇康	琴賦	存	《文選》卷十八，《北堂書鈔》卷一百零九，《藝文類聚》卷四十四，《初學記》卷十六，《歷代賦彙》卷九十四

吳	閔鴻	琴賦	殘	《北堂書鈔》卷一百零九,《文選》李善注引
晉	傅玄	琴賦	殘	《北堂書鈔》卷一百零九,《初學記》卷十六,《文選》李善注引
晉	成公綏	琴賦	殘	《初學記》卷十六,《藝文類聚》卷四十四,《文選》李善注引,《歷代賦彙》補遺卷十二
晉	陸瑜	琴賦	殘	《初學記》卷十六、《歷代賦彙》逸句卷一

二、箏 賦（共八篇）

時代	作 者	篇 名	存佚	出　　處
漢	侯瑾	箏賦	殘	《藝文類聚》卷四十四,《初學記》卷十六,《文選》李善注引
魏	阮瑀	箏賦	殘	《藝文類聚》卷四十四,《初學記》卷十六,《北堂書鈔》卷一百一十
晉	傅玄	箏賦	殘	《十通》本《通典》卷一百四十四,《北堂書鈔》卷一百一十,《初學記》卷十六,《太平御覽》卷五百七十六,《宋書·樂書一》
晉	顧愷之	箏賦	殘	《藝文類聚》卷四十四,《初學記》卷十六,《歷代賦彙》逸句卷一
晉	賈彬	箏賦	殘	《藝文類聚》卷四十四,《初學記》卷十六,《歷代賦彙》卷九十四
晉	陳窈	箏賦	殘	《藝文類聚》卷四十四,《初學記》卷十六,《歷代賦彙》卷九十四
梁	蕭綱	箏賦	存	《文苑英華》卷七十一,《歷代賦彙》卷九十四,《藝文類聚》卷四十四,《初學記》卷十六
陳	顧野王	箏賦	殘	《初學記》卷十六,《歷代賦彙》補遺卷十二

三、琵琶賦（共四篇）

時代	作 者	篇 名	存佚	出　　處
魏	孫該	琵琶賦	殘	《藝文類聚》卷四十四,《初學記》卷十六,《北堂書鈔》卷一百一十,《文選》李善注引,《歷代賦彙》卷九十四

晉	傅玄	琵琶賦	殘	《太平御覽》卷五百八十三，《初學記》卷十六及卷二十一，《宋書·樂志一》，《通典》卷一百四十四，孔廣陶校註本《北堂書鈔》卷一百一十，《歷代賦彙》卷九十四
晉	成公綏	琵琶賦	殘	《藝文類聚》卷四十四，《初學記》卷十五及十六，《歷代賦彙》卷九十四
梁	蕭繹	琵琶賦	佚	《南史·蕭範傳》卷五十二

四、箜篌賦（共四篇）

時代	作　者	篇　名	存佚	出　　處
晉	楊方	箜篌賦	殘	《初學記》卷十六
晉	曹毗	箜篌賦	殘	《藝文類聚》卷四十四，《初學記》卷十六，《歷代賦彙》卷九十四
晉	孫瓊	箜篌賦	殘	《藝文類聚》卷四十四，《初學記》卷十六，《歷代賦彙》卷九十四
宋	劉義慶	箜篌賦	殘	《藝文類聚》卷四十四，《初學記》卷十六

五、洞簫賦（共一篇）

時代	作　者	篇　名	存佚	出　　處
漢	王褒	洞簫賦	存	《文選》卷十七，《藝文類聚》卷四十四

六、笛　賦（共五篇）

時代	作　者	篇　名	存佚	出　　處
周	宋玉	笛賦	存	《古文苑》卷二，《歷代賦彙》卷九十五
漢	馬融	長笛賦	存	《文選》卷十八，《藝文類聚》卷四十四
晉	向秀	感笛賦	佚	《藝概》，卷三
晉	伏滔	長笛賦	殘	《初學記》卷十六，《藝文類聚》卷四十四
陳	傅縡	笛賦	殘	《初學記》卷十六，《歷代賦彙》逸句卷一

七、笙　賦（共五篇）

時代	作者	篇名	存佚	出　　處
漢	枚乘	笙賦	佚	《文選》卷十八馬融〈長笛賦・序〉李善注引
晉	潘岳	笙賦	存	《文選》卷十八，《歷代賦彙》卷九十三
晉	夏侯淳	笙賦	殘	《藝文類聚》卷四十四，《初學記》卷十六，《歷代賦彙》卷九十三
晉	王廙	笙賦	殘	《初學記》卷十六，以《藝文類聚》卷四十四，《歷代賦彙》卷九十三
陳	顧野王	笙賦	殘	《初學記》卷十六，《歷代賦彙》逸句卷一

八、笳賦（共四篇）

時代	作者	篇名	存佚	出　　處
魏	杜摯	笳賦	殘	《藝文類聚》卷四十四，《文選》李善注引，《歷代賦彙》卷九十五，《太平御覽》卷五百八十一
晉	傅玄	笳賦	殘	《文選》李善注引，《北堂書鈔》卷一百一十一
晉	孫楚	笳賦	殘	《藝文類聚》卷四十四，《歷代賦彙》卷九十五
晉	夏侯湛	夜聽笳賦	殘	《藝文類聚》卷四十四，以《歷代賦彙》卷九十五

九、其他樂器賦與相關賦作（共九篇）

時代	作者	篇名	存佚	出　　處
漢	枚乘	七發	存	《文選》卷三十四，《藝文類聚》卷五十七
漢	賈誼	簴賦	殘	《藝文類聚》卷四十四，《古文苑》卷二十一，《初學記》卷十六，《太平預覽》卷五八二
漢	劉玄	簧賦	佚	見《文選》卷十八馬融〈長笛賦序〉李善注引《文章志》

漢	蔡邕	瞽師賦	殘	《北堂書鈔》卷一百一十一，《初學記》卷十六，《太平御覽》卷七百四十，《文選》卷十七陸機〈文賦〉李善注引
晉	傅玄	節賦	殘	《宋書・樂志一》，以《十通》本《通典》卷一百四十四
晉	紐滔母孫氏（古儉）	角賦	殘	《太平御覽》卷三百三十八，《歷代賦彙》補遺卷十二
晉	鼓吹賦	鼓吹賦	殘	《藝文類聚》卷六十八，《初學記》卷十六，《歷代賦彙》卷九十五
梁	蕭綱	金錞賦	存	《文苑英華》卷七十一，《歷代賦彙》卷九十三
梁	江淹	橫吹賦	存	《歷代賦彙》卷九十五

附錄二　先唐樂器賦輯校

本論文輯錄校勘主要用書如下：

1. 〔漢〕班固等撰，〔清〕王先謙補注，《漢書補注》（臺北：藝文印書館影印，光緒庚子長沙王氏刊本，1900 年）

2. 〔劉宋〕范曄撰、〔清〕王先謙集解，《後漢書集解》（臺北：藝文印書館影印，光緒己卯長沙王氏刊本，1879 年）。

3. 〔梁〕蕭統編、〔唐〕李善注，《六臣註文選》（臺北：臺灣商務印書館，《景印文淵閣四庫全書》，1986 年）。

4. 〔梁〕蕭統編、〔唐〕李善注，《文選》（臺北：藝文印書館影印，據〔清〕胡克家重雕宋淳熙本，1991 年 12 月 12 版）。

5. 〔唐〕李延壽撰，《南史》（臺北：藝文印書館影印，武英殿本乾隆四年刊本，1956 年）。

6. 〔唐〕虞世南輯，《北堂書鈔》（北京：商務印書館，文津閣《四庫全書》本，2005 年）。

7. 〔唐〕虞世南輯，孔廣陶校註《北堂書鈔》（台北：文海出版社，1962 年）。

8. 〔唐〕歐陽詢等編，《藝文類聚》（臺北：文光出版社，1974 年）。

9. 〔唐〕徐堅等輯，《初學記》（臺北：鼎文書局，1976 年 10 月再版）。

10. 〔宋〕李昉等輯，《太平御覽》（臺北：臺灣商務印書館，1980 年）。

11. 〔宋〕李昉等輯，《文苑英華》（臺北：新文豐出版公司，明刊配宋本，1979 年）。

12. 〔宋〕李昉等輯，《文苑英華》（臺北：臺灣商務印書館，《景印文淵閣四庫全書》本，1983 年）。

13. 〔宋〕章樵注,《古文苑》(臺北:鼎文書局,1973 年)。

14. 〔明〕張溥輯,《漢魏六朝一百三家集》(臺北:新興書局,1968 年)。

15. 〔清〕嚴可均輯,《全上古三代秦漢三國六朝文》(北京:中華書局,據原刊斷句影印,1958 年)。

16. 〔清〕陳元龍輯,《歷代賦彙》(北京:北京圖書出版社,1999 年)。

目　錄

一、先唐琴賦輯校(共九篇)

二、先唐箏賦輯校(共八篇)

三、先唐琵琶賦輯校(共四篇)

四、先唐箜篌賦輯校(共四篇)

五、先唐洞簫賦輯校(共一篇)

六、先唐笛賦輯校(共五篇)

七、先唐笙賦輯校(共五篇)

八、先唐箎賦輯校(共四篇)

九、其他先唐樂器賦與相關賦作輯校(共九篇)

一、先唐琴賦輯校(共九篇)

〈雅琴賦〉〔註1〕　　〔漢〕劉向(約西元前 77～06 年)

觀聽之所至,乃知其美也。〔註2〕

潛坐蓬廬之中,巖石之下。〔註3〕

游予心以廣觀,且德樂之惜惜。〔註4〕

末世鎖才兮智孔寡。〔註5〕

窮音之至入於神。〔註6〕

〔註1〕 此賦僅存殘句,分見於《文選》李善注,《初學記》卷十六,《初學記》作〈琴賦〉。

〔註2〕 見《文選》卷四左太沖〈蜀都賦〉李善注,頁 82。

〔註3〕 見《文選》卷十五張平子〈歸田賦〉李善注,頁 228。

〔註4〕 見《文選》卷十八嵇叔夜〈琴賦〉李善注,頁 265。

〔註5〕 見《文選》卷二十六謝靈運〈七里瀨詩〉李善注,頁 386。

〔註6〕 見《文選》卷二十九〈古詩十九首〉李善注,頁 418。

彈少宮之際天，援中徵以及泉。〔註7〕

葳蕤心而自愬兮，伏雅操之循則。〔註8〕

〈琴賦〉〔註9〕　　〔漢〕傅毅（約西元42～90年）

歷嵩岑而將降，睹鴻梧於幽阻。高百仞而不枉，對脩條以〔註10〕持〔註11〕處。蹈通涯而將圖〔註12〕，遊〔註13〕茲梧之所宜。蓋〔註14〕雅〔註15〕琴之麗樸，乃升伐其孫枝。命離婁使布繩，施公輸之剞劂。遂彫琢而成器，揆神農之初制。盡聲變之奧妙，抒心志之鬱滯。

絕激哇之滛。〔註16〕

時促均而增徽，接角徵而控商。〔註17〕

明仁義以屬己，故永御而密親。〔註18〕

〈琴賦〉〔註19〕　　〔漢〕馬融（約西元79～166年）

惟梧〔註20〕桐之所生，在衡山之峻陂。於是遨閒〔註21〕公子，中道失志。居無室廬，罔所自置〔註22〕。孤煢特行，懷閔抱思。昔師

〔註7〕見《文選》卷三十五張景陽〈七命〉李善注，頁501。

〔註8〕見《初學記》卷十六，琴第一，頁387。

〔註9〕此賦爲殘篇，《文選》卷十八嵇叔夜〈琴賦〉李善注引題作「雅琴賦」。以《藝文類聚》卷四十四所載爲底本（頁783），以《初學記》卷十六（頁399）、《文選》李善注所收參校。

〔註10〕「以」，《初學記》作「而」。

〔註11〕「持」，《初學記》作「特」。

〔註12〕「將圖」，《初學記》作「遠遊」。

〔註13〕「遊」，《初學記》作「圖」。

〔註14〕「蓋」，《初學記》作「信」。

〔註15〕「雅」，《初學記》作「唯」。

〔註16〕見《文選》卷三張平子〈東京賦〉李善注，頁68。

〔註17〕見《文選》卷十八嵇叔夜〈琴賦〉李善注，頁264。

〔註18〕見《文選》卷十八嵇叔夜〈琴賦〉李善注，頁265。

〔註19〕此賦爲殘篇，以《藝文類聚》卷四十四所載爲底本（頁783），以《文選》李善注所收參校。

〔註20〕「梧」，《文選》卷二十四司馬紹統〈贈山濤一首〉詩，李善注作「椅」，頁350。

〔註21〕「遨閒」，《文選》卷四十七劉伯倫〈酒德頌〉李善注作「游閑」，頁674。

〔註22〕原無「居無」二句，據《文選》卷四十七劉伯倫〈酒德頌〉李善注

曠三奏，而神物下降〔註23〕，玄鶴二八，軒舞於庭，何琴德之深哉！

〈琴賦〉〔註24〕　　〔漢〕蔡邕（西元133～192年）

　　爾乃言求茂木，周流四垂。觀彼椅桐，層山之陂〔註25〕。丹華煒煒〔註26〕，綠葉參差。甘露潤其末，涼風扇其枝。鸞鳳翔其顛〔註27〕，玄鶴巢其岐。考之詩人，琴瑟是宜。爰〔註28〕制雅器，協〔註29〕之鍾〔註30〕律，通理治性，恬淡清〔註31〕溢。

　　爾乃清聲發〔註32〕兮〔註33〕五音舉，韻〔註34〕宮商兮動徵〔註35〕羽，曲引興兮繁絲〔註36〕撫。間關九絃，出入律呂。屈伸低昂，十指如雨。〔註37〕然後哀聲既發，祕〔註38〕弄乃開。左手抑揚，右手徘徊〔註39〕，抵〔註40〕掌反覆〔註41〕，抑案〔註42〕藏摧。

　　　　　補，頁674。
〔註23〕《文選》卷四十六顏延年〈三月三日曲水詩序〉李善注無「昔」、「降」字，頁659。
〔註24〕此賦為殘篇，以《續修四庫全書》1303冊（頁385）吳志忠疏證稿本所載為底本，以《藝文類聚》卷四十四（頁783）、《初學記》卷十六（頁388）、《北堂書鈔》卷一百零九（頁535～537）、《古文苑》卷二十一（頁535～536）、《文選》李善注、《歷代賦彙》卷九十四（頁243～244）所收參校。
〔註25〕「陂」，《書鈔》作「蹊」。
〔註26〕第二個「煒」字，《類聚》、《初學記》、《書鈔》、《古文苑》並作「燁」。
〔註27〕「顛」，《類聚》、《初學記》、《書鈔》、《古文苑》並作「巔」。
〔註28〕「爰」，《書鈔》作「奚」。
〔註29〕「協」，《賦彙》作「協」。
〔註30〕「鍾」，《書鈔》作「鐘」。
〔註31〕「清」，《書鈔》作「靜」。
〔註32〕「發」，《書鈔》作「振」。
〔註33〕《書鈔》無「鐘」字。
〔註34〕「韻」，《類聚》作「發」。
〔註35〕「徵」，《賦彙》、《類聚》並作「角」。
〔註36〕「絲」，《類聚》作「弦」，《初學記》作「絃」。
〔註37〕《賦彙》、《古文苑》、《初學記》、《書鈔》無「間關九絃，出入律呂；屈伸低昂，十指如雨」。
〔註38〕「祕」，《類聚》、《書鈔》、《古文苑》並作「秘」。
〔註39〕「徘徊」，《初學記》作「裴佪」。

於〔註43〕是繁弦〔註44〕既抑，雅韻〔註45〕乃〔註46〕揚。仲尼思歸，〈鹿鳴〉三章。〈梁甫〉〔註47〕悲吟，周公〈越裳〉。〈青雀〉〔註48〕西飛，〈別鶴〉東翔。〈飲馬長城〉，楚曲〈明光〉。樊姬遺歡，雞鳴高桑〔註49〕，走獸〔註50〕率舞，飛鳥下翔。感激弦〔註51〕歌，一低一昂。

丹絃既張，八音既平。〔註52〕

一彈三欷，曲有餘哀。〔註53〕

有清靈之妙。〔註54〕

苟斯樂之可貴，宣簫琴之足聽。〔註55〕

於是歌人恍惚以失曲，舞者亂節而忘形。哀人塞耳以惆悵，轅〔註56〕馬蹀足以悲鳴。

〔註40〕　「抵」，《賦彙》、《類聚》、《初學記》並作「指」。

〔註41〕　「覆」，《古文苑》作「復」。

〔註42〕　「案」，《初學記》、《古文苑》、《書鈔》並作「按」。

〔註43〕　「於」，《書鈔》作「于」。

〔註44〕　「弦」，《賦彙》、《初學記》、《文選》卷十七陸士衡〈文賦一首〉李善注引（頁247）、《書鈔》，並作「絃」。

〔註45〕　「韻」，《文選》卷十七陸機〈文賦〉李善注引「音」（頁247），《初學記》作「聲」，《書鈔》作「響」。

〔註46〕　「乃」，《文選》卷十七陸機〈文賦〉李善注引作「復」（頁247）。

〔註47〕　「甫」，《書鈔》作「父」。

〔註48〕　「雀」，《書鈔》作「鳥」。

〔註49〕　「楚妃」二句，據《歷代賦彙》、《書鈔》補。「楚」，《書鈔》作「樊」，下句「雞」作「鶴」。

〔註50〕　《書鈔》在「走獸」前有「於是」。

〔註51〕　「茲」，《初學記》、《書鈔》、《古文苑》並作「絃」。《書鈔》在「絃歌」後有「故爲之」。

〔註52〕　據《文選》卷三十一江淹〈雜體詩〉三十首之〈袁太尉〉李善注引（頁462）補。

〔註53〕　據孔廣陶校註本《書鈔》卷一百零九（頁103）補。

〔註54〕　據孔廣陶校註本《書鈔》卷一百零九（頁102）補。

〔註55〕　據《書鈔》卷一百零九（頁537）補。

〔註56〕　「轅」，《書鈔》作「騶」。

〈琴賦〉並序〔註57〕　〔魏〕嵇康（西元224～263年）

　　余少好音聲，長而翫之，以爲物有盛衰，而此無變；滋味有猒〔註58〕，而此不勌。可以導養神氣，宣和情志，處窮獨而不悶者，莫近於音聲也。是故復之而不足，則吟詠以肆志；吟詠之不足，則寄言以廣意。然八音之器，歌舞之象，歷世才士並爲之賦頌。其體制風流，莫不相襲：稱其材幹，則以危苦爲上；賦其聲音，則以悲哀爲主；美其感化，則以垂涕爲貴。麗則麗矣，然未盡其理也。推其所由，似元不解音聲；覽其旨趣，亦未達禮樂之情也。眾器之中，琴德最優，故綴敍所懷，以爲之賦。其辭曰：

　　惟椅梧〔註59〕之所生兮〔註60〕，託峻嶽〔註61〕之崇岡。披重壤以誕〔註62〕載兮，參辰極而高驤。含〔註63〕天地之醇和兮〔註64〕，吸日月之休光。鬱紛紜以獨茂兮〔註65〕，飛英蕤於昊〔註66〕蒼。夕納景於〔註67〕虞淵兮，且晞幹於九陽。經千載以待價兮，寂神跱而永康。且其山川形勢，則盤紆隱深〔註68〕，磝嵬岑嵓。互〔註69〕嶺巉巖，岞崿〔註70〕嶇崟。丹崖嶮巇，青壁萬尋。

〔註57〕　此賦保存完整，以《文選》卷十八嵇叔夜〈琴賦〉並序（頁260～265）爲底本，以六臣注本、《歷代賦彙》卷九十四（頁244～253）、《北堂書鈔》卷一百零九（頁535～537）、《藝文類聚》卷四十四（頁783～784）、《初學記》卷十六（頁387～388）所收參校。

〔註58〕　「猒」，《賦彙》作「厭」。

〔註59〕　「梧」，《類聚》、《書鈔》並作「桐」。

〔註60〕　「兮」，《類聚》無此字。

〔註61〕　「嶽」，《類聚》作「岳」。

〔註62〕　「誕」，《書鈔》作「延」。

〔註63〕　「含」，《書鈔》作「合」。

〔註64〕　「兮」，《類聚》無此字。

〔註65〕　「兮」，《類聚》無此字。

〔註66〕　「昊」，《類聚》作「旻」。

〔註67〕　「於」，《書鈔》作「于」。

〔註68〕　「深」，《類聚》作「嶙」。

〔註69〕　「互」，《賦彙》作「玄」。

〔註70〕　「崿」，六臣注本作「峈」。

　　若乃重巘增起，偃蹇雲覆，邈隆崇以極壯，崛巍巍而特秀，蒸靈液以播雲，據神淵而吐溜。

　　爾乃顚波奔突，狂赴爭流。觸巖舐限，鬱怒彪休。洶涌騰薄，奮沫揚濤；灂汩澎湃，蛖蟺相糾。放肆大川，濟乎中州。安迴徐邁，寂爾長浮。澹乎洋洋，縈抱山丘。詳觀其區土之所產毓，奧宇之所寶殖。珍怪琅玕，瑤瑾翕歘。叢集累積，奐衍於其側。

　　若乃春蘭被其東，沙棠殖其西，涓子宅其陽，玉醴涌其前。玄雲蔭其上，翔鸞集其巔。清露潤其膚，惠風流其閒。竦肅肅以靜謐，密微微其清閑。夫所以經營其左右者，固以自然神麗，而足思願愛樂矣。

　　於是遯世之士，榮期綺季之疇，乃相與登飛梁，越幽壑，援瓊枝，陟峻崿，以遊乎其下。周旋永望，邈若凌飛。邪睨崑崙，俯闞海湄。指蒼梧之迢遞，臨迴 [註71] 江之威夷。悟 [註72] 時俗之多累，仰箕山之餘輝。羨斯嶽之弘敞，心慷慨以忘歸。情舒放而遠覽，接軒轅之遺音。慕老童於騩隅，欽泰容之高吟。顧茲梧 [註73] 而興慮，思假物以託心。乃 [註74] 斲孫枝，准量所任。至人攄思，制爲雅琴。乃 [註75] 使離子督墨，匠石奮斤。夔襄薦法，般 [註76] 倕騁神。鎪會裛厠，朗密調均。華繪彫 [註77] 琢，布藻垂文。錯以犀象，籍 [註78] 以翠綠。絃以園客之絲，徽 [註79] 以鍾山之玉。

　　爰有龍鳳之象，古人之形。伯牙揮手，鍾期聽聲。華容灼爤 [註80]，發采揚明。何其麗也。伶倫比律，田連操張。進御君子，新聲慘 [註81]

〔註71〕「迴」，六臣注本作「迥」。
〔註72〕「悟」，《賦彙》作「寤」。
〔註73〕「梧」，《賦彙》作「桐」。
〔註74〕「乃」，《賦彙》作「迺」。
〔註75〕「乃」，《賦彙》作「迺」。
〔註76〕「般」，《賦彙》、《書鈔》並作「班」。
〔註77〕「彫」，《書鈔》作「雕」。
〔註78〕「籍」，《初學記》、《賦彙》、《類聚》、《書鈔》並作「藉」。
〔註79〕「徽」，《賦彙》作「徽」。
〔註80〕「爤」，《類聚》、《賦彙》、《初學記》、《書鈔》並作「爍」。
〔註81〕「慘」，《類聚》作「嘹」，《初學記》作「寥」。

亮。何其偉也。

　　及其初調，則角羽俱起，宮徵相證。參發並趣〔註82〕，上下累〔註83〕應。蹋踔磥硌，美聲將興。固以和昶，而足耽矣。

　　爾乃理正聲，奏妙曲。揚〈白雪〉〔註84〕，發〈清角〉。紛淋浪以流離，奐〔註85〕淫衍而〔註86〕優渥。粲奕奕而高逝，馳岌岌以相屬。沛騰遌而競趣，翕暉暉而繁縟。狀若崇山，又象流波。浩兮湯湯，鬱兮峩峩。怫愲煩冤，紆餘婆娑。陵縱播逸，霍濩紛葩。檢容授節，應變合度。競名擅業，安軌徐步。洋洋習習，聲烈遐布。含顯媚以送終，飄餘響乎〔註87〕泰素。

　　若乃高軒飛觀，廣夏〔註88〕閑房。冬夜肅清，朗月垂光。新衣翠粲，纓徽流芳。

　　於〔註89〕是器泠〔註90〕絃調，心閑手敏，觸搊如志，唯意所擬。初涉〈淥水〉〔註91〕，中奏〈清徵〉。雅昶〈唐堯〉，終詠〈微子〉。寬明弘潤，優遊躇跱〔註92〕。拊〔註93〕絃安歌，新聲代起。詞〔註94〕曰：

　　　　凌扶搖兮憩瀛洲。要列子兮為好仇。餐沆瀣兮帶朝霞，眇翩翩兮薄天遊。齊萬物兮超自得，委性命兮任去留。
　　　　激清響以赴會，何絃歌之綢繆。

〔註82〕　「趣」，《初學記》作「趨」。
〔註83〕　「累」，《書鈔》作「參」。
〔註84〕　「雪」，《書鈔》作「日」。
〔註85〕　「奐」，《初學記》、《書鈔》並作「渙」。
〔註86〕　「而」，《初學記》作「以」。
〔註87〕　「乎」，六臣注本、《賦彙》並作「於」。
〔註88〕　「夏」，六臣注本、《類聚》、《初學記》並作「廈」。
〔註89〕　「於」，《書鈔》作「于」。
〔註90〕　「泠」，原作「冷」，據六臣注本、《賦彙》改，《類聚》作「洽」。
〔註91〕　「淥」，《書鈔》作「綠」。
〔註92〕　「跱」，《書鈔》作「峙」。
〔註93〕　「拊」，《初學記》作「撫」。
〔註94〕　「詞」，《賦彙》作「歌」。

　　於是曲引向闌，衆音將歇。改韻易調，奇弄〔註95〕乃發。揚和顏，攘皓腕。飛纖指以馳騖，紛𠌯嘉以流漫。〔註96〕或徘徊顧慕，擁鬱抑按。盤桓毓養，從容祕翫〔註97〕。闟爾奮逸，風駭雲亂。牢落凌厲，布濩半散。豐融披離，斐韡奐爛。英聲發越，采采〔註98〕粲粲。

　　或間聲錯糅，狀若詭赴；雙美並進，駢馳翼驅。初若將乖，後卒同趣。或曲而不屈，或直〔註99〕而不倨。或相凌而不亂，或相離而不殊。時劫捋以慷慨，或怨懟而躊躇。忽飄颻以輕邁，乍留聯而扶疏〔註100〕。或參譚繁促，複疊攢仄。從橫駱驛，奔邅相逼。拊嗟累讚，閒不容息。瓌豔奇偉，殫不可識。

　　若乃閑舒都雅，洪纖有宜。清和條昶，案衍陸離。穆溫柔以怡懌，婉順序而委蛇〔註101〕。或乘險投會，邀隙〔註102〕趨〔註103〕危。譻〔註104〕若離鵾鳴清池，翼若游鴻翔曾〔註105〕崖。紛文斐尾，慊〔註106〕緲離纚。微風餘音，靡靡猗猗。或摟攦櫟捋，摽繚澵洌。輕行浮彈，明嬗暸慧。疾而不速，留而不滯。翩綿飄邈，微音迅逝。遠而聽之，若鸞鳳和鳴戲雲中；迫而察之〔註107〕，若衆葩敷榮曜春風。既豐贍以多姿，又善始而令終。嗟姣妙以弘麗，何變態之無窮！

　　若夫三春之初，麗服以時。乃〔註108〕攜友生，以遨以嬉。涉蘭

〔註95〕　「弄」，《初學記》作「音」。
〔註96〕　「𠌯」，《書鈔》作「捉」。
〔註97〕　「翫」，《類聚》作「玩」。
〔註98〕　「采采」，《初學記》作「彩彩」。
〔註99〕　「直」前原無「或」字，據六臣注本、《賦彙》補。
〔註100〕　「疏」，《賦彙》作「疎」。
〔註101〕　「委蛇」，《初學記》作「逶迤」。
〔註102〕　「隙」，《類聚》作「隟」。
〔註103〕　「趨」，《賦彙》、《初學記》並作「趣」。
〔註104〕　「譻」，《類聚》、《初學記》、《賦彙》並作「嚶」。
〔註105〕　「曾」，《類聚》、《初學記》並作「增」。
〔註106〕　「慊」，《賦彙》作「縑」。
〔註107〕　「之」，《初學記》作「也」。
〔註108〕　「乃」，《賦彙》作「迺」。

圃，登重基。背長林，翳華芝。臨清流，賦新詩。嘉魚龍之逸豫，樂百卉之榮滋。理重華之遺操，慨遠慕而長思。

若乃〔註109〕華堂曲宴，密友近賓。蘭肴〔註110〕兼御，旨酒清醇。進〈南荊〉，發〈西秦〉。紹〈陵陽〉，度〈巴人〉。變用雜而並起，竦眾聽而駭神。料殊功而比操，豈笙籥之能倫。

若次其曲引所宜，則〈廣陵〉、〈止息〉〔註111〕，〈東武〉、〈太山〉。〈飛龍〉、〈鹿鳴〉，〈鵾雞〉、〈遊絃〉〔註112〕。更唱迭奏，聲若自然。流楚窈窕，懲躁雪煩。下逮謠俗，蔡氏五曲，〈王昭〉、〈楚妃〉、〈千里〉、〈別鶴〉，猶有一切，承間簉乏，亦有可觀者焉。然非夫曠遠者，不能與之嬉遊；非夫淵靜者，不能與之閑〔註113〕止。非放達者，不能與之無□〔註114〕；非至精者，不能與之析理也。

若〔註115〕論其體勢，詳〔註116〕其風聲。器和故〔註117〕響逸，張急故聲清。閒〔註118〕遼故音庳〔註119〕，絃〔註120〕長故徽〔註121〕鳴。性絜靜以端理，含至德之和平。誠可以感盪心志而發洩幽〔註122〕情矣〔註123〕！是故懷戚〔註124〕者聞之，莫不憯懍〔註125〕慘悽，愀愴傷心，含哀懊咿，不能自禁；其康樂者聞之，則欨愉懽釋，抃舞踊溢，

〔註109〕 「乃」，《賦彙》作「迺」。
〔註110〕 「肴」，六臣注本作「希」。
〔註111〕 「止」，《初學記》作「上」。
〔註112〕 「遊」，《賦彙》、《初學記》並作「游」。
〔註113〕 「閑」，《賦彙》作「閒」。
〔註114〕 「羕」，《賦彙》作「吝」。
〔註115〕 「若」，《類聚》無此字。
〔註116〕 「詳」，《書鈔》作「觀」。
〔註117〕 「故」，《初學記》作「則」。
〔註118〕 「閒」，《類聚》作「間」。
〔註119〕 「庳」，六臣注本、《賦彙》、《書鈔》並作「痺」，《類聚》作「埤」。
〔註120〕 「絃」，《類聚》作「弦」。
〔註121〕 「徽」，《賦彙》作「徵」。
〔註122〕 「幽」，《書鈔》作「機」。
〔註123〕 「矣」，《初學記》作「云」。
〔註124〕 「戚」，《書鈔》作「感」。
〔註125〕 「憯」，《書鈔》作「慄」。

留連瀾漫，嘔噦終日；若和平者聽之，則怡養悅念，淑穆玄眞，恬虛
樂古，棄事遺身。是以伯夷以之廉，顏回以之仁。比干以之忠，尾生
以之信。惠施以之辯給，萬石以之訥愼。其餘觸類而長，所致非一。
同歸殊塗，或文或質。摠中和以統物，咸日用而不失。其感人動物，
蓋亦弘矣！

　　于〔註126〕時也，金石寢聲，匏〔註127〕竹〔註128〕屏氣。王豹輟
謳，狄牙喪味。天吳踊躍於重淵，王喬披雲而下墜。舞鸞鷟於庭階，
游女飄焉而來萃。感天地以致和，況蚑行之眾類。嘉斯器之懿茂，詠
茲文以自慰。永服御而不厭，信古今之所貴。

　　亂曰：愔愔琴德，不可測兮。體清心遠，邈難極兮。良質美手，
遇今世兮。紛綸翕響，冠眾藝兮。識音者希，孰〔註129〕能珍兮。能
盡雅琴，唯至人兮。

〈琴賦〉〔註130〕　　〔吳〕閔鴻〔註131〕（？～？年）

　　乃從容以旁眺，觀洪格於朝陽。〔註132〕上森蕭以崇立，下婆娑
而四張。〔註133〕

　　嗟雅弄之淳妙，特〔註134〕緜邈以超倫。

　　南〈鹿鳴〉，〈張女〉羣彈。〔註135〕

〈琴賦〉並序〔註136〕　　〔晉〕傅玄（西元217～278年）

〔註126〕「于」，《賦彙》作「於」。
〔註127〕「匏」，《書鈔》作「瓠」。
〔註128〕「竹」，《書鈔》作「土」。
〔註129〕「孰」，《書鈔》作「誰」。
〔註130〕此賦僅存殘句，見《北堂書鈔》卷一百零九（頁535～537）、《文選》
　　　　卷十八李善注（頁266）。
〔註131〕「閔鴻」，《文選》作「閔洪」，《書鈔》作「關鴻」。
〔註132〕此句《北堂書鈔》作「觀美才於山陽」。
〔註133〕此四句與下「嗟雅弄」兩句，見《北堂書鈔》卷一百零九。
〔註134〕「特」，《書鈔》作「時」。
〔註135〕見《文選》卷十八潘安仁〈笙賦〉李善注。
〔註136〕此賦僅存殘句，以《北堂書鈔》卷一百零九所載爲底本（頁535）、
　　　　《文選》李善注（頁264）、《初學記》卷十六（頁385）所收參校。

神農氏造琴，所以協和天下人性，爲至和之主。

齊桓公有鳴琴曰「號鍾」，楚莊有鳴琴曰「繞梁」，司馬相如「綠綺」，蔡邕「焦尾」，皆名器也。〔註137〕

馬融覃思於〈止息〉。〔註138〕

播之以八風，文之以五聲。〔註139〕

〈琴賦〉〔註140〕　〔晉〕成公綏（西元231～273年）

伯牙彈而駟馬仰秣〔註141〕，子野揮而玄鶴翔〔註142〕鳴。〈清角〉發而陽氣亢，〈白雪〉奏而風雨零。

清飆因其流聲兮，游絃發其逸響。心怡懌而踴躍兮，神感宕而惚悅。

四氣協而人神穆兮，五教泰而道化通。〔註143〕

窮變化於無極兮，盡人心之好善。〔註144〕

遂創新聲，改舊用。君山獻曲，伯牙奏弄。〔註145〕

〈琴賦〉〔註146〕　〔陳〕陸瑜（？～？年）

龍門奇樹，上籠雲霧。〔註147〕根帶千仞之溪，葉泫三危之露。

〔註137〕　見《文選》卷三十張孟陽〈擬四愁詩〉李善注（頁445），「司」字上有「中世」二字。《初學記》注引有「號鍾，齊桓公琴。綠綺，司馬相如琴。燋尾，蔡邕琴」（頁385）。

〔註138〕　見《文選》卷十八嵇叔夜〈琴賦〉李善注，頁264。

〔註139〕　見《北堂書鈔》卷一百零九，頁102。

〔註140〕　此賦僅存殘句，以《初學記》卷十六所載爲底本（頁387），以《藝文類聚》卷四十四（頁784）、《文選》李善注（頁242）、《歷代賦彙》補遺卷十二（頁221）所收參校。

〔註141〕　「秣」，《文選》卷十六江文通〈別賦〉李善注無。

〔註142〕　《類聚》無「翔」字，《文選》無「翔」字，《賦彙》有「翔」字。

〔註143〕　見《初學記》卷十六，頁387。

〔註144〕　見《初學記》卷十六，頁387～388。

〔註145〕　見《初學記》卷十六，頁388。

〔註146〕　此賦爲殘篇，以《初學記》卷十六所載爲底本（頁389），以《歷代賦彙》逸句卷一所收參校。

〔註147〕　「琦」，《賦彙》作「奇」。

〔註148〕忽紛糅而交下，終摧殘而莫顧。逢蔡子之見矜，識奇響於餘煙。飛青雀兮歌綺殿，引黃鶴兮慘離筵。吟高松兮落春葉，斷輕絲兮改夏絃。歡曲舉而情踊躍，引調奏而涕流漣。亦有辭鄉去國，對此悲年。

二、先唐箏賦輯校（共八篇）

〈箏賦〉〔註149〕　　〔後漢〕侯瑾（約西元190前後）

　　物順合於律呂，音叶〔註150〕於宮商。朱弦微而慷慨兮，哀氣切而懷傷。

　　於是急絃促柱，變調〔註151〕改曲。卑殺纖妙，微聲繁縟。散清商而流轉兮〔註152〕，若將絕而復續〔註153〕。紛曠蕩以繁奏，邈遺世而越俗。

　　若乃察其風采，練其聲音。美〈武〉〔註154〕、〈蕩〉乎，樂而不淫。雖懷思而不怨，似〈關風〉之遺音。

　　於是雅曲既闋，鄭、衛仍脩。新聲順變，妙弄優遊。微風漂裔〔註155〕，冷氣輕浮。感悲音而增歎，愴嚬〔註156〕悴而懷愁。若乃上感天地，下動鬼神。享祀祖宗，酬酢嘉賓。移風易俗，混同人倫，莫有尚於箏者矣。

〔註148〕「溪」，《賦彙》作「谿」。
〔註149〕此賦為殘篇，「物順」四句錄自《初學記》卷十六（頁390），「於是」以下錄自《藝文類聚》卷四十四（頁785），以《藝文類聚》卷四十四所載為底本，以《文選》李善注、《初學記》卷十六所收參校。
〔註150〕《初學記》「叶」下有「同」字。
〔註151〕「調」，《文選》卷三十謝靈運〈擬魏太子鄴中集詩八首〉李善注引作「詞」（頁445）。
〔註152〕「散」、「而」，《初學記》無。
〔註153〕「續」，《初學記》作「屬」。
〔註154〕「武」，《初學記》作「哉」。
〔註155〕「漂裔」，《初學記》作「飄裳」，《文選》卷五十五劉孝標〈廣絕交論〉李善注作「影擎」（頁773）。
〔註156〕「嚬」，《初學記》作「顇」。

〈箏賦〉〔註157〕　〔魏〕阮瑀（約西元165～212年）

惟夫箏之奇妙，極五音之幽微。苞群聲以作主，冠眾樂而為師。稟清和於律呂，籠絲木以成資。身長六尺，應律數也〔註158〕。故能清者感天，濁者合地。五聲並用，動靜簡易。大興小附，重發輕隨。折而復扶，循覆逆開。浮沉抑揚，升降綺靡，殊聲妙巧，不識其為。平調足〔註159〕均，不疾不徐，遲速合度，君子之行〔註160〕也；慷慨磊落，卓礫盤紆，壯士之節也。曲高和寡，妙妓難工。伯牙能琴，於茲為矇。瞯懌翁純，庶配其蹤。延年新聲，豈此能同。陳惠李文，曷能是逢。

　　絃十二，四時備也。柱三寸，三才具也。

〈箏賦〉並序〔註161〕　〔晉〕傅玄（西元217～278年）

　　箏，秦聲也〔註162〕。代〔註163〕以為蒙恬所造。今觀其器，上崇〔註164〕似天，下平〔註165〕似地〔註166〕。中空准〔註167〕六合，絃柱擬十二月。設之則四象在〔註168〕，鼓之則五音發。體合法度，節究

〔註157〕此賦為殘篇，首段錄自《藝文類聚》卷四十四（頁785～786），次段錄自《北堂書鈔》卷一百一十（頁539），以《初學記》卷十六（頁390）所收參校。

〔註158〕此二句《初學記》作「箏長六尺，以應律數。絃有十二，象四時；柱高三寸，象三才」。

〔註159〕「足」，《初學記》作「定」。

〔註160〕「行」，《初學記》作「衢」。

〔註161〕序文以《十通》本《通典》卷一百四十四（頁3678）所載為底本，以《北堂書鈔》卷一百一十（頁539）、《初學記》卷十六（頁390）、《太平御覽》卷五百七十六（頁2732）、《宋書・樂書一》（頁556）所收參校。第二、三、四段輯自《初學記》卷十六。

〔註162〕原無「箏，秦聲也」四字，據《書鈔》補。

〔註163〕「代」，《宋書》作「世」。

〔註164〕「崇」，《書鈔》作「隆」。

〔註165〕「平」，《御覽》作「圓」。

〔註166〕「上崇似天，下平似地」，《初學記》、《書鈔》作「上圓象天，下平象地」。

〔註167〕「准」，《初學記》作「準」。

〔註168〕「在」，《書鈔》作「存」。

哀樂〔註169〕。斯乃仁智之器，豈蒙恬亡國之臣所能關思〔註170〕運巧〔註171〕哉？〔註172〕

　　追赴促彈，急擊扣危。洪纖雜奮〔註173〕，或合或離。

　　陰沉陽升，柔屈剛興。玄黃之分，推故引新。迭爲主賓，四時之陳。

　　清濁代興，有始有終。哀起清羽，樂混大宮。

〈箏賦〉〔註174〕　　〔晉〕賈彬（？～？年）

　　溫顏既授〔註175〕，和志向悅〔註176〕。賓主交歡，聲〔註177〕鐸品列。鍾子授箏，伯牙同〔註178〕節。唱葛天之高韻，讚〈幽蘭〉與〈白雪〉。其始奏也，蹇〔註179〕澄疏雅，若將暢而未越；其漸成也，抑按鏗鏘，猶沉鬱之舒徹。何以盡美，請徵其喻。剖狀同形，兩象著也。設弦〔註180〕十二，太蔟數也。列柱參差，招搖布也。分位允諧，六龍御也。

〈箏賦〉〔註181〕　　〔晉〕顧愷之〔註182〕（約西元345～406年）

〔註169〕原無本句，據《宋書》補。
〔註170〕「關思」，《初學記》、《御覽》作「開思」。
〔註171〕「運巧」原無，據《初學記》補。
〔註172〕此句下，《書鈔》有「或以爲蒙恬所造非也」。
〔註173〕「奮」，《歷代賦彙》逸句卷一作「逐」。
〔註174〕此賦爲殘篇，以《藝文類聚》卷四十四（頁786）所載爲底本，以《初學記》卷十六（頁391）、《歷代賦彙》卷九十四（頁289）所收參校。
〔註175〕「授」，《初學記》、《賦彙》並作「緩」。
〔註176〕「悅」，《初學記》作「説」。
〔註177〕「聲」，《初學記》、《賦彙》並作「鼓」。
〔註178〕「同」，《初學記》、《賦彙》並作「擊」
〔註179〕「蹇」，《賦彙》作「寒」。
〔註180〕「弦」，《初學記》、《賦彙》並作「絃」。
〔註181〕此賦爲殘篇，以《藝文類聚》卷四十四（頁786）所載爲底本，以《初學記》卷十六（頁391）、《歷代賦彙》逸句卷一（頁222）所收參校。
〔註182〕「顧愷之」，《賦彙》作「顧凱之」。

其器也，則端方修〔註183〕直，天隆〔註184〕地平。華文素質，爛蔚波成。君子嘉其斌麗，知音偉其含清〔註185〕。罄虛中以揚德，正律度而儀形。良工加妙，輕縟璘彬。玄漆緘響，慶雲被身。

〈箏賦〉〔註186〕　〔晉〕陳窈〔註187〕（陶融妻，？～？年）

伊夫箏之爲體，惟高亮而殊特。應六律之修〔註188〕和，與七始乎消息。括八音之精要，超眾器之表式〔註189〕。后夔創製，子野考成。列柱成陳〔註190〕，既和且平。度中楷模，不縮不盈。總八風而熙泰，羌貫微而洞靈〔註191〕。牙氏攘袂而奮手，鍾期傾耳以靜聽。奏〈清角〉之要妙，詠〈騶虞〉以〔註192〕〈鹿鳴〉。獸連軒而率舞，鳳跟蹌而集庭。汎濫浮沉，逸響發揮。翕然若絕，皎〔註193〕如復迴。爾乃祕〔註194〕艷曲，卓礫殊異，周旋去留，千變萬態。

〈箏賦〉〔註195〕　〔梁〕蕭綱〔註196〕（西元503～551年）

江南之竹，弄玉有鳴鳳之簫焉。洞陰之石，范女有遊仙之磬焉。若夫排雲入漢之美，含商觸徵之奇。罷雍祠之麗響，絕漢殿之容儀。

〔註183〕 「修」，《初學記》作「脩」。
〔註184〕 「隆」，《初學記》作「高」。
〔註185〕 「清」，《初學記》作「情」。
〔註186〕 此賦爲殘篇，以《藝文類聚》卷四十四（頁786）所載爲底本，以《初學記》卷十六（頁391）、《歷代賦彙》卷九十四（頁289～290）所收參校。
〔註187〕 「陳窈」，《初學記》作「陳氏」。
〔註188〕 「修」，《初學記》作「攸」。
〔註189〕 「式」，《初學記》作「則」。
〔註190〕 「陳」，《初學記》、《賦彙》作「陣」。
〔註191〕 「度中楷模……羌貫微而洞靈」，《類聚》、《賦彙》無，據《初學記》補。
〔註192〕 「以」，《初學記》作「與」。
〔註193〕 「皎」，《賦彙》作「皦」。
〔註194〕 「祕」，《賦彙》作「秘」。
〔註195〕 此賦保存完整，以《文苑英華》卷七十一（頁319～320）所載爲底本，以《歷代賦彙》卷九十四（頁290～294）、《藝文類聚》卷四十四（頁786～787）、《初學記》卷十六（頁391）所收參校。
〔註196〕 「蕭綱」，《歷代賦彙》、《藝文類聚》並作「梁簡文帝」。

別有泗濱之梓，聳幹〔註197〕孤峙。負陰拂日，停雪棲霜。歆崟岸崿，玄嶺相望。寄丹崖而茂采，依青壁而懷芳。奔電碣突而彌固，嚴風猗〔註198〕拔而無傷。途畏峯澀〔註199〕，人羣罕至。乃命夔班斵而成器。隆殺得宜，修短合思。矩制端平，雕鏤綺媚〔註200〕。

　　既而春桑已舒，暄風唵曖。丹黃成葉，翠陰如黛。佳人採掇，動容生態。值使君而有辭，逢秋胡而不對。里閭既返〔註201〕，伏食蠶飢。五色之繆雖亂，八熟之緒方治。異東垂之野繭，非山經之漚絲。於是制絃擬月，設柱方時。

　　若夫鏗鏘奏曲，溫潤初鳴。或徘徊而蘊藉，或慷慨而逢迎。若將連而類絕，乍欲緩而頻驚。陸離抑按，磊落縱橫。奇調間發，美態孤生。若將往而自迓〔註202〕，似欲息而復征。聲習習而流韻，時怦怦而不鈜。如浮波之遠驚，若麗樹之爭榮。譬雲龍之無蔕，如笙鳳之有情。學離鵙之弄響，擬翔鴛之妙聲。朱絃在手，擊重還輕。爾其曲也，雅俗兼施。諧雲門與四變，雜六列與〈咸池〉。王讚既工，阮賦亦奇。曹后聽之而懽〔註203〕譆，謝相聞之而涕垂。

　　至若登山望別之心，臨流送歸之目。隴葉夜黃，關雲曉伏。覘獨鴈之寒飛，望交河之水縮。聽鳴箏之弄響，聞茲絃〔註204〕之一彈。足使遊客〔註205〕戀國，壯士衝冠。

　　若夫楚王怡蕩，楊生娛志。小國寡民，督郵無事。乃有燕餘麗妾，方桃譬李。本住南城，經移〔註206〕東里。納千金之重聘，擅專房之

〔註197〕　「幹」，《賦彙》作「榦」。
〔註198〕　「猗」，《賦彙》作「掎」。
〔註199〕　「澀」，《賦彙》作「澀」。
〔註200〕　「媚」，《賦彙》作「嫵」。
〔註201〕　「返」，《賦彙》作「迓」。
〔註202〕　「迓」，《賦彙》作「返」。
〔註203〕　「懽」，《賦彙》作「歡」。
〔註204〕　「茲絃」，《類聚》作「茲弘」。
〔註205〕　「遊客」，《類聚》作「客遊」。
〔註206〕　「移」，《類聚》作「居」。

宴私。方美珥而不滅，擬甘橘而無嘩。聞削成於斜領，照玉緻於鉛脂。度玲瓏之曲閣，出翡翠之香帷。腕凝紗薄，珮重行遲。

爾乃促筵命妓〔註207〕，銜觴置酒。耳熱眼花之娛，千金萬年之壽。白日蹉跎，時淹樂久。玩〔註208〕飛花之度窻〔註209〕，看春風之入〔註210〕柳。命麗人於玉席，陳寶器於紈羅。撫鳴箏而動曲，譬輕薄之經過。黛眉〔註211〕如掃〔註212〕，嚜睇成波。情長響怨，意滿聲多。奏相思而不見，吟夜月而怨歌。笑素彈之未工，疑秦宮之詎和。

若夫〈釣竿〉〔註213〕復發，蛺蝶初揮。動玉匣之餘怨，鳴陽鳥〔註214〕之始飛。逐東趨〔註215〕於鄭女，和西舞於荊妃。足使長廊之瓦虛墜，梁上之塵染衣。鱏魚遊而不沒，白鶴至而忘歸。於是乎餘音未盡，新弄縈纏。參差容與，顧慕流連。落橫釵於袖下，斂〔註216〕垂衫於膝前。乍含猜而移柱，或斜倚而續絃。照瓊環而俯捻，度玉爪而徐牽。見微哂之有趣，看巧笑之多妍。抗長吟之靡曼，雜新歌之可憐。

歌曰：年年花色好，足侍愛君傍。影入著衣鏡，裙含辟惡香。鴛鴦七十二，亂舞未成行。故迺宋偉綠珠之好聲，文君慎女之清角。上掩面而不前，言韜輝而恥〔註217〕學。實獨立之麗人，乃入神之佳樂。

〔註207〕 「妓」，《初學記》作「友」。
〔註208〕 「玩」，《賦彙》、《初學記》並作「翫」。
〔註209〕 「窻」，《類聚》、《初學記》並作「窗」，《賦彙》作「窓」。
〔註210〕 「入」，《初學記》作「動」。
〔註211〕 「眉」，《賦彙》作「眷」。
〔註212〕 「掃」，《賦彙》作「埽」。
〔註213〕 「釣」，《類聚》作「鈞」，《初學記》作「鉤」。
〔註214〕 「鳥」，《類聚》、《賦彙》、《初學記》並作「烏」。
〔註215〕 「趨」，《類聚》作「趍」。
〔註216〕 「斂」，《賦彙》作「歛」。
〔註217〕 「恥」，《賦彙》作「恥」。

〈箏賦〉〔註218〕　　〔陳〕顧野王（西元519～581年）

　　調宮商於促柱，轉妙音於繁絃。既留心於〈別鶴〉，亦含情於〈採蓮〉。始掩抑於紈扇，時怡暢於升天。

三、先唐琵琶賦輯校（共四篇）

〈琵琶賦〉〔註219〕　　〔晉〕孫該〔註220〕（西元？～261年）

　　惟嘉〔註221〕桐之奇生，于〔註222〕丹澤之北垠。下脩〔註223〕條而迴迴〔註224〕，上紘紛〔註225〕而干雲。開黃鍾〔註226〕以挺幹，表素質於倉〔註227〕春。然後託乎公班，妙意橫施。四分六合，廣袤應規。迴風臨樂，刻飾流離。弦則岱谷㮌絲，篚貢天府。伯奇執軻，杞妻抽緒。大不過宮，細不過羽。清朗緊勁，絕而不茹。伶人鼓焉，景響豐硠。操暢駱〔註228〕繹，遊乎〔註229〕風揚〔註230〕。抑案捻□〔註231〕，挋搦摧藏〔註232〕。

　　爾乃叩少宮，騁〈明光〉。發下柱，展上按〔註233〕。儀蔡氏之繁

〔註218〕　此賦爲殘篇，以《初學記》卷十六（頁390）所載爲底本，以《歷代賦彙・補遺》卷十二（頁221）所收參校。

〔註219〕　此賦爲殘篇，以《藝文類聚》卷四十四（頁789）所載爲底本，以《初學記》卷十六（頁392）、《北堂書鈔》卷一百一十（頁540）、《文選》李善注、《歷代賦彙》卷九十四（頁298）所收參校。

〔註220〕　「孫該」，《類聚》原作「孫諺」，據《初學記》、《賦彙》改。

〔註221〕　「嘉」，《初學記》作「素」。

〔註222〕　「于」，《賦彙》作「於」。

〔註223〕　「脩」，《賦彙》作「修」。

〔註224〕　「迴迴」，《初學記》作「迴固」，《賦彙》作「迴迴」。

〔註225〕　「紘紛」，《初學記》作「紛紘」，《賦彙》作「糾紛」。

〔註226〕　「黃鍾」原作「鍾黃」，據《初學記》、《賦彙》改。

〔註227〕　「倉」，《初學記》、《賦彙》並作「蒼」。

〔註228〕　「駱」，《賦彙》作「絡」。

〔註229〕　「乎」，《賦彙》作「手」。

〔註230〕　「揚」，《賦彙》、《書鈔》作「颺」。

〔註231〕　「抑案捻扡」，《賦彙》、《書鈔》並作「抑揚按捻」。

〔註232〕　「挋搦摧藏」，《書鈔》作「催搦推藏」。

〔註233〕　「按」，《賦彙》、《書鈔》並作「腔」。

絃，放莊公之倍簧。於是酒酣日晚，故爲秦聲。壯諒抗愾〔註 234〕，
土風所生。延年度曲，六彈俱成。絀邪在正〔註 235〕，疏〔註 236〕密有
程。離而不散，滿而不盈。沉而不重，浮而不輕。縣駒遺嘔〔註 237〕，
岱宗〈梁父〉〔註 238〕。〈淮南〉〈廣陵〉，郢都〔註 239〕〈激楚〉。每
至〔註 240〕曲終歌闋，亂以眾契。王〔註 241〕上下奔驚，鹿奮〔註 242〕
猛厲。波騰雨注，飄〔註 243〕飛〔註 244〕電逝。

舒疾無力。〔註 245〕

緩調平弦，原本反始。溫雅沖泰，弘暢通理。〔註 246〕

絃法四時，修柄短直，洪然適宜。〔註 247〕

〈琵琶賦〉並序〔註 248〕　〔晉〕傅玄（西元 217～278 年）

《世本》不載作者。〔註 249〕聞之故老云，漢遺〔註 250〕烏孫公主

〔註 234〕 「抗愾」，《賦彙》作「慷慨」。
〔註 235〕 「在正」，《初學記》、《賦彙》並作「存正」。
〔註 236〕 「疏」，《初學記》作「疎」。
〔註 237〕 「嘔」，《初學記》作「謳」。
〔註 238〕 「父」，《初學記》作「甫」。
〔註 239〕 「郢都」，《初學記》作「郢中」。
〔註 240〕 《初學記》無「每至」二字。
〔註 241〕 《初學記》、《賦彙》無「王」字。
〔註 242〕 「奮」，《初學記》作「奔」。
〔註 243〕 「飄」，《賦彙》作「飛」，《初學記》作「颮」。
〔註 244〕 「飛」，《文選》卷二十四嵇叔夜〈贈秀才入軍五首〉李善注（頁 349）
　　　　　及《文選》卷三十四曹子建〈七啟〉李善注（頁 495）並作「風」。
〔註 245〕 見《文選》卷二十四嵇叔夜〈贈秀才入軍五首〉李善注（頁 349）
　　　　　及《文選》卷三十四曹子建〈七啟〉李善注（頁 495），皆作「飄風
　　　　　電逝，舒疾無力」。
〔註 246〕 見《初學記》卷十六。
〔註 247〕 見孔廣陶校註版《書鈔》卷一百一十（頁 107）。
〔註 248〕 此賦爲殘篇，以《太平御覽》卷五百八十三（頁 2758）所載爲底本，
　　　　　以《初學記》卷十六（頁 391）、《通典》卷一百四十四（頁 369）、
　　　　　孔廣校註本《北堂書鈔》卷一百一十（頁 107）、《歷代賦彙》卷九
　　　　　十四（頁 297）所收參校。
〔註 249〕 本段輯自《御覽》卷五百八十三。原無「《世本》不載作者」六字，
　　　　　據《初學記》補。

嫁昆彌〔註251〕，念其行道思慕，故使工人知音者〔註252〕，裁〔註253〕琴、箏、筑、箜篌之形〔註254〕，作馬上之樂。今〔註255〕觀其器，中虛外實，天地象也〔註256〕；盤圓柄直，陰陽序〔註257〕也；柱有十二，配律呂也〔註258〕；四絃，法四時也。以方語目之，故枇杷也〔註259〕，取易傳於外國也。杜摯以爲琵琶興于秦末年〔註260〕，蓋苦長城之役，百姓弦鼗而皷之。二者各有所據，以意斷之，烏孫近焉。

　　合荊山之文梓，規靈象而定婆。〔註261〕

　　挺修柄以佈柱，轉四時而發機。〔註262〕

　　素手紛其若飄兮，逸響薄於高梁。弱腕忽以競騁兮，象驚電之絕光。飛纖指以促柱兮，創〔註263〕發越以哀傷。時旃搦以劫搴兮，聲撆〔註264〕耀以激揚。啓飛龍之祕引，逞奇妙於清商。哀聲內結，沉氣外澈。舒誕沉浮，徊翔曲折。〔註265〕

　　然後眾弄雜會，六引遞奏，纖絃振舞，迅手繁驚。〔註266〕

　　吹西笛兮冗東歌。〔註267〕

〔註250〕　「遣」，《初學記》卷十六作「送」。「遣」字下原有「焉」字，據《初學記》卷十六、《通典》刪。

〔註251〕　原無「嫁昆彌」三字，據《通典》補。

〔註252〕　原無「故」、「人」二字，據《通典》補。

〔註253〕　「裁」原作「戰」，據《通典》改。「裁」，《賦彙》作「載」。

〔註254〕　「形」原作「屬」，據孔廣陶校註本《書鈔》改。

〔註255〕　原無「今」字，據《通典》補。

〔註256〕　原無「中虛外實，天地象也」八字，據《通典》補。

〔註257〕　「序」，《初學記》卷十六、《通典》作「敘」。

〔註258〕　原無「柱有十二，配律呂也」八字，據《通典》補。

〔註259〕　「故枇杷也」，《賦彙》作「故云琵琶」。

〔註260〕　「琵琶興于秦末年」原作「興秦之末」，據孔廣陶校註本《書鈔》改。「興秦之末」，《賦彙》作「嬴秦之末」。

〔註261〕　見孔廣陶校註本《書鈔》卷一百一十。

〔註262〕　見孔廣陶校註本《書鈔》卷一百一十。「挺」，《賦彙》逸句卷一作「控」。

〔註263〕　「創」，孔廣陶校註本《書鈔》作「養」。

〔註264〕　「撆」，《賦彙》作「皦」。

〔註265〕　見《初學記》卷十六。

〔註266〕　見《初學記》卷十六。

〈琵琶賦〉〔註268〕　〔晉〕成公綏（西元231～273年）

八音之用，誦於典藝〔註269〕。〈簫韶〉九奏，物有容制。惟此琵琶，興自末世〔註270〕爾乃託巧班倕〔註271〕，妙意橫施因形造美，洪殺得宜。柄如翠虯之仰首，盤似靈龜之觜舊〔註272〕。臨〔註273〕樂則齊州之丹木〔註274〕，柱〔註275〕則梁山之象犀。搉以玳瑁，格以瑤枝。若夫盤圓合靈，太極形也；三才〔註276〕片〔註277〕合，兩儀生也；分柱列位，歲數成也；回窗華表，日月星也。

改調高彈，急節促搊。飛龍引舞，趙女駢羅。進如驚鶴，轉似回波。〔註278〕

好和者唱讚，善聽者咨嗟。眩睛駭耳，失節蹉跎。〔註279〕

掇止金石，屏斥笙篁。彈琵琶於私宴，授西施與毛嬙。撰理〈參〉、〈暢〉、〈五齊〉、〈五章〉。〔註280〕

〈琵琶賦〉〔註281〕　梁、蕭繹（西元508～554年）

〔註267〕見《書鈔》卷一百一十六。
〔註268〕此賦爲殘篇，以《藝文類聚》卷四十四（頁789）所載爲底本，以《初學記》卷十五（頁381）及十六（頁392）、《歷代賦彙》卷九十四（頁229～230）所收參校。
〔註269〕「誦於典藝」，《初學記》卷十六作「調於曲藝」。
〔註270〕「世」，《初學記》卷十六作「裔」。
〔註271〕「倕」原作「爾」，《初學記》卷十六改。「倕」，《賦彙》作「殷」。
〔註272〕「舊」，《初學記》卷十六、《賦彙》作「觶」。
〔註273〕《初學記》卷十六無「臨」字。
〔註274〕「木」，《初學記》卷十六作「桂」。
〔註275〕《賦彙》「柱」字前有「拊」字。
〔註276〕「才」，原作「材」，據《賦彙》作「才」。
〔註277〕「片」，《賦彙》作「判」。
〔註278〕見《初學記》卷十六。「引」，《初學記》卷十五作「列」。「近如驚鶴，轉似回波」八字，據《初學記》卷十五補。
〔註279〕見《初學記》卷十六。
〔註280〕見《初學記》卷十六。
〔註281〕此賦已佚，見《南史‧蕭範傳》卷五十二（頁1296）「範嗟人往物存，攬筆爲詠，以示湘東王，王吟咏其辭，作〈琵琶賦〉和之」。

四、先唐箜篌賦輯校（共四篇）

〈箜篌賦〉〔註282〕　　〔晉〕曹毗（？～？年）

嶧陽之桐，殖〔註283〕穎巖〔註284〕摽〔註285〕。清泉潤根，女蘿
被條。

爾乃楚班制器，窮妙極巧。龍身鳳形〔註286〕，連翩窈窕〔註287〕。
纕以金采〔註257〕，絡以翠藻。其弦則烏號之絲，用應所任，體勁質
朗，虛置自吟。

於是召倡人，命妙姿。御新肴，酌金罍。發愁吟，引吳妃。湖上
颯沓以平雅，前〔註289〕溪藏摧而懷歸。東郭念於遠人，參潭愁於永
違〔註290〕。

〈箜篌賦〉並序〔註291〕　　〔晉〕揚方（西元？～325年）

羽儀采綠承先軏，黻裳起於造衣。箜篌祖琴，琴考筑箏。作茲器
於漢代，猶擬《易》之玄經。

〈箜篌賦〉〔註292〕　　〔晉〕孫瓊（？～？年，鈕滔之母）

考〔註293〕茲器之所起，實侯氏之所營。遠不假於琴瑟，顧無取

〔註282〕　此賦爲殘篇，以《藝文類聚》卷四十四（頁788）所載爲底本，以
　　　　　《初學記》卷十六（頁394）、《歷代賦彙》卷九十四（頁294）所
　　　　　收參校。
〔註283〕　「殖」，《初學記》作「植」。
〔註284〕　「巖」，《初學記》作「嵓」。
〔註285〕　「摽」，《賦彙》作「標」。
〔註286〕　「形」，《初學記》作「頸」。
〔註287〕　「窈窕」，《初學記》作「杳窈」。
〔註257〕　「采」，《初學記》作「彩」。
〔註289〕　「前」，《初學記》作「錢」。
〔註290〕　「東郭念於遠人，參潭愁於永違」，據《初學記》補。
〔註291〕　此賦爲殘篇，見《初學記》卷十六（頁394）。
〔註292〕　此賦爲殘篇，以《藝文類聚》卷四十四（頁787～788）所載爲底本，
　　　　　以《初學記》卷十六（頁394）、《歷代賦彙》卷九十四（頁294～
　　　　　295）所收參校。
〔註293〕　「考」，《初學記》作「伊」。

乎竽笙。

　　爾乃陟九峻之增〔註294〕嚴〔註295〕，晞承溫之朝日。剖嶧陽之孤
桐，代〔註296〕楚宮之椅漆。徵班輸之〔註297〕造器，命伶倫而調律。
浮音穆以遐暢，沉響幽而若絕。樂操則寒條反〔註298〕榮，哀曼則晨
華朝滅。邈漸離之〈清角〉，超〔註299〕子野之〈白雪〉。然〔註300〕思
超梁甫，願登華岳。路嶮〔註301〕悲秦，道難怨蜀。遺逸悼行邁之離，
秋風哀年時之速。陵〔註302〕危柱以頡頏，憑哀絃以躑躅。於是數轉
難測，聲變無方。或冉弱〔註303〕以飄〔註304〕沉，或頓壯〔註305〕以抑
揚。或散角以放羽，或攄徵以騁商。

　　后夔正樂，唱引參列。宋女揮絲，秦娥撫節。〔註306〕

〈箜篌賦〉〔註307〕　　〔宋〕劉義慶（西元403～444年）

　　侯牽化而始造，魯幸奇而後珍。名啓端於雅引，器荷重於吳君。
等齊歌以無譽，似秦箏而非羣〔註308〕。

〔註294〕　「增」，《初學記》、《賦彙》並作「層」。
〔註295〕　「嚴」，《初學記》作「嵒」。
〔註296〕　「代」，《初學記》、《賦彙》並作「伐」。
〔註297〕　「之」，《初學記》作「以」。
〔註298〕　「反」，《初學記》作「早」。
〔註299〕　「超」，《賦彙》作「越」。
〔註300〕　「然」，《初學記》、《賦彙》無此字。
〔註301〕　「嶮」，《初學記》、《賦彙》作「險」。
〔註302〕　「陵」，《初學記》作「凌」。
〔註303〕　「冉弱」，《初學記》作「拂搦」。
〔註304〕　「飄」，《賦彙》作「飅」。
〔註305〕　「壯」，《初學記》、《賦彙》並作「挫」。
〔註306〕　「后夔正樂……秦娥撫節」四句原無，據《初學記》補。
〔註307〕　此賦爲殘篇，以《藝文類聚》卷四十四（頁788）所載爲底本，以
　　　　　《初學記》卷十六（頁394）所收參校。
〔註308〕　「羣」，《初學記》作「群」。

五、先唐洞簫賦輯校（共一篇）

〈洞簫賦〉〔註309〕　　〔漢〕王襃（西元前？～前61年）

　　原夫簫幹之所生兮，于〔註310〕江南之丘墟。洞條暢而罕節兮，標〔註311〕敷紛以扶踈〔註312〕。徒觀其旁〔註313〕山側〔註314〕兮，則嶇嶔巋〔註315〕崎，倚巇迤㠍〔註316〕，誠可悲乎其不安也。彌望儻莽，聯〔註317〕延曠盪〔註318〕，又足樂乎其敞閑也。託身軀於后〔註319〕土兮，經萬載〔註320〕而不遷。吸至精之滋熙兮，稟蒼色之潤堅。感陰陽之變化兮，附性命乎皇天。翔風〔註321〕蕭蕭而逕〔註322〕其末兮，迴江流川〔註323〕而漑其山。揚素波而揮連珠兮，聲礚礚而澍淵。朝露清泠而隕其側兮，玉液浸潤而承其根。孤雌寡鶴〔註324〕，娛優乎其下兮。春禽群嬉，翶〔註325〕翔乎其顛〔註326〕。秋蜩不食，抱樸而長吟兮。玄猨悲嘯，搜索乎其間。處幽隱而奧屏兮，密漠泊以獥〔註327〕

〔註309〕　此賦保存完整，以《文選》卷十七（頁314～348）所載爲底本，以六臣本（頁314～318）、《藝文類聚》卷四十四（頁791～792）所收參校。
〔註310〕　「于」上《類聚》有「出」字。
〔註311〕　「標」，《類聚》作「摽」。
〔註312〕　「踈」，《類聚》作「疎」。
〔註313〕　「旁」，《類聚》作「傍」。
〔註314〕　「側」，《類聚》作「仄」。
〔註315〕　「巋」，《類聚》作「嵁」。
〔註316〕　「倚巇迤㠍」，《類聚》作「戲阤綺靡」。
〔註317〕　「聯」，《類聚》作「連」。
〔註318〕　「盪」，《類聚》作「蕩」。
〔註319〕　「后」，《類聚》作「厚」。
〔註320〕　「載」，《類聚》作「世」。
〔註321〕　「風」，《類聚》作「鳳」。
〔註322〕　「逕」，《類聚》作「經」。
〔註323〕　「川」，《類聚》作「水」。
〔註324〕　「鶴」，《類聚》作「鵠」。
〔註325〕　「翶」，六臣本作「翱」。
〔註326〕　「顛」，《類聚》作「巔」。
〔註327〕　「獥」，六臣本作「微」。

猓。惟詳察其素體兮，宜清靜而弗誼。幸得謚爲洞簫兮，蒙聖主〔註328〕之渥恩。可謂惠而不費兮，因天性之自然。

於是般匠施巧，夔妃〔註329〕准法。帶以象牙，掍其會合。鎪鏤離灑，絳脣錯雜。鄰菌繚糾，羅鱗捷獵。膠致理比，挹㧖撅㩛。

於是乃使夫性昧之宕冥，生不覩天地之體勢，闇於白黑之貌形。憒伊鬱而酷祕，懣眇子之喪精。寡所舒其思慮兮，專發憤乎音聲。故吻吮值夫宮商兮，龢〔註330〕紛離其匹溢。形旖旎以順吹兮，瞙瞴㘁以紆鬱。氣旁迕以飛射兮，馳散渙以逫律。趣從容其勿述兮，驁〔註331〕合遝以詭譎。或渾沌而潺湲兮，獵若枚折。或漫衍而駱驛兮，沛焉競溢。惏栗密率，掩以絕滅。霅曃曅踕，跳然復出。

若乃徐聽其曲度兮，廉察其賦歌。啾咇㘉而將吟兮，行鋸鉊以龢〔註332〕囉。風鴻洞而不絕兮，優嬈嬈以婆娑。翩緜連以牢落兮，漂乍棄而爲他。要復遮其蹊徑兮，與謳謠乎相龢。故聽其巨音，則周流氾濫，并包吐含，若慈父之畜子也。其妙聲，則清靜厭懱，順敘卑达，若孝子之事父也。科條譬類，誠應義理。澎濞慷慨〔註333〕，一何壯士。優柔溫潤，又似君子。故其武聲，則若雷霆輘輷，佚豫以沸㥜〔註334〕。其仁聲，則若颷風紛披，容與而施惠。或雜遝以聚斂兮，或拔搣以奮棄。悲愴怳以惻惐兮，時恬淡以綏肆。被淋灑其靡靡兮，時橫潰以陽遂。哀悁悁之可懷兮，良醰醰而有味。

故貪饕者聽之而廉隅兮，狼戾者聞之而不懟。剛毅強虣反仁恩兮，嘽咺逸豫戒其失。鍾〔註335〕期、牙、曠悵然而愕〔註336〕兮，杞

〔註328〕 「主」，六臣本作「王」。
〔註329〕 「妃」，六臣本、《類聚》作「裹」。
〔註330〕 「龢」，六臣本作「和」。
〔註331〕 「驁」，六臣本作「驚」。
〔註332〕 「龢」，六臣本作「和」。
〔註333〕 「慷慨」，《類聚》作「沆瀁」。
〔註334〕 「㥜」，六臣本作「渭」。
〔註335〕 「鍾」，六臣本作「鐘」。
〔註336〕 「愕」，六臣本「愕」下有「立」字。

梁之妻不能爲其氣。師襄、嚴春不敢竄其巧兮，浸滔、叔子遠其類。嚚、頑、朱、均惕復惠〔註337〕兮，桀、蹠、鴞、博〔註338〕僞以頓悴。吹參差而入道德兮，故永御而可貴。時奏狡弄，則彷徨翱翔。或留而不行，或行而不留。惆怅瀾漫，亡耦失儔。薄索合沓，罔象相求。故知音者樂而悲之〔註339〕，不知音者怪而偉之。故聞其〔註340〕悲聲，則莫不愴然累欷，擎〔註341〕涕抆淚；其奏歡娛，則莫不憚漫衍〔註342〕凱，阿那腲腰〔註343〕者已。是以〔註344〕蟋蟀蚸〔註345〕蟓，蚑行喘息。螻蟻蝘蜓〔註346〕，蠅蠅翊翊。遷延徙迤，魚瞰雞睨。垂喙蚓〔註347〕轉，瞪瞢忘食。況〔註348〕感陰陽之龢〔註349〕，而化〔註350〕風俗之倫哉！

　　亂曰：狀若捷武，超騰踰曳，迅漂巧兮。又似流波，泡溲汎〔註351〕津，趨巇道兮。哮呷吰喚，躋躓連絕，混殄沌兮。攪搜渟捎，逍遙踊躍，若壞頹兮。優游流離，躊躇稽詣，亦足耽兮。頹唐遂往，長辭遠逝，漂不還兮。賴蒙聖化，從容中道，樂不滔〔註352〕兮。〔註353〕條暢洞達，中節操兮。終詩卒曲，尚餘音兮。吟氣遺響，聯綿漂撇，生微風兮。連延駱驛，變無窮兮。

〔註337〕「惠」，六臣本作「慧」。
〔註338〕「博」，六臣本作「愽」。
〔註339〕「樂而悲之」，《類聚》作「悲而樂之」。
〔註340〕「故聞其」，六臣本作「故爲」，《類聚》作「故其爲」。
〔註341〕「擎」，《類聚》作「撇」。
〔註342〕「衍」，《類聚》作「衒」。
〔註343〕「腲腰」，《類聚》作「瘨瘻」。
〔註344〕「是以」，《類聚》作「以是」。
〔註345〕「蚸」，《類聚》作「尺」。
〔註346〕「螻蟻蝘蜓」，六臣本作「螻蟻蜓。」
〔註347〕「蚓」，《類聚》作「宛」。
〔註348〕《類聚》於「況」下有「乎」字。
〔註349〕「龢」，六臣本作「和」。
〔註350〕「化」，《類聚》作「見」。
〔註351〕「汎」，六臣本作「泛」。
〔註352〕「滔」，六臣本作「淫」。
〔註353〕原檔檔缺漏。

六、先唐笛賦輯校（共五篇）

〈笛賦〉〔註354〕　　〔戰國〕宋玉（約西元前298～前222年）

　　余嘗觀於衡山之陽，見奇篠異幹，罕節簡枝之叢生也。其處磅礴〔註355〕千仞，絕谿凌阜。隆崛〔註356〕萬丈，盤〔註357〕石雙起。丹水涌其左，醴泉流其右。其陰則積雪凝霜，霧露生焉；其東則朱天皓日，素朝明焉；其南則盛夏清微，春陽榮焉；其西則涼風遊旋，吸逮〔註358〕存焉。幹枝洞長，桀出有良工焉。

　　名高師曠，將為〈陽春〉、〈北鄙〉、〈白雪〉之曲，假塗南國至此山，望其叢生，見其異形，日命陪乘取其雄焉。宋意將送荊卿於易水之上，得其雌焉。〔註359〕於是〔註360〕乃使王爾、公輸之徒，合妙意角較手，遂以為笛。於是天旋少陰，白日西靡。命嚴春〔註361〕，使午子。延長頸，奮玉指。摛朱脣，曜皓齒。頳顏臻，玉貌起。吟清商，追流徵。歌〈伐檀〉，號〈孤子〉。發久〔註362〕轉，舒積鬱。其為幽也甚乎，懷永抱絕。喪夫天，亡稚子。纖悲徵痛毒，離肌傷〔註363〕腠理。激叫入青雲，慷慨切窮士。度曲羊腸坂，樛狁振奔逸。遊泆〔註364〕志，列絃節。武毅發，沈憂結。呵鷹揚，叱太一。聲淫淫以黯黯，氣旁合而爭出。歌壯士之必往，悲猛勇乎飄疾。麥

〔註354〕　此賦保存完整，以《古文苑》卷二（頁35～40）所載為底本，以《歷代賦彙》卷九十五（頁307～309）所收參校。

〔註355〕　「磄」，《賦彙》作「唐」。

〔註356〕　「崛」，《賦彙》作「崫」。

〔註357〕　「盤」，《賦彙》作「磐」。

〔註358〕　「逮」，《賦彙》作「遝」。

〔註359〕　「宋意將送荊卿於易水之上，得其雌焉」二句，《賦彙》作「得其雌焉，將送荊卿於易水之上」。

〔註360〕　「於是」二字，《賦彙》無。

〔註361〕　「嚴春」，《賦彙》作「巕香」。

〔註362〕　「久」，《賦彙》作「圓」。

〔註363〕　《賦彙》無「肌腸」二字。

〔註364〕　《賦彙》無「度曲羊腸坂樛狁振奔逸遊泆」十二字。

秀漸漸〔註365〕兮，鳥聲革翼〔註366〕。招伯奇於源陰，追申子于晉域。夫奇曲雅樂所以禁淫也，錦繡黼黻所以御暴〔註367〕也。縟則泰過，是以檀卿刺鄭聲，周人傷北里也。

　　亂曰：芳林皓幹有奇寶兮，博〔註368〕人〔註369〕通明樂斯道兮。般衍瀾漫終不老兮，雙枝〔註370〕間麗貌甚好兮。八音和調成稟受兮，善善不衰爲世保兮。絕鄭之遺離南楚兮，羙風洋洋而暢茂兮。嘉樂悠長俟賢士兮，鹿鳴萋萋思我友兮。安心隱志可長久〔註371〕兮。

〈長笛賦〉並序〔註372〕　　〔漢〕馬融（西元79～166年）

　　融既博覽典雅，精核〔註373〕數術〔註374〕，又性好音〔註375〕，能鼓琴吹笛。而〔註376〕爲督郵，無留事，獨臥郿〔註377〕平陽鄔中。有雒客舍逆旅，吹笛，爲〈氣出〉、〈精列〉相和。融去京師踰年，蹔〔註378〕聞，甚悲而〔註379〕樂之。追慕王子淵、枚乘、劉伯康、傅武仲等簫、琴、笙頌，唯笛獨無，故聊復備數，作〈長笛賦〔註380〕〉。其辭曰：

〔註365〕　「漸漸」，《賦彙》作「漸」。
〔註366〕　「革翼」，《賦彙》作「譁兮」。
〔註367〕　「暴」，《賦彙》作「寒」。
〔註368〕　「博」，《賦彙》作「博」。
〔註369〕　「人」，《賦彙》作「入」。
〔註370〕　「枝」，《賦彙》作「林」。
〔註371〕　「乆」，《賦彙》作「久」。
〔註372〕　此賦保存完整，以《文選》卷十八（頁255～260）所載爲底本，以六臣本（頁322～330）、《藝文類聚》卷四十四（頁794～795）所收參校。
〔註373〕　「核」，《類聚》作「該」。
〔註374〕　「數術」，《類聚》作「術數」。
〔註375〕　「音」字下，六臣本、《類聚》有「律」字。
〔註376〕　「而」，《類聚》無。
〔註377〕　「郿」字下，六臣本、《類聚》有「縣」字。
〔註378〕　「蹔」，《類聚》作「暫」。
〔註379〕　《類聚》無「而」字。
〔註380〕　「賦」，六臣本作「頌」。

惟鐘籠之奇生兮，於〔註381〕終南之陰崖。託九成之孤岑兮，臨萬仞之石磎〔註382〕。特箭槀而莖立兮，獨聆風於極危。秋潦漱其下趾兮，冬雪揣〔註383〕封乎其枝。巔根踦之槷 刖兮，感迴飇〔註384〕而將頹。夫其面旁則重巘增石，簡積頵砡。兀婁狌齾 ，傾吳〔註385〕倚伏。摩窃巧老，港洞坑谷。嶔壑澮峣，嵞 窅巖覆 。運裛穻泧，岡連嶺屬。林簫蔓荊，森槮柞樸。於是山水猥至，渟洿障潰。頤淡滂流，磓投瀺穴。爭湍萃縈，汩活澎濞。波瀾鱗淪，㝏隆詭戾。瀁 瀑噴沫，犇遰碭突。搖演其山，動杌其根者，歲五六而至焉。是以間〔註386〕介無蹊，人跡〔註387〕罕到。猨蜼晝吟，鼯鼠夜叫。寒熊振頷，特麛昏影。山雞晨群，墅〔註388〕雉晁〔註389〕雊。求偶鳴子，悲號長嘯。由衍識道，嘄嘄讙譟。經涉其左右，哤聉其前後者，無晝夜而息焉。夫固危殆險巇之所迫也，眾哀集悲之所積也。故其應清風也，纖末奮藉〔註390〕，錚鏗瑩嗃。若絙瑟促柱，號鍾〔註391〕高調。

於是放臣逐子，棄妻〔註392〕離友。彭胥伯奇，哀姜孝己。攢乎下風，收精注耳。鼉歎頹息，掐〔註393〕膺擗摽。泣血泫流，交橫而下。通旦忘寐，不能自禦。

於是乃使魯般、宋翟，構雲梯，抗浮柱。蹉纖根，跋篾縷。膺陥阤〔註394〕，腹陉阻。逮乎其上，匍匐伐取。挑截本末，規摹廒矩。

〔註381〕「於」，六臣本、《類聚》並作「于」字。
〔註382〕「磎」，《類聚》作「溪」。
〔註383〕「揣」，六臣本作「楉」。
〔註384〕「飇」，六臣本坐「飇」。
〔註385〕「**吳**」，六臣本作「昊」。
〔註386〕「間」，《類聚》作「閒」。
〔註387〕「跡」，《類聚》作「迹」。
〔註388〕「墅」，六臣本作「野」。
〔註389〕「晁」，六臣本作「朝」。
〔註390〕「藉」，六臣本作「**籍**」。
〔註391〕「鍾」，六臣本作「鐘」。
〔註392〕「妻」，《類聚》作「妾」。
〔註393〕「掐」，六臣本作「搯」。
〔註394〕「陥阤」，六臣本作「峭阤」。

夔襄比律，子埜〔註395〕協呂。十二畢具，黃鍾爲主。撟揉斤械，劃
掞〔註396〕度擬。鎪硐隤〔註397〕墜，程表朱裏。定名曰笛。以觀賢士，
陳於東階，八音俱起，食舉〈雍〉徹，勸侑君子。然後退理乎黃門之
高廊，重丘宋灌，名師郭張，工人巧士，肆業脩聲。

　　於是遊閒〔註398〕公子，暇豫王孫，心樂五聲之和，耳比八音之
調。乃相與集乎其庭，詳觀夫曲胤之繁會叢雜，何其富也；紛葩爛
漫〔註399〕，誠可喜也；波散廣衍，實可異也；掌距劫遻，又足怪也。
啾咋嘈啐，似華羽兮。絞灼激以轉切。震鬱怫以憑怒兮。恥碭駭以
奮肆，氣噴勃以布覆兮。乍跱蹠以狼戾，䨩叩鍜之岌嶪兮。正瀏溧
〔註400〕以風冽，薄〔註401〕湊會而凌節兮。馳趣期而赴躓。爾乃聽
聲類形，狀似流水，又像〔註402〕飛鴻。氾濫溥漠，浩浩洋洋。長彎
遠引，旋復迴皇。充屈鬱律，瞋菌碨抉〔註403〕。豐琅磊落，駢田磅
唐。取予時適，去就有方。洪殺衰序，希數必當。微風纖妙，若存
若亡。蓋滯抗絕，中息更裝。奄忽滅沒，曄然復揚。或乃聊慮固護，
專美擅工。漂凌絲簧，覆冒鼓鍾。或乃植持縱繹〔註404〕，怡儓寬容。
簫管備舉，金石並隆。無相奪倫，以宣八風。律呂既和，哀聲五降。
曲終闋盡，餘弦〔註405〕更興。繁手累發，密櫛疊重〔註406〕。踸踔
攢〔註407〕仄，蜂聚蟻同。眾音猥積，以送厥終。然後少息暫〔註408〕

〔註395〕　「埜」，六臣本、《類聚》作「野」。
〔註396〕　「掞」，六臣本作「剡」。
〔註397〕　「隤」，六臣本作「頹」。
〔註398〕　「遊閒」，六臣本作「游閑」。
〔註399〕　「漫」，《類聚》作「熳」。
〔註400〕　「溧」，六臣本作「漂」。
〔註401〕　六臣本於「薄」上有「寒」字。
〔註402〕　「像」，六臣本作「象」。
〔註403〕　「抉」，六臣本作「映」。
〔註404〕　「繹」，六臣本作「纏」。
〔註405〕　「弦」，六臣本作「絃」。
〔註406〕　「重」，《類聚》作「董」。
〔註407〕　「攢」，六臣本作「欑」。

忿，雜弄間奏。易聽駭耳，有所搖演。安翔駘蕩，從容闡緩。惆悵
怨懟，窳圌竆械。聿皇求索，乍近乍遠。臨危自放，若頹復反。蚡
緼繙〔註409〕紆，經宛蜿蟺。箆笏抑隱，行入諸變。絞繄泪湟，五音
代轉。按捊挱臧，遞相乘邅。反商下徵，每各異善。故聆曲引者，
觀法於節奏，察變〔註410〕於句投，以知禮制之不可逾越焉；聽箆弄
者，遙思於古昔，虞志於怛惕，以知長戚之不能閒〔註411〕居焉。

故論記其義，協比其象。徬〔註412〕徨縱肆，曠漢〔註413〕敞
罔老、莊之槧也；溫直擾〔註414〕毅，孔、孟之方也；激朗清厲，隨、
光之介也；牢剌拂戾，諸、賈之氣也；節解句斷，管、商之制也；
條決繽紛，申、韓之察也；繁縟駱驛，范、蔡之說也；劵櫟銚惸，
皙、龍之惠也。上擬法於〈韶箾〉、〈南籥〉，中取度於〈白雪〉〈淥
水〉，下采制於〈延露〉、〈巴人〉。是以尊卑都鄙，賢愚勇懼。魚黿
禽獸，聞之者莫不張耳鹿駭，熊經鳥申〔註415〕，鴟眎〔註416〕狼顧，
拊謀踶〔註417〕躍。各得其齊，人盈所欲。皆反中和，以美風俗。屈
平適樂國，介推還受祿。澹臺載尸歸，皐魚節其哭。長萬輟逆謀，
渠彌不復惡。蒯聵能退敵，不佔〔註418〕成節鄂。王公〔註419〕保其
位，隱處安林薄。宦夫樂其業，士子世其宅。鱏魚喁於水裔，仰駟
馬而舞玄鶴。于〔註420〕時也，騄〔註421〕駒吞聲，伯牙毀絃〔註422〕。

〔註408〕「蹔」，六臣本作「暫」。
〔註409〕「繙」，六臣本作「蟠」。
〔註410〕「變」，六臣本作「度」。
〔註411〕「閒」，六臣本作「間」。
〔註412〕「徬」，六臣本作「彷」。
〔註413〕「漢」，六臣本作「瀁」。
〔註414〕「擾」，六臣本作「優」。
〔註415〕「申」，六臣本作「伸」。
〔註416〕「眎」，六臣本作「視」。
〔註417〕「踶」，六臣本作「踴」。
〔註418〕「佔」，六臣本作「占」。
〔註419〕「公」，六臣本作「孫」。
〔註420〕六臣本於「于」下有「斯」字。

瓠巴聑柱，磬襄弛懸。留盼矊眙，累稱屢贊。失容墜席，搏拊雷抃。僬眇睢維，涕洟流漫。是故可以通靈感物，寫神喻意。致誠效志，率作興事。溉盥〔註423〕汙濊〔註424〕，澡雪垢滓矣。

　　昔庖羲作琴，神農造瑟，女媧制簧，暴辛爲塤。倕之和鐘，叔之離磬。或鑠金礐石，華睆切錯。丸挺〔註425〕彫琢，刻鏤鑽笮。窮妙極巧，曠以日月，然後成器，其音如彼。唯笛因其天姿，不變其材，伐而吹之，其聲如此。蓋亦簡易之義，賢人之業也。若然，六器者，猶以二皇聖哲尠益。況笛生乎大漢，而學者不識其可以裨助盛美，忽而不讚。悲夫！有庶士丘仲言其所由出，而不知其弘妙。其辭曰：近世雙笛從羌起，羌人伐竹未及已。龍鳴水中不見己〔註426〕，截竹吹之聲相似。剡其上孔通洞之，裁以當籚便易持。易京君明識音律，故本四孔加以一。君明所加孔後出，是謂商聲五音畢。

〈感笛賦〉〔註427〕　〔晉〕向秀（約西元227～272年）

〈長笛賦〉並序〔註428〕　〔晉〕伏滔〔註429〕（？～？年）

　　余同僚桓子野，有故長笛〔註430〕傳之。耆老〔註431〕云：蔡邕之所製〔註432〕也。初邕避難江南，宿於柯亭之館〔註433〕，以竹爲椽，

〔註421〕　「緜」，《類聚》作「綿」。
〔註422〕　「絃」，《類聚》作「弦」。
〔註423〕　「盥」，六臣本作「盟」。
〔註424〕　「濊」，六臣本作「穢。」
〔註425〕　「挺」，六臣本作「梴」。
〔註426〕　六臣本、《類聚》作「已」。
〔註427〕　向秀此〈賦〉已佚，存目見於劉熙載《藝概·賦概》。《藝概·賦概》曰：「賦必有關著自己痛癢處。如嵇康敘琴，向秀感笛，豈可與無病呻吟者同語。」卷三，頁131。
〔註428〕　此賦爲殘篇，以《初學記》卷十六所載（頁403～404）爲底本，以《藝文類聚》卷四十四（頁793～794）所收參校。
〔註429〕　《類聚》作「蔡邕長笛賦序曰」。
〔註430〕　「長笛」二字後《類聚》加「賦」字。
〔註431〕　「耆老」，《類聚》作「耆艾」。
〔註432〕　「製」，《類聚》作「作」。

邕〔註434〕仰而眄〔註435〕之曰：良竹也。取之以爲笛，奇聲獨絕，歷代傳之〔註436〕，以至於今。

　　雲禽爲之婉翼，泉鱒爲之躍鱗。遠可以通靈達微，近可以寫情暢神。

　　達足以協德宣猷，窮足以怡志保身。兼四德而稱焦，故名流而器珍。

〈笛賦〉〔註437〕　　〔陳〕傅縡（？～？年）

　　貞筠〔註438〕翠節，冒霜停雪。江潭薦竿，巴人所截。五音是備，六孔斯設。殊響抑揚，似出平陽。曲凝高殿，聲幽洞房。既逐舞而迴〔註439〕袖，亦將歌而繞梁。忽從弄而危短，乍調吹而柔長。

　　於是時也，趙瑟輟謳，齊竽息唱。見象筵之說〔註440〕耳，聽清笛之寥亮。

七、先唐笙賦輯校（共五篇）

〈笙賦〉〔註441〕　　〔漢〕枚乘（西元前？～前140年）

〈笙賦〉〔註442〕　　〔晉〕潘岳（西元247～300年）

　　河汾之寶，有曲沃之懸匏焉。鄒魯之珍，有汶陽之孤篠焉。

〔註433〕「宿於柯亭之館」，《類聚》作「宿於柯亭，柯亭之館」。
〔註434〕《類聚》無「邕」字。
〔註435〕「眄」，《類聚》作「眄」。
〔註436〕從「歷代傳之」後之文字，《類聚》無。
〔註437〕此賦爲殘篇，以《初學記》卷十六（頁405）所載爲底本，以《歷代賦彙》外集逸句卷一（頁221）所收參校。
〔註438〕「筠」，《賦彙》作「雲」。
〔註439〕「迴」，《賦彙》作「迴」。
〔註440〕「說」，《賦彙》作「悅」。
〔註441〕此賦僅存目，見《文選》卷十八（頁255）馬融〈長笛賦·序〉李善注引：「王子淵作〈洞簫賦〉，枚乘未詳所作，以序言之當爲〈笙賦〉」。
〔註442〕此賦保存完整，以《文選》卷十八（頁265～267）所載爲底本，以《歷代賦彙》卷九十三（頁228～231）所收參校。

若乃〔註443〕緜蔓紛敷之麗，浸潤靈液之滋，隅隈夷險之勢，禽鳥翔集之嬉，固眾作者之所詳，余可得而略之也。徒觀其製器也，則審洪纖，面短長。剫生幹，裁熟簧。設宮分羽，經徵列商。泄之反謐，厭焉乃〔註444〕揚。管攢羅而表列，音要妙而含清。各守一以司應，統大魁以為笙。基黃鍾以舉韻，望鳳儀以擢形。寫皇翼以插羽，摹鸞音以屬聲。如鳥斯企，翾翾歧歧。明珠〔註445〕在味，若銜若垂。脩樀內辟，餘籟外透。駢田獨攦〔註446〕，鯽鰊參差。

於是乃〔註447〕有始泰終約，前榮後悴。激憤於今賤，永懷乎故貴。眾滿堂而飲酒，獨向隅以掩淚。援鳴笙而將吹，先嘔嘁以理氣。初雍容以安暇，中怫鬱以怫愪。終嵬峩以蹇愕，又颰逫而繁沸。罔浪孟以惆悵，若欲絕而復肆。懰檄羅以奔邀，似將放而中匱。愀愴惻減，㤗韃煜熠。汎淫氾豔，雩曄炭炭。或桉〔註448〕衍夷靡，或竦踴剽急。或既往不反〔註449〕，或已出復入。徘徊布濩，渙衍葺襲。舞既蹈而中輟，節將撫而弗及。樂聲發而盡室歡，悲音奏而列坐泣。擸纖翩以震幽簧，越上箘而通下管。應吹噏以往來，隨抑揚以虛滿。勃慷慨以慘亮，顧躊躇以舒緩。輟〈張女〉之哀彈，流〈廣陵〉之名散。詠〈園桃〉之夭夭，歌〈棗下〉之纂纂。歌曰：

　　棗下纂纂，朱實離離。宛其落矣，化為枯枝。人生不能行
　　樂，死何以虛謐〔註450〕為！

爾乃〔註451〕引〈飛龍〉，鳴〈鵾雞〉。〈雙鴻〉翔，〈白鶴〉飛。子喬輕舉，明君懷歸。荊王喟其長吟，楚妃歎而增悲。夫其悽戾〔註452〕

〔註443〕　「乃」，《賦彙》作「迺」。
〔註444〕　「乃」，《賦彙》作「迺」。
〔註445〕　「明珠」，《賦彙》作「明味」。
〔註446〕　「獨攦」，《賦彙》作「獵攦」。
〔註447〕　「乃」，《賦彙》作「迺」。
〔註448〕　「桉」，《賦彙》作「案」。
〔註449〕　「反」，《賦彙》作「返」。
〔註450〕　「謐」，《賦彙》作「謐」。
〔註451〕　「乃」，《賦彙》作「迺」。
〔註452〕　「戾」，《賦彙》作「唳」。

辛酸，嚶嚶關關，若離鴻之鳴子也；含呦嘽諧，雍雍喈喈，若群鷯之從母也。郁捋劫悟，泓宏融裔。哇咬嘲嘐〔註453〕，一〔註454〕何察惠。訣屬悄切，又何磬折。

　　若夫時陽初暖，臨川送離。酒酣徒擾，樂闋日移。疎〔註455〕客始闌，主人微疲。弛絃韜籥，徹塤〔註456〕屏簴。爾乃促中筵，攜友生。解嚴顏，擢幽情。披黃包以授甘，傾縹瓷以酌酃〔註457〕。光歧〔註458〕儼其偕列，雙鳳嘈以和鳴。晉野悚而投琴，況齊瑟與秦箏。新聲變曲，奇韻橫逸。縈纏歌鼓，網羅鍾律。爛熠燏以放豔，鬱蓬勃以氣出。〈秋風〉詠於燕路，〈天光〉重乎〈朝日〉。大不踰宮，細不過羽。唱發〈章〉、〈夏〉，導揚〈韶〉、〈武〉。協和陳、宋，混一齊、楚。邇不逼而遠無攜，聲成文而節有敘。彼政有失得，而化以醇薄。樂所以移風於善，亦所以易俗於惡。故絲竹之器未改，而桑濮之流已作。惟簧也，能研羣聲之清；惟笙也，能揔眾清之林。衛無所措其邪，鄭無所容其淫。非天下之和樂，不易之德音，其孰能與於此乎！

〈笙賦〉〔註459〕　〔晉〕夏侯淳〔註460〕（？～？年）

　　嗟萬物之殊觀，莫比美乎音聲。緫〔註461〕眾異以合體，匪求一〔註462〕以取成。雖琴瑟之既麗，猶靡尚於〔註463〕清笙。爾乃採桐竹，

〔註453〕　「嘐」，《賦彙》作「喈」。
〔註454〕　「一」，《賦彙》作「壹」。
〔註455〕　「疎」，《賦彙》作「疎」。
〔註456〕　「塤」，《賦彙》作「壎」。
〔註457〕　「酌酃」，《賦彙》作「酌醽」。
〔註458〕　「歧」，《賦彙》作「妓」。
〔註459〕　此賦爲殘篇，以《藝文類聚》卷四十四（頁793）所載爲底本，以《初學記》卷十六（頁403）、《歷代賦彙》卷九十三（頁227～228）所收參校。《初學記》此賦作者爲夏侯湛。
〔註460〕　「淳」，《賦彙》作「惇」。
〔註461〕　「緫」，《初學記》、《賦彙》並作「總」。
〔註462〕　「一」，《初學記》作「而」。
〔註463〕　「於」，《初學記》作「乎」。

翦朱密。摘長松之流肥，咸崑崙之所出。抑揚噓吸，或呦 〔註464〕 或吹。厭 〔註465〕 枯 〔註466〕 挹按，同覆互移。初進〈飛龍〉，重繼〈鷗雞〉。振引合和，如潰 〔註467〕 如離。若夫纏綿約殺，足使放達者循 〔註468〕 察；通豫平曠，足使廉規者弃 〔註469〕 節；沖靈 〔註470〕 冷澹，足使貪榮者退世 〔註471〕 ；開明爽亮，足使慢惰者進竭 〔註472〕 。豈眾樂之能倫，邈奇特而殊絕。

〈笙賦〉 〔註473〕　　〔晉〕王廙（？～？年）

其制器也，則取不周之竹，曾 〔註474〕 城之匏。生懸崖之絕嶺，邈崛崒 〔註475〕 以崇高。延脩頸以亢首，獻 〔註476〕 瑤口之陸離。舞靈蛟之素鱗，銜明珠於帶垂。弱舌紙薄，鉛錘內藏。合松膠 〔註477〕 以密際，糅彤丹以發光。

金清而玉振。

親眺遠遊，登山送離。發千里之長思，永別鶴於路歧。

直而不倨，曲而不俳。疏音簡潔，樂不乃妙。足可以易俗移風，興洽至教。弘義著於典謨兮，歷萬代而彌劭。

〔註464〕　「呦」，《初學記》作「協」。
〔註465〕　「厭」，《初學記》作「擘」，《賦彙》作「撅」。
〔註466〕　「枯」，《賦彙》作「拈」。
〔註467〕　「潰」，《賦彙》作「會」。
〔註468〕　「循」，《初學記》作「羞」。
〔註469〕　「弃」，《賦彙》作「棄」。
〔註470〕　「靈」，《初學記》作「虛」。
〔註471〕　「世」，《初學記》作「讓」。
〔註472〕　「竭」，《初學記》作「謁」。
〔註473〕　此賦爲殘篇，以《初學記》卷十六（頁402）所載爲底本，以《藝文類聚》卷四十四（頁793）、《歷代賦彙》卷九十三（頁227）所收參校。
〔註474〕　「曾」，《賦彙》作「層」。
〔註475〕　「崛崒」，《類聚》作「隆峯」，《賦彙》作「隆峰」。
〔註476〕　「獻」，《類聚》、《賦彙》並作「厭」。
〔註477〕　「膠」，《賦彙》作「蠟」。

〈笙賦〉〔註478〕　　〔陳〕顧野王（西元 519～581 年）

　　聲流洛渚，器重汾陽。協歌鍾於宿夕，詠月扇於繞梁。同離鴻於流徵，會別鶴於清商。

八、先唐箛賦輯校（共四篇）

〈箛賦〉並序〔註479〕　　〔魏〕杜摯（？～？年）

　　箛者，李伯陽入西戎所作也〔註480〕。昔伯陽避亂入戎，戎越之思，有懷土風，遂建斯樂，美其出於戎貉之俗，有〈大韶〉、〈夏〉之音〔註481〕。

　　唯〔註482〕葭蘆之爲物，諒絜勁之自然。託妙體於阿澤，歷百代而不遷。於是秋節既至，百物具成。嚴霜告殺，草木殞零。賓鳥鼓翼，蟋蟀悲鳴。羈旅之士，感時用情。乃命狄人，操箛揚清。吹東角，動南徵。清羽發，濁商起。剛柔待〔註483〕用，五音迭進。候爾卻〔註484〕轉，忽焉前引。或縕縕〔註485〕以和懌，或悽悽以燋〔註486〕殺。或漂淫以輕浮，或遲重以沉滯。

〈箛賦〉並序〔註487〕　　〔晉〕傅玄（西元 217～278 年）

〔註478〕此賦爲殘篇，以《初學記》卷十六（頁 403）所載爲底本，以《歷代賦彙》逸句卷一（頁 220～221）所收參校。

〔註479〕此賦爲殘篇。以《藝文類聚》卷四十四（頁 795～796）爲所載爲底本，以《文選》李善注、《歷代賦彙》卷九十五（頁 333）、《太平御覽》卷五百八十一（頁 2750）所收參校。

〔註480〕本無此二句，據《文選》卷四十一（頁 584）李少陵〈答蘇武書〉李善注補。《文選》卷二（頁 48）張平子〈西京賦〉李善注所引爲：「〈葭賦〉曰李伯戎入西戎所造」。

〔註481〕原無「昔」至「音」三十三字，據《太平御覽》卷五百八十一補。

〔註482〕「唯」，《賦彙》作「惟」。

〔註483〕「待」，《賦彙》作「代」。

〔註484〕「卻」，《賦彙》作「却」。

〔註485〕「縕縕」，《賦彙》作「溫溫」。

〔註486〕「燋」，《賦彙》作「噍」。

〔註487〕此賦僅存殘句，見《文選》李善注（頁 584）、《北堂書鈔》卷一百一十一（頁 111）。

吹葉爲聲。〔註488〕

掇茲薄葉，繞此循□。參羌押臄，隨手而成。開通耳，揚虛暢，水口則鳴。潛氣內運，浮響外盈。〔註489〕

〈笳賦〉並序〔註490〕　〔西晉〕孫楚（約西元218～293年）

頃還北館，遇華髮人於潤水之濱，向春風而吹長笳，音聲寥亮，有感余情者〔註491〕，爰作斯賦。〔註492〕

銜長葭以汎〔註493〕吹，嗷啾啾之哀聲。奏胡馬之悲思，詠北狄之遐征。順谷風以撫節，飄〔註494〕響乎天庭。〔註495〕徐疾從宜，音引代起。叩角動商，鳴羽發徵。若夫〈廣陵散〉吟〔註496〕、三節〈白紵〉、〈太山〉長曲、哀及〈梁父〉，似鴻鴈之將鶵．乃羣翔於河渚。

〈夜聽笳賦〉〔註497〕　〔晉〕夏侯湛（約西元243～291年）

越鳥戀乎南枝〔註498〕，胡馬懷夫朔風。惟人情之有思，乃〔註499〕否滯而發中。南閣兮拊掌，北閣兮鳴笳。鳴笳兮協節，分唱兮相和。相和兮哀諧〔註500〕，慘激暢兮清哀。奏烽燧之初驚，展從緣〔註501〕

〔註488〕　見《文選》卷，李少卿〈答武書〉李善注，題爲〈笳賦序〉。
〔註489〕　見《書鈔》卷一百一十一。孔廣陶有校語：「今案此條有誤。」暫置此存疑。
〔註490〕　此賦爲殘篇。以《藝文類聚》卷四十四（頁796）爲所載爲底本，以《歷代賦彙》卷九十五（頁334）所收參校。
〔註491〕　《賦彙》無「者」字。
〔註492〕　序文，據《賦彙》補。
〔註493〕　「汎」，《賦彙》作「泛」字。
〔註494〕　《賦彙》於「飄」字後有「逸」字。
〔註495〕　此句至「徐疾從宜」之間，《賦彙》有「爾乃調脣吻，整容止，揚清矑，隱皓齒。」
〔註496〕　「吟」，《賦彙》作「嗑」。
〔註497〕　此賦爲殘篇。以《藝文類聚》卷四十四（頁796）爲所載爲底本，以《歷代賦彙》卷九十五（頁334～335）所收參校。
〔註498〕　「枝」，《賦彙》作「技」。
〔註499〕　「乃」，《賦彙》作「迺」。
〔註500〕　「哀諧」，《賦彙》作「諧慘」。
〔註501〕　「緣」，《賦彙》作「由」。

之歎乖。伸弃兮更纏，遷調兮故韻〔註502〕。披〈涼州〉之妙參〔註503〕，捫〈飛龍〉之奇引。垂〈幽蘭〉之遊〔註504〕響，來〈楚妃〉之絕歎。放〈鵾雞〉之弄音，散〈白雪〉之清變。

九、其他先唐樂器賦與相關賦作輯校（共九篇）

〈七發〉〔註505〕　　〔漢〕枚乘（西元前？～前140年）

　　楚太子有疾，而〔註506〕吳客往問之，曰：「伏聞太子玉體不安，亦少閒〔註507〕乎？」太子曰：「憊！謹謝客。」客因稱曰：「今時天下安寧，四宇和平。太子方富於年，意者以耽安樂，日夜無極。邪氣襲逆，中若結轖。紛屯澹淡，嘘唏煩酲。惕惕怵怵，臥〔註508〕不得瞑。虛中重聽，惡聞人聲。精神越渫，百病咸生。聰明眩曜，悅怒不平。以執不廢，大命乃傾。太子豈有是乎？」太子曰：「謹謝客。賴君之力，時時有之，然未至於是也。」

　　客曰：「今夫貴人之子，必宮居而閨處，內有保母，外有傅父，欲交無所。飲食則溫淳甘膬，脭醲肥厚。衣裳〔註509〕則雜遝曼煖，燂爍熱暑。雖有金石之堅，猶將銷鑠而挺解也。況其在筋骨之間乎哉？故曰：縱耳目之欲。恣支體之安者，傷血脉之和。且夫出輿入輦，命曰蹙痿之機〔註510〕；洞房清宮，命曰寒熱之媒；皓齒娥〔註511〕眉，命曰伐性之斧；甘脆肥膿〔註512〕，命曰腐腸〔註513〕之藥。今太子

〔註502〕　「韻」，《賦彙》作「顏」。
〔註503〕　「參」，《賦彙》作「操」。
〔註504〕　「遊」，《賦彙》作「游」。
〔註505〕　此賦以《文選》卷三十四（頁487～493）所載爲底本，以六臣本（頁632～640）、《藝文類聚》卷五十七（頁1021～1023）所收參校。
〔註506〕　《類聚》無「而」字。
〔註507〕　「閒」，《類聚》、六臣本並作「間」。
〔註508〕　「臥」，六臣本作「卧」。
〔註509〕　《類聚》無「裳」字。
〔註510〕　「機」，《類聚》作「幾」。
〔註511〕　「娥」，六臣本、《類聚》作「蛾」。
〔註512〕　「膿」，《類聚》、六臣本並作「醲」。

膚色靡曼〔註514〕，四支委隨，筋骨挺解，血脉淫濯，手足墮〔註515〕窳；越女侍前，齊姬奉後。往來游醼〔註516〕，縱恣于〔註517〕曲房隱間〔註518〕之中。此甘餐毒藥，戲猛獸之爪牙也。所從來者至深遠，淹滯永久而不廢；雖令扁鵲治內，巫咸治外，尚何及哉！今如太子之病者。獨宜世之君子，博〔註519〕見強〔註520〕識，承閒語事，變度易意，常無離側，以爲羽翼。淹沈之樂，浩唐之心，遁佚之志，其奚由至哉！」太子曰：「諾。病已，請事此言。」客曰：「今太子之病，可無藥石針刺灸療而已，可以要言妙道說而去也。不欲聞之乎？」太子曰：「僕願聞之。」

　　客曰：「龍門之桐，高百尺而無枝。中鬱結之輪菌〔註521〕，根扶疏以分離。上有千仞之峰，下臨百丈之谿。湍流遡波，又澹〔註522〕淡之。其根半死半生。冬則烈風漂霰飛雪之所激也；夏則雷霆霹靂之所感〔註523〕也。朝則鸝黃鳱鴠鳴焉；暮則羈雌迷鳥宿焉。獨鵠晨號乎其上，鶤雞哀鳴翔乎其下。於是背秋涉冬，使琴摯〔註524〕斫斬以爲琴，野繭〔註525〕之絲以爲絃，孤子之鉤〔註526〕以爲隱，九寡之珥以爲約。使師堂操〈暢〉〔註527〕，伯子〔註528〕牙爲之歌。歌曰：『麥

〔註513〕　「膓」，《類聚》作「腸」。
〔註514〕　「曼」，六臣本作「曑」。
〔註515〕　「墮」，六臣本作「惰」。
〔註516〕　「醼」，六臣本作「讌」，《類聚》作「宴」。
〔註517〕　「于」，六臣本作「乎」。
〔註518〕　「間」，《類聚》作「閒」。
〔註519〕　「博」，六臣本作「愽」。
〔註520〕　「強」，六臣本作「彊」。
〔註521〕　「菌」，《類聚》作「囷」。
〔註522〕　「澹」，《類聚》作「淡」。
〔註523〕　「感」，《類聚》作「撼」。
〔註524〕　「琴摯」，《類聚》作「班爾」。
〔註525〕　「繭」，《類聚》作「蠒」。
〔註526〕　「鉤」，六臣本作「鉤」。
〔註527〕　「暢」，《類聚》作「張」。
〔註528〕　《類聚》無「子」字。

秀蘄〔註529〕兮雉朝飛，向虛壑兮背槁〔註530〕槐，依絕區兮臨迴溪
〔註531〕。』飛鳥聞之，翕翼而不能去；野獸聞之，垂耳而不能行；
蚑蟜螻蟻〔註532〕聞之，拄〔註533〕喙而不能前。此亦天下之至悲也，
太子能強〔註534〕起聽之乎〔註535〕？」太子曰：「僕病，未能也。」

　　客曰：「犓牛之腴，菜以筍蒲。肥狗之和，冒以山膚。楚苗之食，
安胡之飰〔註536〕，摶之不解，一啜而散。於是使〔註537〕伊尹煎熬，
易牙調和。熊蹯之臑，勺藥之醬。薄耆之炙，鮮鯉之鱠。秋黃之蘇，
白露之茹。蘭英之酒，酌以滌口。山梁之餐，豢豹之胎〔註538〕。小
飰〔註539〕大歠，如湯沃雪。此亦天下之至美也，太子能彊〔註540〕起
嘗之乎？」太子曰：「僕病，未能也。」

　　客曰：「鍾岱之牡，齒至之車，前似〔註541〕飛鳥，後類距〔註542〕
虛〔註543〕。稻麥服處，躁中煩外。羈堅轡，附易路。於是伯樂相其
前後，王良、造父為之御，秦缺、樓季〔註544〕為之右。此兩人者，
馬佚能止之，車覆能起之。於是使射千鎰之重，爭千里之逐。此亦天
下之至駿也。太子能彊〔註545〕起乘之〔註546〕乎？」太子曰：「僕病，

〔註529〕　「蘄」，《類聚》、六臣本並作「蘪」。
〔註530〕　「槁」，《類聚》作「喬」。
〔註531〕　「溪」，《類聚》作「池」。
〔註532〕　「蟻」，《類聚》作「蛾」。
〔註533〕　「拄」，六臣本、《類聚》並作「柱」。
〔註534〕　「強」，六臣本作「彊」。
〔註535〕　《類聚》於「起」下有「而」字。
〔註536〕　「飰」，六臣本、《類聚》並作「飯」。
〔註537〕　《類聚》無「使」字。
〔註538〕　「胎」，《類聚》作「首」。
〔註539〕　「飰」，《類聚》作「飲」，六臣本作「飯」。
〔註540〕　《類聚》無「彊」字。
〔註541〕　「似」，六臣本作「以」。
〔註542〕　「距」，六臣本、《類聚》並作「駈」。
〔註543〕　「虛」，《類聚》作「驢」。
〔註544〕　「季」，《類聚》作「秀」。
〔註545〕　《類聚》無「彊」字。
〔註546〕　《類聚》無「之」字。

未能也。」

　　客曰：「既登景夷之臺，南望荊山，北望汝海，左江右湖，其樂無有。於是使博〔註547〕辯之士，原本山川，極命草木，比物屬事，離辭連類。浮游覽觀，乃下置酒於虞〔註548〕懷之宮。連廊四注，臺城層構，紛紜玄綠。輦道邪交，黃池紆曲。渻章、白鷺，孔鳥〔註549〕、鵁鶄、鴰鶂、鵁鶄，翠鬐紫纓。螭龍、德牧，邕邕羣鳴。陽魚騰躍，奮翼振鱗。潚瀄菁蓼。蔓草芳苓。女桑、河柳，素葉紫莖。苗松〔註550〕、豫章〔註551〕，條上造天。梧桐、并閭〔註552〕，極望成林。眾芳芬鬱，亂於五風。從容猗〔註553〕靡，消息陽陰。列坐縱酒，蕩樂娛心。景春佐酒，杜連理音。滋味雜陳，肴糅錯該。練色娛目，流聲悅耳。於是乃發〈激楚〉之結風，揚鄭衛之皓樂。使先施、徵舒、陽文、段干、吳娃、閭娵、傅予之徒，雜裾垂髾，目窕〔註554〕心與，揄〔註555〕流波，雜杜若，蒙清塵，被蘭澤，嬺服而御。此亦天下之靡麗皓侈廣博〔註556〕之樂也，太子能彊〔註557〕起〔註558〕游乎？」太子曰：「僕病，未能也。」

　　客曰：「將爲太子馴騏驥之馬，駕飛輪之輿，乘牡駿之乘。右夏服之勁箭，左烏號之彫〔註559〕弓。游涉乎雲林，周馳乎蘭澤，弭節乎江潯。掩青蘋，游清風。陶陽氣，蕩春心。逐狡獸，集輕禽。

〔註547〕　「博」，六臣本作「愽」。
〔註548〕　「虞」，《類聚》作「娛」。
〔註549〕　「孔鳥」，《類聚》作「鴛鴦」。
〔註550〕　「苗松」，《類聚》作「松柏」。
〔註551〕　「章」，《類聚》作「樟」。
〔註552〕　「并閭」，《類聚》作「栟櫚」。
〔註553〕　「猗」，六臣本作「倚」。
〔註554〕　「窕」，《類聚》作「窈」。
〔註555〕　「揄」，《類聚》作「榆」。
〔註556〕　「博」，六臣本作「愽」。
〔註557〕　《類聚》無「彊」字。
〔註558〕　「起」字後，《類聚》有「強」字。
〔註559〕　「彫」，《類聚》、六臣本並作「雕」。

於是極犬馬之才，困野獸〔註560〕之足，窮相御之智巧。恐虎豹，
慴鷙鳥。逐馬鳴鑣，魚跨麋角。履游麕兔，蹈踐麏鹿，汗流沫墜，
冤伏陵窘，無創而死者，固足充後乘矣。此校獵之至壯也。太子能
彊〔註561〕起〔註562〕游乎？」太子曰：「僕病，未能也。」然陽氣見
於眉宇之間，侵滛〔註563〕而上，幾滿大宅。

　　客見太子有悅色，遂推而進之曰：「冥火薄天，兵車雷運。旍
〔註564〕旗偃蹇，羽毛〔註565〕蕭紛，馳騁角逐，慕味爭先。徼墨廣
博〔註566〕，觀望之有圻。純粹全犧，獻之公門。」太子曰：「善，願
復聞之。」客曰：「未既。於是榛林深澤，煙雲闇〔註567〕莫〔註568〕，
兕虎〔註569〕並作。毅武孔猛，袒裼身薄〔註570〕。白刃磑磑，矛
〔註571〕戟交錯。收獲掌功，賞賜金帛。掩蘋肆若，爲牧人席。旨
酒嘉肴，羞炰〔註572〕膾炙，以御賓客。涌觸並起，動心驚耳。誠
必不悔，決絕以諾。貞信之色，形于金石。高歌陳唱，萬歲無斁。
此眞太子之所喜也，能強〔註573〕起而游乎〔註574〕？」太子曰：「僕
甚願從，直恐爲諸大夫累耳。」然而有起色矣。

　　客曰：「將以八月之望，與諸侯遠方交游兄弟，並往觀濤乎廣陵
之曲江。至則未見濤之形也。徒觀水力之所到，則卹然足以駭矣。

〔註560〕　六臣本無「獸」字。
〔註561〕　「彊」，《類聚》作「強」。
〔註562〕　《類聚》無「起」字。
〔註563〕　「滛」，六臣本作「淫」。
〔註564〕　「旍」，六臣本作「旌」。
〔註565〕　「毛」，六臣本作「旄」。
〔註566〕　「愽」，六臣本作「博」。
〔註567〕　「闇」，《類聚》作「暗」。
〔註568〕　「莫」，六臣本、《類聚》作「漠」。
〔註569〕　「虎」，《類聚》作「獸」。
〔註570〕　「薄」，《類聚》作「博」。
〔註571〕　「矛」，六臣本誤作「予」。
〔註572〕　「炰」，《類聚》作「包」。
〔註573〕　「強」，六臣本作「彊」。
〔註574〕　「能強起而游乎」，《類聚》作「能起強遊之乎」。

觀其所駕軼者，所擢拔者，所揚汩者，所溫汾者，所滌汔者，雖有心略辭給，固未能縷形其所由然也。怳兮忽兮〔註575〕，聊〔註576〕兮慄〔註577〕兮，混汩汩兮，忽兮慌兮，俶兮儻兮，浩瀇瀁兮，慌曠曠兮。秉意乎南山，通望乎東海。虹洞兮蒼〔註578〕天，極慮乎崖涘。流攬無窮，歸神日母。汩乘流而下降兮〔註579〕，或不知其所止。或紛紜其流折兮，忽繆往而不來。臨朱汜而遠逝兮，中虛煩而益怠。莫離散而發曙兮，內存心而自持。於是澡概胸〔註580〕中，灑練五藏，澹澉手足，頮濯髮齒。揄棄恬怠，輸寫淟濁，分決狐疑，發皇耳目。當是之時，雖有淹病滯疾，猶將伸傴起躄〔註581〕，發瞽披聾而觀望之〔註582〕也。況直眇小煩懣，醒醲病酒之徒哉！故曰發蒙解惑，不足以言也。」太子曰：「善，然則濤何氣哉？」客曰：「不記也。然聞於師曰，似神而非者三：疾雷聞百里；江水逆流，海水上潮；山出內雲，日夜不止。衍溢漂疾，波涌而濤起。其始起也，洪〔註583〕淋淋焉，若白鷺之下翔。其少進也，浩浩溰溰，如素車白馬帷〔註584〕蓋之張。其波涌而雲亂，擾擾焉如三軍之騰裝。其旁作而奔起也，飄飄焉如輕車之勒兵。六駕蛟龍，附從太白。純馳浩蜺，前後駱驛。顒顒卬卬，椐椐彊彊，莘莘將將。壁壘重堅，沓雜似軍行。訇隱匈礚，軋盤涌裔，原不可當。觀其兩傍，則滂渤怫鬱，闇漠感突，上擊下律。有似勇壯之卒，突怒而無畏。蹈壁衝津，窮曲隨隈，踰岸出追。遇者死，當者壞。初發乎或圍之津涯，荄軫〔註585〕谷分。迴

〔註575〕　「怳」、「忽」，《類聚》作「恍」、「惚」
〔註576〕　「聊」，《類聚》作「憀」。
〔註577〕　「慄」，六臣本作「懍」。
〔註578〕　「蒼」，《類聚》作「倉」。
〔註579〕　《類聚》無「兮」字。
〔註580〕　「胸」，六臣本作「胷」。
〔註581〕　《類聚》無「猶」字，「伸傴」作「傴申」，「躄」作「躃」。
〔註582〕　《類聚》無「之」字。
〔註583〕　《類聚》無「洪」字。
〔註584〕　「帷」，《類聚》作「幃」。
〔註585〕　「軫」，六臣本作「軨」。

翔青篾，銜枚檀桓〔註586〕。弭節伍子之山，通屬骨母之場。凌赤岸，
篲扶桑，橫奔似雷行。誠奮厥武，如振如怒。沌沌渾渾，狀如奔馬。
混混庉庉，聲如雷鼓。發怒庢沓，清升踰跇，侯波奮振，合戰於藉
藉之口。鳥不及飛，魚不及迴，獸不及走。紛紛翼翼，波涌雲亂。
蕩取南山，背擊北岸。覆虧丘陵，平夷西畔。險險戲戲，崩壞陂池，
決勝乃罷。瀄汨潺湲，披揚流灑。橫暴之極，魚鼈失勢，顛〔註587〕
倒偃側，沈沈湲湲，蒲伏連延。神物怪〔註588〕疑，不可勝言。直使
人踏焉，洄闇悽愴焉。此天下怪〔註589〕異詭觀也，太子能強〔註590〕
起觀之〔註591〕乎？」太子曰：「僕病，未能也。」

　　客曰：「將爲太子奏方術之士有資略者，若莊周、魏牟、楊朱、
墨翟、便蜎〔註592〕、詹何之倫。使之論天下之釋〔註593〕微，理萬物
之是非。孔、老覽觀，孟子持籌而筭之〔註594〕，萬不失一。此亦天
下要言妙道也，太子豈欲聞之乎？」於是太子據几而起曰：「渙乎若
〔註595〕一聽聖人辯士之言。」涊然汗出，霍然病已。

〈簴〉〔註596〕　　〔漢〕賈誼（西元前200～前168年）

　　牧太平以深志，象巨獸之屈奇。妙彤文以刻鏤，舒循尾之采垂。
舉其鋸牙以左右相指，負大鐘而欲飛。

〔註586〕　「桓」，六臣本作「栢」。
〔註587〕　「顛」，六臣本作「巓」。
〔註588〕　「怪」，六臣本作「怪」。
〔註589〕　「怪」，六臣本作「怪」。
〔註590〕　「強」，六臣本作「彊」。
〔註591〕　《類聚》無「之」字。
〔註592〕　《類聚》無「便蜎」。
〔註593〕　「釋」，六臣本、《類聚》作「精」。
〔註594〕　「持籌而筭之」，六臣本作「筭之」。
〔註595〕　六臣本、《類聚》無「若」字。
〔註596〕　此賦爲殘篇，首段以《藝文類聚》卷四十四（頁790）所載爲底本，
　　　　　次段以《古文苑》卷二十一（頁529）所載爲底本，以《初學記》
　　　　　卷十六（頁397）所收參校，末段見《太平預覽》卷五八二（頁2756），
　　　　　作〈眞簴賦〉。

妙彫〔註 597〕文以刻鏤兮，象巨獸之屈奇兮。戴高角之峩峩，負大鍾〔註 598〕而顧飛。美哉爛兮，亦天地之大式。

櫻攣拳以螑虬，負大鐘而欲飛。

〈簧賦〉〔註 599〕　　〔漢〕劉玄（？～？年）

〈瞽師賦〉〔註 600〕　　〔漢〕蔡邕（西元 133～192 年）

夫〔註 601〕何朦昧之〔註 602〕瞽兮，心窮忽以鬱伊。目冥冥〔註 603〕而無睹〔註 604〕兮，嗟〔註 605〕求煩〔註 606〕以愁悲〔註 607〕。撫長笛以擄憤兮〔註 608〕，氣轟鍠以橫飛。詠新詩之〔註 609〕悲歌兮〔註 610〕，舒滯積而宣鬱。何此聲之悲痛兮〔註 611〕，愴然淚以隱惻。類離鶹之孤鳴，起嫠婦之哀泣。

時牢落以失次，咢絬蹇而陽絕。

〈節賦〉〔註 612〕　　〔晉〕傅玄（西元 217～278 年）

〔註 597〕　「彫」，《初學記》作「雕」。

〔註 598〕　「鍾」，《初學記》作「鐘」。

〔註 599〕　存目，見《文選》卷十八（頁 255）馬融〈長笛賦序〉李善注引《文章志》「劉玄字伯康，明帝時官至中大夫，作〈簧賦〉」。

〔註 600〕　此賦爲殘篇，首段以《北堂書鈔》卷一百一十一（頁 544）所載爲底本，以《初學記》卷十六（頁 403）、《太平御覽》卷七百四十（頁 3415）所收參校。次段見《文選》卷十七（頁 247）陸士衡〈文賦〉李善注。

〔註 601〕　「夫」，《初學記》作「天」。

〔註 602〕　「之」，《御覽》作「坐」。

〔註 603〕　「冥冥」，《御覽》作「冥」。

〔註 604〕　「睹」，《初學記》作「瞭」。

〔註 605〕　「嗟」，《御覽》作「羌」。

〔註 606〕　「求煩」，《初學記》作「懷煩」，《御覽》作「永煩」。

〔註 607〕　「愁悲」，《御覽》作「悲愁」。

〔註 608〕　「兮」原無，據《初學記》補。

〔註 609〕　「之」，《文選》卷二十三（頁 344）劉公幹〈贈五官中郎將〉李善注引作「以」。

〔註 610〕　「兮」原無，據《初學記》補。

〔註 611〕　「兮」原無，據《初學記》補。

〔註 612〕　此賦僅存殘句，以《宋書・樂志一》（頁 555）所載爲底本，以《十

黃〔註613〕鐘唱哥，〈九韶〉興舞。口非節不詠，手非節不拊。

〈角賦〉〔註614〕　〔晉〕谷儉（？～？年）

夫角，以類推之，蓋黃帝〔註615〕會群臣於太山，作清角之音。似兩鳳之雙鳴，若二龍之齊吟。如丹虵之翹首，似雄虵〔註616〕之帶天。

〈鼓吹賦〉〔註617〕　〔晉〕陸機〔註618〕（西元261～303年）

原鼓吹之攸〔註619〕始，蓋稟命於黃軒。播威靈於茲樂，亮聖器而成文。騁逸氣而憤壯，繞煩手乎曲折。舒飄颻以遐洞，卷徘徊其如結。宮備眾聲，體僚君器。飾聲成文，彫音作蔚。響以形分，曲以和綴。放嘉樂於會通，宣萬變於觸類。適清響以定奏，其要妙於豐金。邈拊搏之所管，務夏〔註620〕歷之為最。〔註621〕及其悲唱流音，快惶〔註622〕依違。含〔註623〕歡嚼弄，乍數乍稀。音躑躅於脣吻，若〔註624〕將舒而復迴。鼓砰砰以輕投，簫嘈嘈而微吟。詠〈悲翁〉之流思，怨〈高臺〉之難臨。顧穹谷以含哀，仰歸雲而落音。節應氣以舒卷，響隨風而浮沉。馬頓跡〔註625〕而增鳴，士嚬

通》本《通典》卷一百四十四（頁3677）所收參校。

〔註613〕「黃」，《通典》作「鐄」。

〔註614〕此賦為殘篇，以《太平御覽》卷三百三十八（頁1679）所載為底本，以《歷代賦彙》補遺卷十二（頁220）所收參校。

〔註615〕「黃帝」，《賦彙》作「皇帝」。

〔註616〕「虵」，《賦彙》作「雉」。

〔註617〕此賦以《藝文類聚》卷六十八（頁1195～1196）所載為底本，以《初學記》卷十六（頁400）、《歷代賦彙》卷九十五（頁332～333）所收參校。

〔註618〕「陸機」，《初學記》作「陸士衡」。

〔註619〕「攸」，《賦彙》作「伊」。

〔註620〕「夏」，《初學記》作「憂」。

〔註621〕「宮備眾聲……務夏歷之為最」，據《初學記》補。

〔註622〕「快惶」，《賦彙》作「彷徨」。

〔註623〕「含」，《賦彙》作「合」。

〔註624〕「若」，《賦彙》作「舌」。

〔註625〕「跡」，《賦彙》作「迹」。

顄〔註626〕而霑〔註627〕襟。若乃巡郊澤，戲野坰。奏〈君馬〉，詠〈南城〉。慘巫山之遐險，歡芳樹之可榮。

〈金錞賦〉並〔註628〕序〔註629〕　〔梁〕蕭綱〔註630〕（西元503～551年）

舍弟西中郎致金錞一枚，《周禮》云：「鼓〔註631〕人掌六鼓〔註632〕四金，以節聲樂，以和軍旅，以金錞和鼓〔註633〕，金鐲節鼓。」注曰：「錞，錞于也。圜如椎頭，大上小下，樂作鳴之，與鼓相和。」《淮南》云：：「兩軍相當，鼓錞相望。」若古之禮器，餙〔註634〕軍和樂者矣。吾奇而賦之，其詞曰：

有錞于之麗器，實軍樂之兼珍。伊前古以爲美，成名都之匠人。采赤鋈於蜀壘，求銅精於灌濱。若夫鼓以陽爐〔註635〕，營之陰炭。是鎔是刻，載輝載煥。笑烏獲之奮槌，踰嵇生之善鍜。實規形之可悅，以妙聲之遠聞。譬洪鍾〔註636〕之虎釦〔註637〕，學章鼎之龍文。至於簨簴〔註638〕先列，金石俱諧。八能效枝〔註639〕，六變程才。觀雲龍之鬱郁，望威鳳之徘徊。沛縣留三日之飲，平樂有十千之杯。揮秦箏之慷慨，代晉鼓之嘽嘽。皆能恊〔註640〕宮和徵，節往通來。宣奏有序，度曲可觀。鄙金鋪之非德，嗤商豎之易殫。應南斗之鳴瑟，雜西

〔註626〕　「嚬顄」，《賦彙》作「顰感」。
〔註627〕　「霑」，《賦彙》作「沾」。
〔註628〕　「並」，《賦彙》作「有」。
〔註629〕　此賦以《文苑英華》卷七十一（頁320）所載爲底本，以《歷代賦彙》卷九十三（頁238～240）所收參校。
〔註630〕　「蕭綱」，《賦彙》作「梁簡文帝」。
〔註631〕　「鼓」，《賦彙》作「鼓」。
〔註632〕　「鼓」，《賦彙》作「鼓」。
〔註633〕　「鼓」，《賦彙》作「鼓」。
〔註634〕　「餙」，《賦彙》作「飾」。
〔註635〕　「爐」，《賦彙》作「鑪」。
〔註636〕　「鍾」，《賦彙》作「鐘」。
〔註637〕　「釦」，《賦彙》作「紐」。
〔註638〕　「簴」，《賦彙》作「簴」。
〔註639〕　「枝」，《賦彙》作「技」。
〔註640〕　「恊」，《賦彙》作「協」。

漢之金丸。若夫伏波出討，二〔註641〕師遠征。蒲昌對戰，孤竹臨兵。
映似月之遙羽，飛如梟之去旌。軍魚麗而齊上，陣龍膝而俱行。望烏
雲之臨敵，聞條風之入營。壯士被犀，良馬絡鐵。野曠塵昏，星流電
掣。日侵山而欲隱，霧陵空而不滅。望水色其如花，覩奔沙之似雪。
咸聽響而先登，普〔註642〕聞鳴而爲節。當此時也。畫角恥吟，胡茄
〔註643〕不思。刁斗暫捐，金鉦虛置。何資和之不營，而吐聲之雄異。
制六師之進旅，驚三軍之武志。嗟吾弟之博〔註644〕物，實愛奇之已
深。識且鑒於鳴石，既有逾〔註645〕於兼金。如陳器於柏〔註646〕寢，
似出鼎於汾陰。豈寶快〔註647〕之爲貴，非瑚璉之可欽。昔武都之一
扇，乃銘功以述心。矧元常之五熟，又刻篆以書音。況茲贈之爲美，
而古跡之可尋。聊染翰而操筆，終有愧於琅琳。

〈橫吹賦〉並序〔註648〕　　〔梁〕江淹（西元 444～505 年）

　　驃騎公以劎卒十萬，禷荊人於外郊。鐵馬煩而人聳色，綵旄耀而
士銜威。軍容有橫吹，僕感而爲之賦，云：

　　北陰之竹兮，百尺而不見日。石碖礒而成象，山沓合而爲一。雲
遙遙而孤去，風時時而寒出。木斂柯而攢扤，草騫葉而蕭瑟。故左崎
巇，右硐磳，樹巖崿，水泓澄。鎮雄蛟及雌虺，飀獨鵋與單鷹，白山
顯，赤山龁，匝流沙，經西極，原陸窈，灌莽深，人聲絕，馬跡沈，
寂然四顧，增欷纆唅，雖欲止而不能禁。此竹方可爲器，迺出天下之
英音。於是帶以珉色，扣以瓊文。潤如沉水，華若浮雲。赤穀紫駭，
星含露分。其聲也，則軮鬱有意，摧萃不群，超遙衝山，崎曲抱津，

〔註641〕「二」，《賦彙》作「貳」。

〔註642〕「普」，《賦彙》作「並」。

〔註643〕「茄」，《賦彙》作「笳」。

〔註644〕「博」，《賦彙》作「愽」。

〔註645〕「逾」，《賦彙》作「踰」。

〔註646〕「柏」，《賦彙》作「栢」。

〔註647〕「快」，《賦彙》作「玦」。

〔註648〕此賦以《歷代賦彙》卷九十五（頁 330～332）所載爲底本。

絲冪順序，周流銜呂。故西骨秦氣，悲憾如懟；北質燕聲，酸極無已。斷絕百意，繚繞萬情。吟黃煙及白草，泣虜軍與漢兵。於是海外之雲，處處而秋色；河中之雁，一一而學飛。素野黯以風暮，金天烖以霜威；衣袂動兮霧入冠，弓刀勁兮馬毛寒。五方軍兮出不及，雜色騎兮往來還。旆如雲兮幟如星，山可動兮石可銘。功一豎兮跡不奪，魂既英兮鬼亦靈。奏此吹予有曲，和歌盡而淚續。重一命而若煙，知半氣之如燭。美人戀而嬋媛，壯夫去而躑躅。故感魂傷情，獲賞彌倍。妙器奇製，見貴歷代。所以韻起西國，響流東都；浮江繞泗，歷楚傳吳。故函夏以爲寶飾，京關以爲戎儲。至於貝冑、象弭之威，織文、魚服之容，菫山錫刃，耶溪銅鋒，皆陸斷犀象，水斬蛟龍。載雲旂之透迤，扈屯騎之溶溶。啾寥亮於前衡，嘖陸離於後陣。視盼眩而或近，聽嘹嘈而遠震。奏白登之二曲，起關山之一引。吐哀也，則瓊瑕失彩；銜樂也，則鉛堊生潤。採菱謝而自罷，綠水憖而不進。代能識此聲者，長滅淫而何吝。

附錄三　樂器參考圖片

一、打擊樂器

曾侯乙墓編鐘復原圖

來源：《中國音樂史圖鑒》，頁 24～25。

曾侯乙墓出土編磬

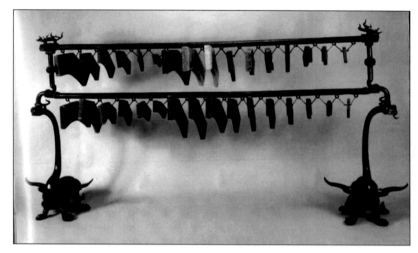

來源：《中國音樂史圖鑑》，頁 26。

山東沂南東漢末年（或魏晉）石刻

圖中左有一鍾架，旁立一人作撞鍾狀，圖右爲一編磬，旁有一人
坐席上執槌敲擊。來源：《中國音樂史圖鑑》，頁 31）

雲南晉寧漢墓出土文物

圖中一木架下，懸掛一錞于、一銅鼓，一人執槌敲擊。來源：《中國音樂史圖鑒》，頁 45。

二、吹奏樂器

曾侯乙墓出土排簫

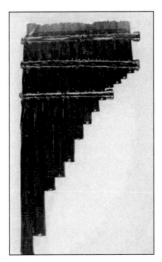

來源：《中國音樂史圖鑒》，頁 27

曾侯乙墓出土笙

馬王堆漢墓出土竽

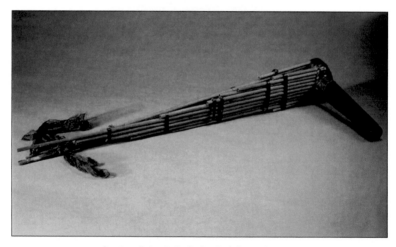

來源:《中國音樂史圖鑒》,頁 53。

五代顧閎中〈韓熙載夜宴圖〉

圖中兩人吹笛，兩人吹篳篥。來源：《中國音樂史圖鑑》，頁 89）

曾侯乙墓出土篪

來源：《中國音樂史圖鑑》，頁 70。

三、彈撥樂器

長沙馬王堆三號漢墓出土七弦琴

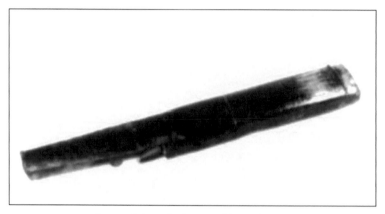

來源:《中國音樂史圖鑒》,頁 56)

四川資陽出土漢彈琴俑

來源:《中國音樂史圖鑒》,頁 57。

南京西善橋南朝墓嵇康彈琴畫像磚

來源：《中國音樂史圖鑒》，頁 58。

（曾侯乙墓出土二十五弦瑟

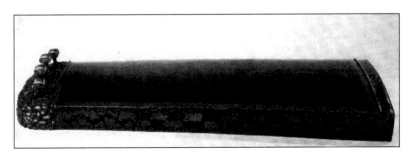

來源：《中國音樂史圖鑒》，頁 22。

長沙馬王堆三號漢墓出土瑟

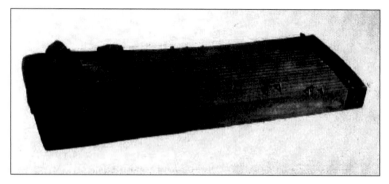

源：《中國音樂史圖鑒》，頁 23。

四川五代蜀王建墓彈箏樂伎浮雕

來源：《中國音樂史圖鑒》，頁 94。

南京西善橋南朝墓出土阮咸畫像磚

來源：《中國音樂史圖鑒》，頁 62。

日本正倉院藏唐代阮咸

來源：《中國音樂史圖鑒》，頁 103。

日本正倉院藏唐代箜篌

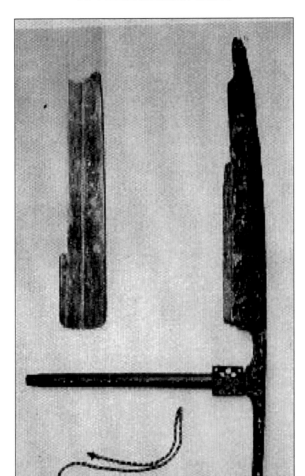

來源:《中國音樂史圖鑒》,頁 103。

莫高窟北魏伎樂天彈箜篌圖

來源:《中國音樂史圖鑒》,頁 66。

五代琵琶

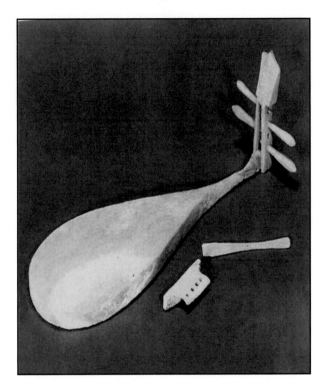

五代顧閎中〈韓熙載夜宴圖〉

來源：《中國音樂史圖鑒》，頁 88。

西安市唐蘇思勖墓壁畫樂舞圖

前排三人跪坐，奏篳篥、箏、箜篌。來源：《中國音樂史圖鑒》，
頁 83）